Sandra Bräutigam
Ovum

PIPER

Zu diesem Buch

Die dreißigjährige freie Journalistin Stella Bartholdy wird beauftragt, den berühmten Genforscher Victor Degan zu interviewen. Noch während des Interviews verliebt sie sich Hals über Kopf in den charismatischen Mann, der vom Nutzen seiner Arbeit überzeugt ist und der Menschheit helfen will. Sie folgt ihm nach Dubai, wo er unter günstigeren Bedingungen als in Deutschland forschen kann. Um mit ihm eine Familie zu gründen, unterzieht sie sich einer Reihe medizinischer Maßnahmen, da er nicht zeugungsfähig ist und nur eine künstliche Befruchtung zum Erfolg führen kann. Doch Stellas Glück bekommt Risse: Die Hormonbehandlungen sind sehr belastend, und Victor beginnt ihr unheimlich zu werden, weil er mit ihr nicht über seine Arbeit spricht. Außerdem wird jede ihrer Bewegungen vom Geheimdienst überwacht. Bald tut sich ein Abgrund vor ihr auf, und sie versteht die furchtbaren Zusammenhänge. Es beginnt ein Spiel um Leben und Tod …

Sandra Bräutigam, geboren 1960 in Hamburg, ist promovierte Biologin und war als Forscherin an wissenschaftlichen Instituten in Oxford, Würzburg und Greifswald tätig. Heute lebt, schreibt und arbeitet sie in Berlin. Sandra Bräutigam ist Mitglied im Berliner Autorenkreis und hat beim Rheinsberger Autorinnenforum 2007 mit einer Kurzgeschichte den zweiten Platz belegt.

Sandra Bräutigam

Ovum

Thriller

Piper München Zürich

Mehr über unsere Autoren und Bücher:
www.piper.de

Abbildung auf dem Umschlag: Mikroskopische Aufnahme einer Hohlnadel, die auf eine Eizelle zu bewegt wird.

Für R.

Originalausgabe
Februar 2010

Umschlaggestaltung: semper smile, München
Umschlagfoto: Mauritius Images / Haag + Kropp
Satz: Filmsatz Schröter, München
Druck und Bindung: CPI – Clausen & Bosse, Leck
Printed in Germany ISBN 978-3-492-25468-7

1

Schließlich war der Tod nur ein Konstruktionsfehler der Natur. Victor Degan rückte die Schale unter dem Mikroskop zurecht. Die weichen Gummiränder der Linsen legten sich um seine Augen, er drehte den Schärferegler und fokussierte das Wesentliche.

Der Anblick der Zellen, die sich auf dem Boden der Schale ausgebreitet hatten, ließ ihn ruhig werden, und er fühlte sich leicht, fast körperlos. Diese Zellen trugen in ihrem genetischen Code die Zukunft der Menschheit. Allen voran seine eigene. Kultiviert in einer Plastikschale und bedeckt von rotflüssigem Nährmedium, waren sie ein gesünderer Teil von ihm als seine ihm fremd gewordenen Hände.

Der Signalton des Timers störte die stille Betrachtung. Widerwillig sah er vom Mikroskop auf, griff nach dem Gerät und hatte wieder seine Hände im Blickfeld. Die Fingerknöchel erhöht wie kleine Gebirge – nichts als eine optische Täuschung, bedingt durch den Muskelschwund, der längst begonnen hatte, Täler zu fräsen zwischen seine Knöchel und auch zwischen Daumenballen und Zeigefingerwurzeln. Die Mittelgelenke aller Finger waren leicht geschwollen und etwas überstreckt. Schaute jemand länger hin, musste es ihm vorkommen, als böge Victor sie in die falsche Richtung. Die Endgelenke der Finger dagegen waren in einer kleinen Beugung fixiert. Schwanenhals lautete der medizinische Ausdruck für diese lächerliche Verformung. Er trug die Schale in den auf Körperwärme temperierten Brutschrank zurück und zog den Laborkittel aus. Auf dem Weg nach oben wählte er die Treppe, wobei er immer zwei Stufen auf einmal nahm.

Als er den Gang betrat, sah er die Pressefrau schon von Weitem. Sie stand mit dem Rücken zu ihm vor dem Kongressplakat, das jemand viel zu niedrig neben seiner Bürotür aufgehängt hatte. Victor hatte den Kopf senken müssen, um es zu lesen, ihr ging es ebenso. Die Frau war schlank, trug Jeans und Blazer und hatte ihr welliges braunes Haar in einem lockeren Pferdeschwanz gebändigt. Sie hatte eine Gerätetasche und eine Handtasche über der Schulter hängen und ihre Daumen locker unter die Riemen gehakt. Mit einer langsamen Körperdrehung wandte sie sich ihm zu. Er glaubte, Erstaunen in ihren Augen aufblitzen zu sehen. Vermutlich hatte sie recherchiert, wie alt er war, und war nun überrascht von seiner athletischen Gestalt und dem vollen schwarzen Haar. Er schob seine Hände in die Hosentaschen.

»Stella Bartholdy, freie Journalistin!« Sie streckte ihm die Hand entgegen.

Für die undurchdringliche Miene, mit der er jeden schmerzhaften Händedruck überstand, hatte er sich ein kontrolliertes Erschlaffen seiner Wangenmuskulatur bei gleichzeitigem Ausatmen antrainiert. Sie setzten sich an den Besprechungstisch, und Stella Bartholdy packte ihre Geräte aus. Mit ihrer langen, feinen Nase und dem markant geschwungenen Mund erinnerte sie Victor an eine Pianistin, obgleich er sich fragte, ob es eine ihr ähnelnde Pianistin überhaupt gab.

»Der Fotograf ist krank geworden!« Sie deutete auf eine kleine Digitalkamera ohne Stativ und wirkte etwas unzufrieden. »Wir machen die Fotos nachher.« Ihr Gesicht war symmetrisch schön wie eine mathematische Gleichung. Das Aufnahmegerät leuchtete bereits. »Professor Degan, gerade haben Sie eine Gastprofessur an diesem Kölner Forschungszentrum angenommen, verlassen uns aber schon wieder, um Ihre Arbeiten in Dubai fortzusetzen. Warum Dubai?«

»Als Wissenschaftler ist das Land für mich sekundär. Entscheidend ist die Exzellenz der Labore. Ich habe schon in den verschiedensten Ländern geforscht.«

»Ja, Sie haben in Australien studiert und gearbeitet und sind später nach Amerika gegangen. Dort haben Sie das Gen *youth* entdeckt …«

Wie immer, wenn *youth* erwähnt wurde, konnte Victor nicht verhindern, dass sein Atem flach wurde. Wie voreilig er gewesen war!

»… wodurch Sie berühmt geworden sind. Sie haben danach Ihre Forschung an ein privates Institut an der amerikanischen Ostküste verlagert. Was war der Grund dafür?«

»Die Entdeckung von *youth* wurde allgemein gefeiert, aber die staatlichen Einrichtungen in Amerika waren nicht in der Lage, in den langen und steinigen Weg weiterer Forschung zu investieren. Ein privat gesponsertes Institut …«

»Unterliegt in den USA nicht der Kontrolle des Staates!«

»… kann auch einem komplexen Thema eine Chance geben.«

»Warum Dubai?«

»Wir müssen die Forschungsanstrengungen weltweit intensivieren! Die schlimmsten Killer, die die westlichen Gesellschaften bedrohen, sind alle mit dem Altern assoziiert – Herzerkrankungen, Alzheimer, Parkinson, Diabetes. Ich kämpfe dagegen!«

»Wie wollen Sie den Kampf gewinnen?«

»Indem ich den Mechanismus des Alterns entschlüssele. Altern ist eine Krankheit, und zwar die schlimmste! Durch sie werden die Zellen geschwächt, was erst die Voraussetzung schafft für unzählige Leiden und tödliche Veränderungen. Der technologisch aufgeschlossene Staat Dubai ist bereit, mir gewaltige Ressourcen für dieses Forschungsprojekt zur Verfügung zu stellen. Alles lässt sich verstehen, und alles Verstandene kann verändert werden.« Seine Hände lagen unter dem Tisch verborgen auf seinen Knien.

»Professor Degan, auf der ganzen Welt arbeiten die besten Labore bereits fieberhaft an demselben Thema wie Sie, ich habe gelesen, dass es schon gelungen ist, Fliegen und Würmer länger leben zu lassen. Im Gegensatz zu Ihren Kollegen forschen Sie allerdings an *Humanzellen* …« Ihre Augenbrauen zogen sich zusammen, und es entstanden zwei Falten, die einen Bogen schwangen wie Steinbockhörner. Er schätzte sie auf Anfang dreißig. »Weichen Sie aufgrund der strengen Gesetzgebung in Deutschland nach Dubai aus?«

»Ich habe von diesen Gerüchten gehört, die zweifelsohne von bestimmten …«, er deutete ein indigniertes Kopfschütteln an, »… Kollegen in die Welt gesetzt wurden. Bitte reproduzieren Sie so etwas nicht. Meine Grundlagenforschung bewegt sich ausschließlich im Rahmen internationaler Gesetzgebung.« Er unterdrückte den Impuls, sich auf seinem Stuhl zurechtzusetzen. Ahnte sie, dass die Forschung und vor allem die Anwendung der Erkenntnisse von Regularien stranguliert wurden? Könnte sie seine Gründe nachvollziehen, dem ignoranten, pseudoliberalen Westen den Rücken zuzukehren?

Sie nickte, als habe sie seine Gedanken gelesen. Unter ihrem rechten Auge hatte sie ein Muttermal. Ihre schönen, geraden Pianistinnenfinger justierten das externe Mikrofon, hielten es fest, als suche sie einen Anker, um nicht abgetrieben zu werden. »Möchte jemand, der das Altern verhindert, auch das Sterben verhindern?«, fragte sie leise, ohne ihn anzusehen.

»Selbstverständlich! Die Abschaffung des Todes ist die Kernaufgabe der menschlichen Zivilisation! Für immer jung zu sein, ist der ewige Traum der Menschheit. In Dubai werde ich diesen Traum Realität werden lassen!« Victor wunderte sich über diese Anwandlung. Wo waren die harmlos oberflächlichen Standardsätze, die ihm sonst so flüssig über die Lippen kamen?

Sie blickte auf, sah ihn länger an als nötig, als erwarte sie etwas. »Eine Aufgabe zu haben, die eine Bestimmung ist – gibt einem das Gewissheit? Gibt es einem Sinn?«

In ihren Augen glaubte er eine Sehnsucht zu erkennen, die ihm vertraut war. Einem spontanen Impuls folgend präsentierte er seine Hände, legte sie flach nebeneinander auf den Tisch. »Rheumatoide Arthritis«, sagte er. »Ein gutes Beispiel für die Zumutung, die geschwächte und veränderte Zellen bedeuten.« Erleichtert registrierte er, dass ihr Gesicht sich nicht in der üblichen hilflosen Mitleidigkeit verzog. Ihr Blick war stattdessen von fast kindlich offener Neugier und Anteilnahme.

»Das muss unglaublich schmerzhaft sein«, sagte sie.

»Bis heute gibt es keine brauchbaren Medikamente. Mit der Methode, die ich entwickle, wird es eines Tages möglich sein, auch Autoimmunerkrankungen wie diese zu heilen.«

»Das wäre fantastisch! Als Kind hatte ich Guillain Barré …«

»Sie waren gelähmt?«

Sie nickte. Ihr Blick verlor sich im Raum, kehrte zurück.

Eine Frau wie diese könnte alles verstehen. Und plötzlich erschloss sich ihm die zwingende Logik dieser Begegnung.

»Was machen Sie heute Abend, Frau Bartholdy? Ich lade Sie zum Essen ein!« Mit einer raschen Bewegung drückte er die Stopptaste ihres digitalen Rekorders. »Lassen Sie uns die Unterhaltung bei einem Glas Wein fortsetzen.«

Zum ersten Mal lächelte sie, was ihr Gesicht weicher aussehen ließ, nicht so angestrengt.

»Ich freue mich auf Sie!« Victor versuchte, seiner Stimme eine feierliche Intonation zu geben. »Wir treffen uns um acht im ›Savoir vivre‹.«

Als Victor Degan einige Zeit später den mit »Flow Cytometry« gekennzeichneten Raum betrat, spürte er, wie Helma Lohses Aufmerksamkeit ihn sofort umschlang. Helma musste über eine besondere Wachheit der Sinne, eine Art Radar, verfügen. Er näherte sich ihrer von einem weißen Laborkittel umhüllten Gestalt. Sie saß vor dem grauen Kasten eines Zellsorters und wandte ihm ihr spitzes Gesicht zu. Das bläuliche Kunstlicht ließ ihre Haut faltiger erscheinen als sonst.

»Hast du noch eine Messreihe gestartet?« Er blickte auf einen der Monitore, auf dem eine endlose Serie regelmäßig aufblinkender Zahlenwerte vorüberzog.

»Ich hatte dir gesagt, dass ich einen Nachtest der letzten Messungen für wichtig halte …« Helmas Lidschlag kam seltener als normal, was ihrem Blick eine gewisse Eindringlichkeit verlieh. »Natürlich habe ich mich auch sonst um alles gekümmert. Zu packen war ja nicht viel, weil wir sowieso neu kaufen in Dubai. Das Trockeneis ist geliefert worden, und die Transportbehälter mache ich gleich noch fertig.«

»Und die Zellen?«

»Wie du gesagt hast. Aber zur absoluten Sicherheit«, sie reckte ihr Kinn nach vorne, »habe ich noch zwei separate Kühlboxen besorgt, so klein …« Sie zog ihre Zigarettenpackung aus der Kitteltasche und hielt sie hoch.

Er antwortete ihr nicht, sah sie nicht einmal an, während er mit einem Mausklick die grafische Darstellungsform wählte. Victor betrachtete die Kurve, die auf dem Bildschirm erschien. Eine kleine, unsinnige Demonstration seiner Geringschätzung, die er sich durchgehen ließ.

»Du hast unsere Abreise perfekt vorbereitet!«, sagte er und ließ den Satz einen Moment wirken. »Ich habe überhaupt keine Bedenken, wenn du vorausgehst. In drei Wochen komme ich nach.« Er hatte sich zum Monitor hinuntergebeugt. Helmas Atem berührte stoßweise sein Ohr.

»Das geht nicht!«

Er richtete sich auf, ehe er antwortete. »Was sagst du?«

Helma erhob sich. »Wir dürfen keine Zeit verlieren, wir müssen sofort mit den Arbeiten beginnen! Es geht ihm nicht gut!«

Wie konnte sie sich erlauben, seine Forschung, sein Werk, sein Leben in einem »Wir« zu vereinnahmen? Sie standen einander gegenüber.

»Wie lange«, fragte er, »wirst du brauchen, um in dem neuen Institut in Dubai die Geräte aufzubauen, anzuschließen und zu prüfen, um sämtliche Reagenzien zu bestellen und alle Nährlösungen anzusetzen und zu testen?«

Helma schwieg.

»Etwa drei Wochen, nicht wahr?«, fragte Victor.

»Aber warum?« Ihre Stimme war porös, als ströme die Luft durch löchrige Stimmbänder.

»Familiäre Angelegenheiten!« Sie konnte nichts Genaues über seinen deutschen Hintergrund wissen. »Du hast unsere Abreise hervorragend vorbereitet«, wiederholte er, »und du wirst auch unsere Ankunft hervorragend vorbereiten. In drei Wochen komme ich nach.«

Helma klemmte sich eine Strähne ihres kupferrot gefärbten Haares hinters Ohr, und Victor wusste, dass die Diskussion erfolgreich beendet war. Er hatte ihre Gesten studiert, gewohnheitsmäßig.

Zurück in seinem Büro, musste er nicht lange auf das Klingeln des Telefons warten. Helma Lohse hatte offenbar keine Sekunde verloren für ihre Berichterstattung. Er betrachtete die vertraute Ziffernfolge auf dem Display und dachte an den Mann, der jetzt den Hörer an sein Ohr presste und ärgerlich?, verunsichert?, verzweifelt? auf die Freizeichen lauschte. Er würde ihm die Drei-Wochen-Spanne erklären, aber nicht jetzt, er musste sich die passenden Worte erst noch zurechtlegen. Vielleicht hätte er sich doch besser nie auf eine Begleitung durch diese Helma

Lohse einlassen sollen. Aber dann wäre er heute nicht hier, hätte kein Interview gegeben, hätte nicht Stella Bartholdy kennengelernt. Was für eine spontane Erweiterung des Möglichen! Das ungerichtete Aufeinandertreffen von singulären Interessen und deren Neukombination bildeten das ewige Grundprinzip der Evolution. Deshalb war keine wie auch immer ausgeklügelte Idee derart perfekt, dass sie nicht noch verbesserungsfähig wäre. Das war seine Erkenntnis als Forscher und seine Maxime. Er nannte es die Virus-Strategie.

2

Stella Bartholdy starrte fassungslos auf die Computertastatur. Wie konnte sie ihr Passwort vergessen haben? Das war unmöglich. So oft hatte sie dieses Passwort schon eingegeben, nie musste sie dafür überlegen, ihre Finger fanden die vertraute Tastenfolge von allein. Und nun saß sie da, tippte unsicher einige Buchstaben und Zahlen, deren Reihenfolge und Kombination sich bereits bei der Bewegung der Hände falsch anfühlten, und war entsetzt über sich selbst. Doch je wütender sie nach der Erinnerung griff, desto weiter schien sich das Alltägliche zu entfernen, als stoße sie es geradezu ins Vergessen. Das Gespräch mit Victor Degan dagegen drängte beständig an die Oberfläche ihres Bewusstseins.

Stella sah sich um. Die anderen beiden Frauen in ihrer Bürogemeinschaft telefonierten gerade und hatten offenbar nichts bemerkt. Sie nahm den Hinterausgang, lief die Stufen des Treppenhauses hinab, hörte ihre Schritte hallen, als liefe sie sich selbst hinterher. Im Auto verriegelte sie die Türen von innen.

Zu ihrer Überraschung war in dem Forschungszentrum ein Mann mit dem Aussehen eines Profiboxers auf sie zugekommen. Er hatte eine gedrungene Gestalt, einen taxierenden Blick aus eng stehenden Augen und eine flache Nase, die seinem Profil etwas Hartes gab. Er wirkte mindestens zehn Jahre jünger, als er war: dreiundfünfzig Jahre, das wusste sie. Vor allem aber strahlte dieser Mann den unbedingten Willen zum Erfolg aus – und eine beeindruckende Unabhängigkeit. Vom ersten Moment an hatte sie seine Furchtlosigkeit gespürt, und auf magische Weise hatte sich seine Kraft auf sie übertragen. Wie sonst hätte sie es wagen können, vom Sterben zu sprechen? Ein Kribbeln zog über ihre Arme, als änderten die feinen Härchen auf ihrer Haut die Ausrichtung.

An einer Fußgängerampel registrierte sie, dass sie den falschen Weg eingeschlagen hatte. Statt zu sich nach Hause zu fahren, bewegte sie sich auf Alexanders Wohnung zu. Dabei lag ihre Trennung schon einige Monate zurück, und die Spurrillen der Gewohnheit hatten sich ausgeschliffen. Doch vor wenigen Tagen hatte sie die Kontaktsperre durchbrochen, aus dem diffusen Wunsch heraus zu erfahren, wie es ihm ging. Oder vielleicht auch aus anderen Gründen, über die sie sich gerne klarer gewesen wäre. Jedenfalls war ihre E-Mail nicht so gradlinig und aufrichtig geworden, wie sie es sich vorgenommen hatte, sondern bezog verschiedene Artikel genetischer Terminologie ein, die sie zur Vorbereitung des Interviews lesen musste. Ob er ihr helfen könne? Alexander hatte prompt geantwortet, hatte eingewilligt, sie bei der Auswertung der Artikel zu unterstützen, gerne, wie er schrieb. Er hatte sogar auf den Hinweis verzichtet, dass auch er kein Spezialist für naturwissenschaftliche Forschung war. Ihre gestrige Wiederbegegnung war vorsichtig gewesen. An seinem Esstisch hatten sie die Artikel unkonzentriert zwischen sich hin und her geschoben, während sie sich gegenseitig verstohlen musterten. Stella hatte seine Wohnung schnell verlassen, als er anfing, ihr lange, traurige Blicke zuzuwerfen. Und nun? Warum sollte sie heute wieder bei ihm auftauchen, unangemeldet? Noch konnte sie umkehren. Allerdings nicht sofort, sie befand sich in einer Einbahnstraße. Das nahm sie als Entscheidung.

Wenn Alexander erstaunt war, sie zu sehen, so ließ er es sich jedenfalls nicht anmerken. Geradezu beiläufig klang sein »Nett, dass du noch mal vorbeikommst«. Doch Stella meinte, in seinem allzu rasch abgewandten Gesicht ein kleines, glückliches Lächeln wahrgenommen zu haben. Sie folgte ihm durch den Flur in die große Wohnküche, hob auf dem Weg einen wie weggeworfen am Boden knäulenden Pullover auf, wendete ihn von links auf rechts und hängte ihn über eine Stuhllehne. Alexanders Laptop stand aufgeklappt auf dem Esstisch. Auf dem Bildschirm brach gerade eine Piratenschlacht aus.

»Neue DVD?«, fragte sie ohne echtes Interesse.

»Geliehen, läuft bloß im Hintergrund, ich bearbeite gerade Fotos.« Er deutete auf Digicam, CDs sowie diverse Kabel, die auf dem Tisch verstreut lagen, und setzte sich vor den Laptop. Das Bearbeitungsfenster eines Programms öffnete sich. »Schau mal, es sind schöne Fotos von meinen Tieren, bloß dieses Design-Studio taugt nichts, ich hätte doch das andere nehmen sollen, das andere wäre bestimmt besser gewesen.«

Sie stand dicht neben ihm. Sein kariertes Hemd hatte er aufgeknöpft und die Ärmel hochgekrempelt, darunter trug er ein weißes T-Shirt. Ihr Blick tastete heimlich seinen Körper ab, blieb hängen an jener winzigen Wölbung seines Bauches, die sie mochte, weil sie seinem intensiven Radtraining zum Trotz entstanden war. Als sie Alexander begegnete, war sie dem tiefen Dunkel einer rasenden Trauer gerade eben entronnen und hatte sich, um sich wieder mit dem Leben anzufreunden, zu einem Aktzeichenkurs in der Toskana angemeldet. Es war ihr erster Tag und sein letzter gewesen, seine Werke waren ausgestellt, und er sprach davon, sein Staatsexamen als Tierarzt zu den Akten zu legen und eine künstlerische Laufbahn einzuschlagen. Als sie ihn drei Wochen später anrief, hatte er eine befristete Stelle im Kölner Zoo gefunden, erst einmal nicht schlecht, wie er sagte, um nach anderen, spannenden Möglichkeiten Ausschau zu halten. Sie hatte ihn besucht, und er hatte für sie gekocht. Vor ihren Augen hatte er souverän wie ein Fernsehkoch ein mehrgängiges Menü zubereitet und sich alle erdenkliche Mühe gegeben, sie in die geheimen Finessen von Zimtspießen und Honig-Ramazotti-Vinaigrette einzuweihen. Fürs Kochen hatte Stella sich nicht erwärmen können, doch als Alexander den Holzlöffel zum Mund geführt hatte, die dunkelbraunen Augen geschlossen und die hohe Stirn gerunzelt, hatte der Anblick seines jungenhaften Gesichts sie Hoffnung schöpfen lassen auf ein Leben jenseits der Trümmer ihres zerbrochenen Traumes.

»Warum brauchst du denn eine neue Software für deine Fotos?«, fragte sie.

»Es sind Charakterstudien!« Er drückte eine Taste, und ein Affe schaute Stella aus dunklen Augen drohend entgegen. »Der patriarchalische Pavian, und hier das kämpferische Warzenschwein, und die wählerische Giraffe. Ich kann die Aufnahmen nachbearbeiten und in verschiedenen Layouts arrangieren. Vielleicht gebe ich ja bald Bildbände heraus ...«

Die Fotos verloren augenblicklich ihre Bedeutung. »Hast du etwas von deinem Arbeitsvertrag gehört?«

»Die Zooverwaltung hat mir heute mitgeteilt, dass sie den Vertrag nicht noch einmal verlängern können.«

»Und ...«, sagte sie vage. Sie hatte das Gefühl, dass sie jetzt verständnisvoll oder empathisch oder aufmunternd zuversichtlich oder irgendetwas in dieser Richtung sein sollte. Stattdessen war sie erleichtert. Erleichtert, dass sie die ewige Leichtigkeit seines Lebens nicht mehr mittragen musste. Dabei hatte das Szenario seines drohenden Stellenverlusts sie beide anfangs sogar beflügelt, gemeinsam immer neue Fantasien zu entwerfen. Zusammen nach Italien auszuwandern, war seine liebste Idee, mit ihm eine Galerie für moderne Kunst zu betreiben, ihre. Doch irgendwann hatte Stella erkannt, dass sie sich ehrlicherweise nichts sehnlicher wünschte, als zu ihrem ursprünglichen Lebenstraum zurückzukehren. Inmitten eines Abendessens hatte sie sich ausgezogen und nackt vor ihn hingestellt. Er war sofort aufgestanden und hatte sie umarmt.

Alexander, ich möchte Kinder haben!

Seine Muskelspannung hatte sich verändert, doch er hatte die Umarmung nicht gelöst, wollte wohl den Eindruck vermeiden, er laufe davon. *Kein Problem, lass uns erst nach Italien auswandern und dann Kinder bekommen!*

Sie kannte seine Versprechen, aus denen ein Optimismus sprach, mit dem man sich vornimmt, sich um seine Eltern zu kümmern, wenn es einmal so weit ist – weil es einem richtig vorkommt, natürlich, selbstverständlich, aber noch unendlich weit weg. Sie versuchten immerhin, zusammenzuziehen, sahen sich jedes Wochenende zahllose Wohnungen an. Aber selbst die, die ein oder sogar zwei Kinderzimmer hatten, kamen Stella bedrückend klein und dunkel vor. Sie weiteten die Kriterien aus, bis sie schließlich bei Quadratmeterzahlen landeten, die sie sich ohnehin niemals würden leisten können. Doch je größer und lichter die Wohnungen wurden, desto enger zog sich ein Gefühl wie ein Strick um Stellas Hals. Mit jeder Besichtigung nahm ihre Atemnot zu. Tagsüber konnte sie mit den auftretenden Attacken noch einigermaßen umgehen, dann setzte sie sich ganz ruhig hin und versuchte, an eine Sommerwiese zu denken. Aber jede Nacht fuhr sie hoch, einmal, zweimal, immer öfter. Dann saß sie aus dem Schlaf gerissen voller Entsetzen im Bett und presste sich die Hände auf den Brustkorb, dessen Enge so schmerzhaft war, dass sie glaubte zu ersticken. Obgleich ihre Lungen frei waren, schienen sie die lebensnotwendige Menge an Sauerstoff nicht mehr fassen zu können. Stella suchte nach der Ursache hinter den Symptomen, warf das Kortisonspray in den Mülleimer und wagte den radikalen Schnitt. Die Trennung von Alexander hatte nach einiger Zeit tatsächlich die Atembeschwerden gelindert, doch in der Nacht zu ihrem fünfunddreißigsten Geburtstag hatte sie sich alleine in einer Gegend, die sie sonst mied, in eine Säuferkneipe gesetzt, hatte Tequila bestellt, einen nach dem anderen, und hatte sich von einem schmierigen Kerl anfassen lassen. Sie verfluchte jedes Mal ihren Charakter, wenn sie daran dachte, doch seit der offenen Erniedrigung atmete sie wieder so ungehindert wie früher.

»Dann kannst du ja jetzt auswandern«, sagte Stella und wollte sich am liebsten auf die Zunge beißen, dass sie so zynisch klang. Sie machte einen Schritt rückwärts.

Alexanders Wangenmuskulatur bewegte sich, es sah aus, als würde er kauen. Abrupt drückte er auf den AUS-Schalter des Laptops. Das Programm erlosch, ungesichert. Er erhob sich.

»Tut mir leid!«, reagierte sie rasch. »Das war nicht fair.«

»Schon gut …« Alexander schaute zu Boden, schien unschlüssig. »Soll ich uns eine Dorade machen?«, fragte er in hoffnungsvollem Ton. »Dorade in Salzkruste!«

Sie hatte das Gefühl, dass ihr Stoffwechsel sich für einen kurzen Moment veränderte, sauer wurde und umkippte, wie im Chemieunterricht eine Flüssigkeit an einem bestimmten Punkt von blau zu rot wechselte. »Ich habe einen Abendtermin«, sagte sie, und ihr Puls beschleunigte sich.

»Wie war eigentlich das Interview?«

Sie zuckte möglichst beiläufig mit den Schultern. »Ich weiß noch nicht, ob ich die Story wirklich schreibe …«

Als Stella ihre eigene Wohnung betrat und die Tür hinter sich ins Schloss drückte, beschlich sie ein beklemmendes Gefühl der Endgültigkeit. Ungeachtet der Novemberkälte riss sie alle Fenster auf, selbst in Küche und Bad. Dann goss sie die Pflanzen und schloss die Fenster wieder. Im Badezimmer ließ sie Wasser in die Wanne einlaufen und klappte den Spiegelschrank auf. Eine fast leere Tube Handcreme warf sie weg. Ihre Gesichtscreme schob sie nach hinten, von der Haarbürste entfernte sie einige Haare. Schon als Kind hatte sie gerne aufgeräumt, um sich zu ordnen. Sie dachte an das Büro von Victor Degan. Eine ganze Regalwand voller Ordner, nur Ordner, breite und schmale, die Rücken säuberlich beschriftet und zum Teil zusätzlich noch nummeriert, so hatten sie dagestanden, klar und übersichtlich. Sie stellte sich gerne vor, dass das System er Welt irgendwo abgelegt war in einem Regal voller Ordner. Vermutlich würde es dort so aussehen wie in jenem Büro.

Sie stieg in die Badewanne, deren Wasser so heiß war, dass sie nur ganz allmählich eintauchen konnte. Kurz bevor sie die rechte Hand ins Wasser gleiten ließ, meinte sie noch einmal den Händedruck von Victor Degan zu spüren. Unerwartet zart war dieser gewesen, sie hatte die Andersartigkeit der Finger sofort wahrgenommen. Die Verletzlichkeit hatte sie angerührt, insbesondere, da er versuchte, diese Schwäche zu verstecken. Sie verstand es als Geste des Vertrauens, dass er ihr doch unverhofft seine Hände offenbart hatte. Er konnte nicht wissen, dass sie den Anblick weder erschreckend noch hässlich fand. Im Gegenteil hatte sie sich beherrschen müssen, seine Hände nicht sanft mit ihren zu bedecken, so stark hatte sie das ihr nur zu bekannte Gefühl ohnmächtigen Ausgeliefertseins auch bei ihm gespürt. Es war ein selten intensiver Moment von Vertrautheit jenseits jeder logischen Erklärung gewesen.

Vor dem Kleiderschrank konnte Stella sich überraschend schnell entscheiden für die schwarze Hose aus fließendem Stoff und ihre Lieblingsbluse. Die Lieblingsbluse war weiß mit schimmernden weißen Streifen und sehr eng anliegend. Der letzte Knopf befand sich etwas oberhalb der Brustwarzen, darüber stand sie offen. Sie fand die Kombination aus Weiß und Schwarz erotisch, aber daran wollte sie jetzt nicht denken. Ob Victor Degan sich auch für sie umziehen würde? Sie wählte die kleinste Handtasche aus, die sie besaß. Ein dunkles Ledertäschchen, gerade eben groß genug für Portemonnaie und Lippenstift, und offensichtlich viel zu klein für einen Schreibblock.

Pünktlich um acht saß sie Victor Degan gegenüber. Er hatte sich tatsächlich umgezogen, trug jetzt einen dunkelgrauen Anzug zu einem hellblauen Hemd ohne Krawatte. Sie versuchte gar nicht erst, ihre Nervosität hinter einem ausgiebigen Studium der Speisekarte zu verstecken. Victor hielt seine Karte mit ausgestrecktem Arm. Sie nahm an, dass er die verschnörkelten Namen der Gerichte ohne Lesebrille nicht entziffern konnte. Er ließ sich vom Kellner eine Empfehlung geben. Stella musste lächeln. Als er das erwartete »Nenn mich Victor« aussprach, wirkte auch er etwas angespannt. Ihre Weingläser klirrten leise aneinander.

»Ist es wahr, Victor, dass du nie zu Besuch in Deutschland warst, seit du ausgewandert bist? Und wann war das genau? Ich habe kaum Daten von dir finden können.«

»Eine Interviewfrage?«

»Nein, nein, ich habe gar nichts dabei!« Sie deutete auf ihre winzige Handtasche. »Interessiert mich nur, ob es schwierig war, die deutsche Sprache nicht zu verlernen.«

»Ich bin mit 18 von zu Hause weggegangen, genauer gesagt vor meiner Mutter geflohen. Mein Vater war zu der Zeit schon lange tot. Ich wollte ans andere Ende der Welt und bin tatsächlich auf Umwegen bis Australien gekommen. Dort wurde ein deutschstämmiger Physiker und Philosoph mein Mentor. Durch ihn konnte ich studieren und eine wissenschaftliche Karriere beginnen. Ich wusste von Anfang an, dass ich an den Punkt kommen wollte, an dem ich heute stehe. Nach Amerika bin ich nur gegangen, weil die Forschungsinstitute dort besser ausgerüstet sind.«

»Und Deutschland?«

»Hat sich nicht ergeben, bis zu dieser Gastprofessur.«

Ihre Finger glitten den Stiel des Weinglases entlang. Sie fand, dass Victor auf herbe Art gut aussah und dass seine Hände dem überhaupt keinen Abbruch taten.

»Und du? Wolltest du schon immer Journalistin werden?«, fragte er.

»Nein, ich habe mich mehr aus Verlegenheit in Frankfurt für Germanistik und Anglistik eingeschrieben.« Stella hatte sich schon oft gefragt, warum sie ihren Jungmädchentraum, Kinderärztin zu werden, niemals jemandem offenbart hatte, nicht einmal Tante Ada. Vielleicht, weil es ihr so unerreichbar erschienen war wie das Leben einer Prinzessin. In ihrer Familie hatte vor ihr niemand studiert. »Als ich gerade im Referendariat war«, fuhr sie fort, »starb mein Partner. Ich habe alles abgebrochen und bin nach Köln zurückgegangen. Beim Stadtanzeiger bin ich mit einem Volontariat eingestiegen, weil ich dachte, irgendwann freie Journalistin zu sein, wäre der richtige Weg, nach Wahrheiten zu suchen.«

»Und ist es das, was du wirklich machen möchtest?«, hakte er nach. »Freie Journalistin klingt jedenfalls gut, klingt, als ob alle anderen gefangen wären in ihren festen Beschäftigungsverhältnissen.«

»Stimmt, so klingt es, und manchmal fühlt es sich auch so an, wenn ich mir meine Themen aussuche und meine Arbeitszeiten selbst bestimme. Allerdings sind die Bedingungen miserabel geworden. Die Themen sollen möglichst gängig sein, und Tiefe ist selten gefragt. Außerdem ist die Konkurrenz enorm, weil viele Festangestellte entlassen wurden und nun als Freie arbeiten. Zeilenhonorare von achtzig Cent sind keine Seltenheit.« Sie nahm die Serviette vom Schoß und knüllte sie zusammen. »Eigentlich habe ich keine Lust mehr auf den Job!« Verblüfft betrachtete sie den weißen Stoffhaufen in ihrer Hand. Das hatte sie so klar noch nie formuliert, nicht einmal vor sich selbst, und obgleich sich einschränkend das um Balance ringende *Eigentlich* an die Spitze gesetzt hatte, blieb doch das Gefühl, dass sie einen Schritt getan hatte, einen Schritt in die richtige Richtung. Sie strich die Serviette glatt.

»Du bräuchtest vielleicht nur andere Rahmenbedingungen …«

»Oder ein Ziel, so wie du. Du hast eine echte Aufgabe! Du hast die Zukunft vor Augen – besser gesagt, du schaffst sie dir selbst.«

»Meine Zukunft wird das Altern besiegen, allerdings liegt das noch in weiter Ferne. Mit meinem Forschungsansatz halte ich aber eine Verlängerung der Lebensspanne bis auf etwa zweihundert Jahre durchaus für realistisch.«

»Na, das gibt dir ja genug Zeit, um weiterzuforschen!«

»Ich arbeite seit Jahrzehnten an dem Thema, Stella, mein Leben lang, ich habe alles dafür gegeben, und ich bin nah dran – aber die Umsetzung meiner Ergebnisse in eine Therapie wird lange dauern. Unmengen an Tests sind vorgeschrieben, dazu Tierversuche und klinische Studien in mehreren Phasen …« Er wirkte nicht unglücklich darüber, im Gegenteil machte er einen recht zufriedenen Eindruck, als ob er noch einen Joker in der Tasche hatte.

»Gilt das auch für Dubai?«

Er lächelte. »Vielleicht solltest du aus dem Journalistenbusiness nicht aussteigen, es wäre schade um dein Talent.«

»Du wirst dein Ziel erreichen, davon bin ich überzeugt …«

»Ich glaube, du verstehst, worum es geht!« Er senkte den Blick auf seine Hände, die auf dem weißen Tischtuch ruhten. »Stella, wenn es dir nicht unangenehm ist, würde ich gerne mehr wissen von deiner Guillain-Barré-Erkrankung.«

Sie schwieg einen Moment. Sie erzählte fast nie von der Krankheit, weil sie sich nicht gerne daran erinnerte. Ihre spontane Offenheit in seiner Gegenwart hatte sie selbst überrascht, aber sie hatte sich auch im Nachhinein noch wohlgefühlt damit. »Mit neun Jahren konnte ich schon sehr gut lesen …«, begann sie, tastend nach einem Anfang mehr für sich selbst als für ihn. »Je dicker die Bücher waren, desto lieber war es mir, denn dann konnte ich tagelang in spannenden Geschichten verschwinden. Ich hole mir also gerade ein neues Buch aus dem Regal und will zu meinem Bett gehen, da wird mir plötzlich so seltsam. Das Buch rutscht mir aus der Hand, ich gehe in die Hocke, um es aufzuheben, und komme nicht mehr hoch. Meine Beine gehorchen mir nicht mehr. Ich weiß nicht, was ich machen soll, greife nach dem Buch. Meine kleine Schwester ist erst ein Jahr alt und brüllt mal wieder. Meine Mutter läuft zu ihr hin, an mir vorbei. Meine Arme werden taub, und das Buch fällt erneut zu Boden. Meine Schwester schreit, und meine Mutter schreit auch. *Räum endlich das Zimmer auf, Stella!* Ich habe schreckliche Angst. Mein Körper gehört mir nicht mehr, ich sacke zur Seite weg und will schreien, will um Hilfe schreien, aber kein Ton kommt heraus. Ich denke, dass ich sterbe.« Sie schluckte und musste eine Pause machen.

Stumm und gebannt wartete Victor darauf, dass, sie fortfuhr.

»Ab da kann ich mich nicht mehr gut erinnern. Im Krankenhaus bekam ich Beruhigungsmittel gegen die Panik, und weil bei dieser schnell aufsteigenden Form der Lähmung auch das Zwerchfell betroffen war und ich beatmet werden musste. Ich lag die ersten Wochen sediert und dann wochenlang bei vollem Bewusstsein, aber immer noch vollkommen gelähmt. Ich weiß nicht mehr, was schlimmer war. Die Muskellähmung ging ganz allmählich wieder zurück, vom Nacken über die Schultern und Arme abwärts. Nach vier Monaten konnte ich meine Beine wieder bewegen, aber natürlich musste ich hart trainieren.« Stella endete atemlos. Die Erinnerung hatte ihren ganzen Körper erfasst. Sie hatte damals nichts begriffen von ihrer Krankheit und war der festen Überzeugung gewesen, dass alle sie bereits aufgegeben hatten, alle außer Tante Ada.

»Guillain-Barré steht für eine akute Entzündung der Nervenfasern«, sagte Victor, »von der man bis heute nicht weiß, wie sie ausgelöst wird. Man vermutet eine seltene

Autoimmunreaktion, welche in der Regel nur mit einem einzigen Schub im Leben auftritt.«

»Das hoffe ich! Bei mir sind die Symptome jedenfalls vollständig ausgeheilt und bis jetzt nicht wiedergekommen.«

»Was war das Schlimmste für dich?«, wollte er wissen.

»Die Einsamkeit«, erwiderte sie ohne Zögern, »und die Hilflosigkeit!«

Er nickte.

Sie sahen sich an.

Der Kellner kam und wollte ihr von dem Meeresfrüchterisotto nachlegen. Sie winkte ab, wollte auch keinen Nachtisch, sie konnte keinen Bissen mehr herunterbringen.

»Gehen wir?«, fragte Victor.

Draußen war es kalt, eine feuchte Kälte, von der Stella annahm, dass sie Victor in die Gelenke kroch. Sie liefen schweigend und dichter, als Fremde nebeneinander gehen, durch die engen Gassen der Südstadt. Ihre Schritte waren verhalten, noch hatten sie sich nicht über einen Weg verständigt, noch bewegten sie sich im unausgesprochenen und daher unbegrenzten Raum. Hinter den Scheiben der zahlreichen Kneipen saßen dicht gedrängt Menschen bei Kerzenlicht, und ihr Atem ließ das Glas beschlagen. Vor ihnen flog ein Fenster im Hochparterre eines Wohnhauses auf, und zigarettenschwere Luft quoll auf den Bürgersteig. Stella blieb stehen, lauschte der Musik, die aus der Wohnung drang.

»*Woman in love*«, sagte sie. Verblüfft verfolgte sie, wie Victor eine Tanzhaltung einnahm.

»Eine Rumba«, sagte er, »darf ich bitten?«

Sie hatte seit Jahren nicht mehr getanzt. In ihrem Augenwinkel brach sich der Strahl eines um die Ecke biegenden Autos und zauberte für einen Moment einen Lichtschweif auf die nasse Straße. Victor führte sicher, kein Schritt war zweifelnd.

Langsam – schnell – schnell …

Sie gab sich dem Rhythmus hin, wollte schweben durch diese Nacht.

»Komm«, sagte Victor und öffnete die Paarhaltung, indem er sie ausdrehte, »wir sind gleich bei mir zu Hause.« Ihre Hand behielt er in seiner. Sie ließ ihren Griff ganz locker.

»So lebst du also!« Sie sah sich in der Wohnung um.

»Nein, so wohnt der Typ, von dem ich möbliert gemietet habe.«

»Sind deine Sachen schon in Dubai?«

»Was für Sachen?«

Sie wandte sich nicht um, als er sich ihr von hinten näherte, nachdem er die Mäntel aufgehängt hatte. »Na, deine Möbel und …«

Victor hatte seine Hände auf ihre Schultern gelegt und ließ sie langsam über ihre Arme nach unten gleiten. Er küsste ihren Nacken, ihren Hals. Sie fühlte ihre Schlagader pulsieren. Er drehte sie zu sich, sein Mund tastete nach ihren Lippen. Ihre Hände suchten seinen warmen Körper. Er ließ seine Lippen tiefer sinken, in ihren Ausschnitt.

Später lag sie neben ihm auf der Seite, den Kopf auf eine Hand gestützt, und zeichnete mit zwei Fingern den schmalen schwarzen Haarstrang nach, der sich von der Brust bis zum Schamhaar über Victors Torso zog. Sie verbot sich, über diesen Moment hinauszudenken. Vereint wie in einem langen Tanz waren ihre Bewegungen ineinandergeflossen.

Er stoppte ihre Hand. »Bleibst du bei mir?«

»Heute Nacht?«

»Heute, morgen … Kannst du dir freinehmen?«

»Und dann?«

»Gib mir Zeit, um dich zu überreden, mit mir nach Dubai zu kommen …«

»Wie bitte? Was soll ich da?«

»Du könntest einfach bei mir sein, das Leben genießen, und du könntest natürlich Reportagen aus Dubai schreiben. Du hast doch gesagt, dass du dir die Themen selbst aussuchst.«

Sie tat, als müsse sie lachen. »So geht das nicht, das ist viel zu schnell! Ich weiß überhaupt nichts von dir.«

»Ich war in Australien verheiratet, aber die Ehe wurde kinderlos geschieden, wir haben seit Jahren keinen Kontakt mehr. Ich lebe alleine.«

Sie schwieg.

»In Dubai würden wir jetzt draußen am Pool liegen, da ist es auch nachts noch heiß«, sagte Victor schließlich.

»Wann fährst du?« Etwas in ihr krümmte sich zusammen in Erwartung seiner Antwort.

»In zwanzig Tagen reise ich ab. Wirst du die Zeit mit mir verbringen?«

»Bestimmt nicht!«, sagte sie, obgleich es nicht das war, was sie dachte.

»Was wünschst du dir vom Leben, Stella?«

»Ich …«, es war ihr peinlich, dass ihre Stimme kratzig klang, »… ich wünsche mir Kinder … eine Familie …«

»Ich auch!«

Sie sah ihn überrascht an.

»Ja, klingt komisch von einem, der immer an die Forschung denkt und von Land zu Land zieht, aber irgendwann wacht man auf und weiß, dass man etwas falsch gemacht hat. Komm mit, Stella!«

»Was willst du mir sagen, Victor?«

»Du bist die Frau, auf die ich gewartet habe! Wenn du bei mir bist, kann ich alles schaffen! Komm mit! Ich biete dir ein Leben ohne Sorgen, ein Haus mit Pool und Gärtner und Köchin …«

»In Dubai!«

»In einer aufstrebenden, kosmopolitischen Metropole! Was hast du zu verlieren? Ich muss mein Geld nicht zählen,

Haus, Auto, was du willst, alles auf deinen Namen, ich lege dir alles zu Füßen!«

»Du kennst mich doch gar nicht.«

»Mir ist, als ob ich dich unendlich lange kenne, Stella, als ob du, oder vielmehr die Ahnung von dir, schon mein ganzes Leben in mir ist.«

Sie wusste, dass es so war. Nie zuvor hatte sie sich so einzigartig gefühlt wie genau in diesem Augenblick. Doch ihre Finger wurden kalt.

»Stella, lass es uns versuchen! Das ist die Chance unseres Lebens!«

Sie beugte sich zu ihm, legte ihren Mund auf die weiche Stelle am Übergang zum Schlüsselbein. »Sag einfach nur etwas Nettes«, flüsterte sie.

»Stella, was ich dir eben gesagt habe, habe noch nie in meinem Leben zu einer Frau gesagt!«

»Etwas Gefühlvolles, meine ich.«

»Sei mein *Mädesüß*, mein *Siebenstern* ...«

»Du bist ja verrückt!«

»Nach dir!« Er zog sie auf seinen nackten Körper.

3

De facto nur zweieinhalb Wochen, von ihrem Gefühl her jedoch viele Monate später, standen sie in kleiner Gruppe beisammen. Stellas Mutter mit ihrem zweiten Mann, den Stella wegen seines Faibles für alles Amerikanische *Daddy* nannte, und ihr Vater mit seiner zweiten Frau, für die er die Familie einst verlassen hatte. Außerdem ihre Lieblingstante Ada, die eigentlich eine Tante ihres Vaters war.

Ihre Mutter gab sich keine Mühe zu verbergen, dass ihr Lächeln nur aufgesetzt war. Stella hatte sie erst vor zwei Tagen über die bevorstehende Heirat informiert, um zu vermeiden, dass ihre Mutter die Vorbereitungen an sich riss oder versuchte, die Gästeliste zu beeinflussen und Stellas Vater wieder auszuladen. In der Kürze der Zeit hatte sie es daher lediglich geschafft, ein riesiges Hochzeitsplakat mit einem Rosenherz drucken zu lassen. In der Mitte des Herzens stand neben Stellas Namen »Viktor Degen«.

Stellas Vater blickte stumm auf das Plakat, das in einem Holzrahmen neben der Tür des Standesamts lehnte, als würde er sich noch im Nachhinein beglückwünschen, damals mit seiner Abkehr von dieser Frau die richtige Entscheidung getroffen zu haben. Tante Ada trug ihr silbergraues Haar unter einem breitkrempigen Hut verborgen. Stella hatte Ada noch nie mit Hut gesehen. Sie fand, dass Ada den Hals recht steif hielt; ob das dem ungewohnten Hut geschuldet war oder ihrer Traurigkeit über Stellas Fortgang, konnte sie nicht deuten.

Stella hatte sich bei Victor eingehakt und drückte seinen Arm. Victor machte einen leicht abwesenden Eindruck, schien irgendwo zwischen entspannt und konzentriert, wie ein Schauspieler während einer kurzen Drehpause.

Da niemand sprach, waren alle Ohren auf das durchdringende Weinen von Luca gerichtet. Der Kleine wollte gar nicht aufhören, obgleich der Mann von Stellas Freundin Susanna den Kinderwagen unermüdlich vor den Stufen des Standesamts hin und her schaukelte. Susanna, die gerade mit Sohn Oskar beschäftigt war, warf ihr einen ratlosen Blick zu. Stella galt als Babyversteherin. Wann immer ein Kind zahnte oder Fieber hatte, kamen die Freundinnen zu ihr. Sie konnte nicht sagen, woher sie die Gabe hatte zu spüren, was den Kindern guttat. Stella schaute zu Susanna und dann zum Kinderwagen, wollte helfen und rührte sich dennoch nicht von der Stelle. Sie hatte das Gefühl, ihren Platz an Victors Seite keine Sekunde verlassen zu dürfen, nur mit seinem sicheren Halt diesen Tag durchstehen zu können. Sie spürte die Erschöpfung bis in ihre Knochen, die ganze letzte Woche hatte sie keine Nacht mehr ruhig geschlafen, so aufgewühlt war sie. Selbst Ada hatte auf die Nachricht mit ungläubiger Miene reagiert.

Warum wollt ihr euch nicht erst besser kennenlernen? Muss es denn ausgerechnet ein arabisches Land sein? Und warum um alles in der Welt musst du so überstürzt heiraten?

Die Fragen waren ihr nicht zu verdenken, Stella selbst hatte sich diese Fragen auch gestellt. Sie war mit Victor in ein Romantikhotel im Thüringer Wald gefahren. Dort hatte sie, umhüllt von rostroter Bettwäsche, vom Bett aus an Victor vorbei über die Dächer der mittelalterlichen Fachwerkhäuser geblickt und in die erwartungsvolle Stille nach seinem Heiratsantrag hinein nur den Kopf geschüttelt. Victor blieb unbeeindruckt, er schien nicht den geringsten Zweifel zu hegen. Er hatte ihr erzählt, wie er als junger Mann gelernt hatte, mit der bloßen Handkante ein Brett zu durchschlagen. Man darf immer nur an das Ziel denken, nie an den Widerstand. Dubai war nun einmal ein islamisches Land, in dem es verboten war, als unverheiratetes Paar zusammenzuleben. Darüber hinaus würde Victor dort eine wichtige Stellung einnehmen und unmittelbar dem Scheich unterstellt sein. Es wäre ganz unmöglich, einfach nur seine Freundin vorzustellen. Und Victor wollte es auch nicht! Er wollte keine Unverbindlichkeiten mit ihr. Er wollte Kinder!

Für Stella klang alles logisch. Und auch wieder nicht.

Nachts träumte sie von einem kleinen Jungen, der so aussah, wie Victor als Kind ausgesehen haben musste. Am Nachmittag saß sie im Wintergarten bei Prosecco und hausgemachtem Kuchen und hörte sich Victors zweiten Heiratsantrag an, der von der teuersten Halskette begleitet wurde, die er in dem Städtchen hatte auftreiben können. Obgleich Victor schwor, ihr jeden Wunsch zu erfüllen, unglaublich zärtlich war und einfach alles richtig machte, nahm sie die Kette, ohne sie anzulegen, und schüttelte erneut den Kopf.

Sie wanderte stundenlang alleine über die Hügel in einem Wald, durch dessen kahle Äste bleich die Sonne schien, die Stellas Schatten flach über den gefrorenen Laubboden warf. Sie ging übervorsichtig, weil sie Sorge hatte, im nächsten Augenblick zu stolpern und den kleinen Abhang hinunterzurutschen. Oder sie blieb stehen und blickte erschrocken nach oben, weil es in den Wipfeln knackte und sie fürchtete, von einem herabfallenden Ast getroffen zu werden. Sie zitterte fast ununterbrochen, aber nicht vor Kälte, die Temperatur spürte sie gar nicht. Ihre Tagträume kreisten um Kinder, die sie niemals im Stich lassen würde und die sie pflegen würde, wenn sie krank waren. Die sie lieben würde, jedes auf seine Art. Sie hatte Visionen von spielenden Kindern und sich selbst, ohne Zeitnot, ohne Geldnot, ohne dass sie jeden dummen kleinen Artikel schreiben musste, dafür mit der Freiheit, noch einmal eine Ausbildung zu wagen, um irgendwann doch noch mit Kindern zu arbeiten. Und eines Tages – vielleicht – sogar die Versöhnung mit der Vergangenheit. Vielleicht könnte sie den Fehler ihres Lebens endlich annehmen als Teil ihrer Geschichte. In Victors Gegenwart schien alles möglich. Er war so unvermittelt in ihr Leben getreten, dass es nur schicksalhaft sein konnte. Sie ging ein Stück durchs Unterholz zu einer dicken, alten Buche, schlang ihre Arme um deren Stamm, legte ihre Wange an die kalte, raue Rinde. Sie wollte nicht alles aufgeben, was sie hatte, und sich abhängig machen von Victor und ihrer Beziehung. Sie wollte keinen Fehler machen. Noch einen Fehler konnte sie sich nicht leisten. Es war ein Risiko, aber ohne den Mut zum Risiko würde sie stecken bleiben in der Belanglosigkeit.

Keine Entscheidung zu treffen, kann auch die falsche Entscheidung sein! Kein Risiko einzugehen, kann auch ein Fehler sein!

Sie hatte sich noch fester gegen den Baum gedrückt. Warum sollte sie nicht einfach nur glücklich sein? Alle Schwere hinter sich lassen und den Neuanfang wagen? Sie war ins Hotel zurückgelaufen, direkt in Victors Arme.

Stella blickte in die Runde. »Wie gut, dass es nicht schneit«, sagte sie zu niemand Bestimmtem gewandt.

»Uns wäre es auch im Mai lieber gewesen«, gab ihre Mutter mit pikiertem Unterton zurück und fasste sich besorgt ans Haar. Sie zog ihren langen Mantel mit dem Fuchskragen enger zusammen. »Wir wollten dir ja eine schöne Hochzeit ausrichten, aber von heute auf morgen geht das natürlich nicht. Mit dir war es schon immer so schwierig, schon als Kind!«

»Deine Tochter ist die allerschönste Braut«, sagte Victor, und seine Stimme klang wie ein leises, aber gefährliches Knurren, »im Übrigen gar nicht schwierig, und eine andere Hochzeit hätten wir nicht gewollt, auch im Mai nicht.«

Stella strich unter ihrer offenen Daunenjacke ihren türkisfarbenen Hosenanzug glatt und ignorierte den empörten Blick ihrer Mutter. Die Bezeichnung »schwierig« hing ihr seit Kindertagen an, dabei hatte sie immer nur versucht, ihrer verlassenen und lautstark leidenden Mutter zu helfen. Nur deshalb wollte sie möglichst klein und dünn sein, wollte unauffällig und am liebsten unsichtbar sein. Also versteckte sie sich oft und war eine lustlos auf dem Teller herumstochernde Esserin. Sie litt, damit es ihrer Mutter besser ging. Als diese dann tatsächlich wieder lachte, galt das Lachen aber nicht Stella, sondern Daddy und der neugeborenen Tochter Christiane.

Stella gefiel die Aussicht, für eine Weile eine gewisse räumliche Distanz zwischen sich und ihre Familie zu legen. Sie hatte gar nicht geglaubt, dass es in Deutschland tatsächlich möglich war, so schnell zu heiraten. »Kommt!«, sagte sie und zog Victor am Arm mit sich. »Wir gehen jetzt rein!«

Der Saal war schlicht, aber die Standesbeamtin fand herzliche Worte, und Stella lauschte ihnen so gebannt, dass ihr Kopf ganz leer wurde und die Sätze darin hallten wie in einem Krönungssaal.

Ihre Mutter hatte Tränen in den Augen. »Nicht einmal deine Schwester ist dabei«, sagte sie, als sie ihre Küsse auf Stellas Wangen hauchte.

Stellas Halbschwester war gerade in Urlaub und hatte ihr am Morgen eine SMS von La Gomera geschickt. »Hi Stelli – kurzfristige Umbuchung leider no way, nächstes Mal bitte besser planen – kisses – Chris.«

Stellas Vater streckte etwas steif die Arme nach ihr aus. Normalerweise hielt sein Körper bei den seltenen Umarmungen größtmöglichen Abstand von ihr. Stella hatte sich aus Angst vor den verletzten Gefühlen ihrer Mutter nie getraut, ihm zu zeigen, dass sie ihn liebte. So musste er wohl irgendwann zu dem Schluss gekommen sein, seine Tochter habe sich gänzlich von ihm abgewandt und auf die Seite der Mutter geschlagen. Jetzt drückte sie sich an ihn und hielt ihn lange fest. Als sie ihn losließ, sah er sie überrascht an, zog sie noch einmal zu sich und gab ihr einen Kuss.

Vor dem Standesamt warf Daddy Victors Leihwagen einen verächtlichen Blick zu und bestand darauf, sie zumindest in seiner C-Klasse zum Restaurant zu fahren. Er machte unmissverständlich deutlich, dass er als stellvertretender Niederlassungsleiter der Mercedes-Filiale für Victor einen Wagen der S-Klasse für angebracht gehalten hätte.

Stella nahm Ada zwischen sich und Victor auf den Rücksitz. »In Dubai ist es jetzt wunderbar warm, ihr müsst uns bald besuchen kommen.«

»Weihnachten bist du doch aber noch hier, oder?« Ihre Mutter zog ein Taschentuch aus der Handtasche.

»Ja, bin ich. Victor fliegt zwar schon übermorgen, aber ich brauche noch Zeit, um meine Wohnung aufzulösen.«

»Angeblich hat Agassi da auf dem Dach von diesem Luxushotel Tennis gespielt«, sagte Daddy lahm.

»Ja, genau, dort haben sie den Werbespot mit der Frage gedreht: *Und wann haben Sie das letzte Mal etwas zum ersten Mal gemacht?*« Eine Frage, die geradezu ihr Motto geworden war, dachte Stella.

Im Restaurant beugte sich Susanna, deren Zuspruch ihr damals bei der Trennung von Alexander sehr geholfen hatte, im Vorübergehen zu ihr hinunter. »Sag mal«, flüsterte sie Stella ins Ohr, »jetzt, wo du verheiratet bist und weggehst – würdest du mir die Telefonnummer von Alexander geben? Ist für meine Cousine.«

Stella schrieb die Nummer auf die Rückseite der Visitenkarte des Restaurants, wobei sie zu ihrem eigenen Erstaunen für einen Moment versucht war, einen Zahlendreher einzubauen. Sie musste wohl erst noch lernen, alles hinter sich zu lassen. Sie wollte lächeln, als sie aufstand und sich zu Susanna umdrehte, aber plötzlich sackte ihr Kreislauf ab, und ihr wurde schwindelig. Sie stützte sich auf die Lehne und holte tief Luft. Sofort ging es ihr wieder besser. Sie war bereit für den vollen Einsatz – alles auf Rot! Sie setzte ihr Glück auf die Liebe. Und auf Tausendundeine Nacht.

Ihr fliegender Teppich der Emirates Airlines näherte sich Dubai vom Meer aus. Die Maschine war komfortabel, jeder Sitz war mit einem Bildschirm ausgestattet. Stella hatte sich die letzte Stunde bei einem Glas Sekt mit ihrem Arabisch-Sprachkurs vertrieben. Unversehens befanden sie sich im Landeanflug, der über eine Außenkamera übertragen wurde. Das Meer war dunkel; es war die Stadt, die verheißungsvoll glitzerte. Der Kapitän informierte die Passagiere über die aktuelle Zeit und Temperatur vor Ort. Es war kurz vor Mitternacht und noch 23 Grad warm. Sie fragte sich, warum sie es nicht fertiggebracht hatte, sämtliche Pullover im eisgrauen Deutschland zu lassen. Hochhäuser und angeleuchtete Moscheen wurden in der Skyline unterscheidbar. Der ansteigende Kabinendruck legte sich auf ihr Trommelfell. Sie versuchte zu schlucken, aber ihr Mund war zu trocken. Sie wischte die schweißnassen Hände an ihrer Jeans ab und tastete in ihrer Handtasche nach dem glatten weißen Kieselstein, den sie immer bei sich trug. Sie ließ ihn durch ihre Finger gleiten. Alles ganz natürlich, sagte sie sich. Angst ist ein tief verankerter Schutzmechanismus, gepaart mit dem Fluchtreflex. In diesem Moment berührten die Räder den Boden.

Der Flughafen war weitläufig mit endlos erscheinenden Rollbändern, die in mit Palmen gesäumten Zwischenhallen mündeten. Sie schritt blitzsaubere Gänge entlang, in denen das harte Neonlicht zeigen wollte, dass es kein Staubkorn zu verbergen gab. Ein exklusiv dekoriertes Schaufenster nach dem anderen spiegelte sich auf den polierten Böden. Schließlich reihte sie sich in eine lange Schlange ein, die zu dem Nadelöhr führte, über dem *Passport Control* stand. Sie dachte, dass sich bereits der Flughafen als Zusammenfassung der Schlagworte präsentierte, die sich ihr bei ihrer kurzen Recherche über das Land eingeprägt hatten. Pracht und Luxus, Strenge und Bürokratie. In keinem dieser Worte hatte sie sich wiederfinden können.

Sie entdeckte Victor nicht gleich, als sie den Sicherheitsbereich verließ, stand wie blind vor einer schwarz-weißen, brodelnden Wand aus wartenden Menschen. Die Frauen wie schwarze Zelte, die Männer in leuchtend weißen Gewändern. Nächtelang hatte sie von dieser Begegnung geträumt, hatte in der Stille ihre Kopfes nur ihn gesehen und wie sie sich küssten.

Victor befreite sie aus ihrer Erstarrung, indem er sie seitlich aus der Menge kommend in seine Arme schloss. »Marhaba«, sagte er dicht an ihrem Ohr, »das heißt Willkommen!«

Stella war unglaublich erleichtert, dass er da war, und gleichzeitig völlig orientierungslos, als wäre sie soeben aus tiefem Schlaf erwacht. Sie hatte mit dem Willkommensgruß *Ahlan wa sahlan* gerechnet, doch Victors Arabischkenntnisse waren offenbar nicht so weit gediehen. »Marhaba«, erwiderte sie daher, was schlicht »Hallo« hieß. Sie hielt ihn einfach fest, vergrub ihr Gesicht an seinem Hals.

»Alles in Ordnung?«, fragte er. »Geht's dir gut?«

Er hatte keine Blumen für sie dabei, es hätte wohl auch nicht zu ihm gepasst. Victor legte ihr Gepäck auf einen Trolley. Im Parkhaus waren die meisten Autos weiß. Sie gingen auf das einzige rote Auto zu, einen protzigen Sportwagen.

»Für dich steht ein eigenes Auto in der Garage«, beeilte er sich zu versichern, »größer und bequemer natürlich!«

Schweigend ließ sich Stella durch die Nacht fahren. Sie

hatte sich entschieden, Victors Frau zu werden und ihn nach Dubai zu begleiten, nun lag es an ihr, diesem Status eine eigene Dimension zu geben, doch noch fehlten ihr die Worte. Ihr Blick fiel gewohnheitsmäßig auf seine Hände, die das Lenkrad umfassten. Sie war überzeugt, dass sie an seinen Händen erkennen konnte, wie gut oder schlecht es ihm ging, auch wenn Victor das Unsinn nannte und allenfalls die Erkennbarkeit eines akuten rheumatischen Schubes für möglich hielt. Gemäß ihrer Diagnostik ging es ihm gut, dennoch war sie verblüfft. An Victors Handgelenk hing eine schmale Panzerkette aus Titan mit Gravurblatt. Nur ein Goldkettchen hätte sie noch mehr irritiert.

»Zeig mal, was du da am Arm hast – damit siehst du ja aus wie mein Friseur!« Sie zog seine Hand zu sich heran und drehte das Gravurblatt um. »Was ist das?«

»Eine Telefonnummer.«

»Das sehe ich, eine Nummer in Amerika, aber wem gehört der Anschluss?«

»Wenn mir etwas passiert, musst du diese Nummer wählen. Sofort! Weiter musst du dich um nichts kümmern, ich habe für alles meine eigenen Vorkehrungen getroffen.«

»Du meinst, wenn du …? Und was sind das für Vorkehrungen?«

Victor starrte hinaus in den dichten Verkehr. »Wir hatten noch nicht viel Zeit, uns zu unterhalten«, sagte er schließlich, »über solche Dinge.«

»Nein, hatten wir nicht.«

»Ich kann eine Zukunft sehen, Stella, die vielen wie Science-Fiction erscheint.« Er sprach bedächtig, schien um jedes Wort zu ringen. »Ich bin sogar Teil dieser Zukunft, indem ich sie durch meine Forschung mitentwickle. Für den Fall, dass ich diese Zukunft wider Erwarten nicht erreichen sollte, habe ich vorgesorgt. Ich werde trotzdem dabei sein.«

»Und was stellen die Amis mit dir an? Katapultieren sie deine Asche in den Weltraum?« Sie hörte sich selbst und ärgerte sich, dass sie nicht einfach geschwiegen hatte. Sie beugte sich nach vorne, um besser in sein Gesicht zu sehen, und entdeckte jenen unbewegten Ausdruck, den er sich antrainiert hatte, um seine Arthritisschmerzen zu verbergen. »Tut mir leid«, sagte sie und legte ihm eine Hand auf den Oberschenkel. »Bitte erzähl mir, wie du vorgesorgt hast.«

»Ach, es ist nichts weiter, gar nichts, ich spende nur meinen Körper, lass uns jetzt bitte über etwas anderes sprechen! Schau mal zum Fenster hinaus, das ist deine neue Heimat!«

Das Wort Heimat klang wie eine Drohung. War Dubai ihre Heimat? War es Victor? Oder das Deutschland, das sie gerade hinter sich gelassen hatte? Etwas in ihr sträubte sich, diesen Begriff zu belegen, als müsse er frei bleiben wie ein Rückzugsgebiet. In der Konsequenz allerdings war sie heimatlos, ein Gedanke, der sie ebenfalls erschreckte.

Sie fuhren auf einer hell erleuchteten, schnurgeraden Straße, eng bedrängt von den Scheinwerfern anderer Autos, obgleich es ein Uhr nachts war und die Fahrbahn zwölfspurig. Bei den Silhouetten rechts und links dieses imposanten Boulevards handelte es sich um raffiniert angeleuchtete Wolkenkratzer. Es gab auch Türme, auf denen noch gearbeitet wurde, vermutlich war es klimatisch günstiger, körperliche Arbeit in die Nachtstunden zu verlegen. Sie hätte gerne das Fenster geöffnet und den Kopf oder wenigstens eine Hand hinausgestreckt, doch Victor hatte so entschieden die Klimaanlage angeschaltet, dass sie sich nicht traute. Sie fragte sich, ob es an ihrem allgemeinen Gefühl der Fremdheit lag, dass sie sich Victor nicht so nah fühlte, wie sie es sich wünschte.

»Das muss die Sheikh Zayed Road sein«, sagte sie. »Wohin fahren wir?«

Er wirkte erleichtert über den Themenwechsel. »Das ist die Hauptverkehrsverbindung, wir bewegen uns nach Süden. Der Fluss, den wir gerade überquert haben, ist keiner, sondern ein weit ins Land hineinreichender Meeresarm, der Dubai Creek. Da vorne links siehst du das World Trade Centre und die Emirates Towers.«

»Ja, sehe ich. Aber wohin fahren wir?«

»Ich dachte, du wirst müde sein, und wir fahren erst mal ins Hotel. Ich habe dir ja gemailt, dass ich noch nicht umgezogen bin, weil mir ohne dich das Haus zu einsam war.«

Sie hatte sehr wohl verstanden, dass Victor die Annehmlichkeiten des Siebensternehotels einem leeren Haus vorgezogen hatte. »Lieber möchte ich das Haus sehen, ich bin nicht so müde.«

»Kein Problem, es ist dieselbe Richtung, nur ein Stück weiter.«

Stella hatte sich den Stadtplan angesehen und vermutete, dass Emirates Hills ein reines Wohngebiet war. Die Google-Suchanfrage zu den Geodaten hatte ihr ein Areal offenbart, bei dem die Satellitenbilder riesige Grünanlagen, einen See, einen Golfplatz und zu jedem Haus einen Pool zeigten.

»Ich habe das schlichteste Haus genommen«, sagte Victor, als er schließlich vor der Garagenauffahrt einer luxuriösen Villa hielt. »Ich dachte, du magst es bestimmt nicht allzu opulent.« Er schloss die Tür auf. »Es gibt vier Schlafzimmer, drei Balkone, drei Toiletten plus Gästetoilette …«

Das Haus im maurischen Stil aus hellem Sandstein war quadratisch, aber in sich verschachtelt gebaut. Stella sah sich um, wanderte wie ein Gast durch sämtliche Zimmer. Das Haus war komplett eingerichtet, geschmackvoller sogar, als sie es Victor zugetraut hätte, von der Küchenausstattung bis zu den Sofakissen war alles vorhanden, sogar einige Bücher lagen auf dem Tisch.

»Hier passt ja alles zueinander, als wäre es extra dafür gemacht – wie hast du das so schnell geschafft?«

»Man kann den Einrichtungstyp wählen. Wir haben ›stylish‹.«

»Ach so? Du weißt doch, dass noch ein Container mit meinen Möbeln unterwegs ist.«

»Du kannst alles verändern, wie du möchtest, ich dachte nur, es ist netter, wenn es nicht so kahl ist.« Er öffnete die Schiebetür zur Terrasse. »Wir können auch im Hotel bleiben, bis du das Haus so hergerichtet hast, wie es dir gefällt.«

Sie blickte auf die bereitstehenden Liegestühle und den Esstisch aus dunklem Holz, der unter einer Markise wartete. Vor ihr lagen Rasen, Palmen und ein lang gestreckter Swimmingpool. Ein Paradies, Versprechen und Erwartung zugleich. Hier musste man glücklich sein. »Ist das nicht ein bisschen zu groß, Victor?« Sie verstand gar nicht, was mit ihr los war, warum sie sich nicht einfach bloß freute. Wahrscheinlich war sie doch übermüdet.

»Dieses Haus wurde mir zu besonderen Konditionen angeboten, es ist nur gemietet und nicht so teuer, wie du vielleicht annimmst.« Er nahm ihre Hand und begann, ihren Arm zu küssen. »Du suchst uns ein Haus ganz nach deinen Vorstellungen aus!«

Sie sog die warme Nachtluft ein. Es roch ein wenig nach Vanille. Ein Rascheln ging durch die harten Palmblätter, ansonsten war es still. Nichts sprach gegen dieses Haus als Übergangslösung. Dennoch hatte sie ein klammes Gefühl, eine Art Widerwillen, von dem sie nicht genau wusste, wogegen er sich richtete. Vermutlich war es bloß eine Irritation, weil sie so vieles nicht verstand und nicht einmal mit Sicherheit sagen konnte, ob das an ihr lag, an Victor oder an den fremden Gegebenheiten. Seine Lippen waren an ihrer Schulter angekommen, und er hob das Gesicht.

»Es ist sehr schön hier!«, sagte sie mit fester Stimme.

Victor ging zum Haus und betätigte zwei Schalter. Das Terrassenlicht erlosch, und versteckte Leuchten sprangen an, deren indirekte Illumination den Garten in einen Park zu verwandeln schien. Er schlang von hinten die Arme um sie. »Komm, du *Brennende Liebe*, wir weihen den Pool ein …«

Das Burj al Arab präsentierte sich schon bei der Anfahrt imposant, weil das segelförmige Gebäude in der rasch wechselnden Farbfolge einer Lichtshow erstrahlte. Stella schaute zur Spitze des Hotels hoch. Irgendwo dort oben auf der Höhe des zweiundzwanzigsten Stockwerks musste die Außenplattform schweben, die ein Landeplatz für Helikopter war und die Agassi für ein Tennisspiel genutzt hatte. Ihre Augen brannten, und sie hatte Mühe, die Lider offen zu halten, es war halb drei Uhr morgens, doch sie war viel zu aufgewühlt, um an Schlaf zu denken. *Und wann haben Sie das letzte Mal etwas zum ersten Mal gemacht?*

Victor und Stella wurden vom Hotelmanager so persönlich begrüßt, als hätte er seit Tagen nur auf sie gewartet. Eine Reihe dienstbarer Geister bemühte sich mit heißen Tüchern und Rosenwasser um ihre Erfrischung, wie es nach einem beschwerlichen Wüstenritt angebracht gewesen wäre. Unnötigerweise wies der Manager Stella auf die Lobby hin, von deren explodierendem Prunk sie sich ohnehin erschlagen fühlte.

»Mit 182 Metern das höchste Atrium der Welt«, erklärte er und wies zu der dreieckigen Decke hinauf. Ihr Blick wanderte über die im Rhythmus arabischer Musik aufspritzenden Wasserspiele, die Marmorsäulen, die Lichteffekte, das Farbspektakel aus Blau, Rot und vor allem viel Gold nach oben.

»Orientalisch-barocker Freistil«, kommentierte Victor, der sie amüsiert beobachtete.

Sie fragte sich, wie in einem solch exklusiven Hotel ein derartiger Designtumult hatte zustande kommen können. Andererseits machte dieser ganze Kitsch es geradezu liebenswert. Unwillkürlich wurde man wieder zum Kind, das sich nach Herzenslust den Orient ausmalen durfte. In ihrer zweistöckigen Suite lief sie über Perserteppiche, strich über Samt und Tüll und zählte. »Vierzehn Telefone! Sind die für deinen Harem?«

»Genau! Möchtest du etwas trinken, derzeit einzige Haremsdame?«, rief Victor von der Bar zu ihr herüber.

»Champagner natürlich! Und du bezahlst wirklich nichts von alledem?« Sie betrachtete kopfschüttelnd den Whirlpool in dem, was man eher eine Badelandschaft als ein Badezimmer nennen musste. Sie wusste nicht, ob ihre Begeisterung oder ihre Vorbehalte stärker waren. In Deutschland wäre ihr solcher Luxus peinlich. Doch hier war sie im Übermorgenland, und vielleicht musste sie das Genießen bloß lernen, wie man eine Fremdsprache erlernt.

»Der Hotelaufenthalt und das Auto sind Geschenke der Scheichfamilie, damit ich mich gut einlebe.« Victor wartete auf dem roten Sofa mit Brokatbordüre, bis sie ausgepackt und sich eingerichtet hatte. Den Champagner hatte er geöffnet und samt Gläsern auf einem kleinen, runden Marmortisch abgestellt.

Sie ließ sich neben ihn aufs Sofa fallen. »Verrückt das alles.«

Victor wandte sich zu dem Beistelltisch und schenkte den Champagner ein. Er reichte ihr ein Glas. »Ich bin so froh, dass du da bist, Stella!«

»Auf unsere Zukunft!«, erwiderte sie und küsste ihn.

Sie stießen an.

»Endlich kämpfen wir auf derselben Seite«, sagte er und nahm zwei große Schlucke, sodass das Glas beinahe leer war, als er es wieder abstellte.

»Von welchem Kampf sprichst du?«

»Na, von meinem Forschungskampf natürlich, meinem Experiment – hier in Dubai muss es gelingen! Du unterstützt mich doch ...«

»Wie denn?«

»Na ja, mal sehen, bestimmt kannst du helfen, es wird sich schon irgendein Opfer für dich finden ...«

Sie dachte, dass sein Lächeln unsicher war, schwankend zwischen Hoffnung und Zweifel.

»... du weißt, Stella, es ist mein Traum, eine neue Stufe im Dasein der Menschheit ... du verstehst doch ...«

Sie zögerte. »Ja, schon«, gab sie schließlich gedehnt zurück. Sie wollte ihm keinesfalls einen Freifahrtschein geben für lange Abende im Labor oder was auch immer er sonst vorhatte. »Von deiner Wissenschaft verstehe ich nicht genug, um dir zu helfen. Wahrscheinlich könnte ich nicht mal einen Artikel für dich tippen, weil ich die Fachwörter falsch schreiben würde.«

Er sah sie stumm und ausdruckslos an.

»Aber natürlich bin ich ansonsten für dich da! Du kannst mir alles erzählen, was dich bewegt, deine Sorgen und allen Ärger kann ich mit dir teilen. Und ich bin bereit, an deiner Seite zu repräsentieren, bei irgendwelchen Empfängen und Galadiners gut auszusehen und zu allen wichtigen Leuten ausgesucht nett zu sein!« Sie schmunzelte bei der Vorstellung von sich selbst in grandioser Abendrobe, »und du kannst auch zu uns einladen, als Dame des Hauses bin ich gewiss keine Enttäuschung.« Sie nippte an ihrem Champagner, um ihre Gedanken zu sammeln, etwas anderes war ihr noch wichtig. »Weißt du, Victor, ich will versuchen, dich auf diese Weise zu unterstützen, so, wie ich es gerade gesagt habe, aber auch noch auf andere Weise. Ich liebe dich, ganz unabhängig von deinen Experimenten ... und das macht auch dich ein bisschen unabhängiger von Forschungserfolgen. Selbst wenn du scheitern würdest – ich wäre für dich da! Vergiss nicht, dass unser Zusammensein und die Familie, die wir gründen wollen, auch ein Traum von dir sind, ein Ziel, das du schon erreicht hast und das dir ab jetzt eine sichere Basis bietet ...«

Victor wirkte so gequält, als hätte er einen Juckreiz am ganzen Körper.

Stella spürte auf einmal ganz deutlich ihren Herzschlag. »Natürlich dürfen dir deine Experimente auch weiterhin wichtig sein«, fügte sie rasch hinzu.

»Stella, ich möchte mit dir sprechen ... über Kinder ...«

Sie stellte ihr Glas ab, rutschte tiefer ins Sofa, schlang die Arme um seinen Hals und zog ihn zu sich herab. »Sprechen?«

4

Pünktlich mit Beginn der Dämmerung erwachte Victor, das war eine reine Frage der Selbstkontrolle. Allerdings fiel ihm das Aufstehen an diesem Morgen nicht so leicht wie üblich. Sein Körper scheute jede Bewegung, und seine Augen brannten, noch ehe er sie aufgeschlagen hatte. Das durch die Fensterfront der Suite eindringende Licht gewann rasch an Helligkeit. In dem breiten Bett ein Stück von ihm entfernt lag Stella auf der Seite, das Gesicht von ihm abgewandt und die dünne Decke hochgezogen bis ans Kinn. Sie atmete so leise, dass er es nicht hören konnte. Er dachte an die zart duftende Stelle zwischen ihren schönen Brüsten – und verbot sich jeden weiteren Gedanken.

Victor kam sich vor wie ein Feldherr, der aus dem Zelt der Geliebten steigt, um in die entscheidende Schlacht zu ziehen. Seine Gegner waren die experimentellen Hürden, die noch vor ihm lagen. Fast war er versucht, sich einem Gefühl der Vorfreude auf den Sieg hinzugeben. Mit Stella würde er es schaffen. Schade, dass er ihr nicht gleich alles hatte erzählen können, aber die Vorstellung, sie könne sich von ihm abwenden, war nicht zu ertragen. Doch sie war hier, der Rest würde sich finden. Auch wenn sie ihre Bereitschaft zur Mithilfe zunächst nicht sehr euphorisch kundgetan hatte. Und ihre fast schon spöttische Reaktion auf sein Kryo-Armband, das er gestern erstmals offen in ihrer Gegenwart getragen hatte, hatte ihn ebenfalls etwas enttäuscht. Aber auf all das war er vorbereitet gewesen. Das Unvorhersehbare einzukalkulieren, war schließlich sein Metier. Deshalb würde er zunächst auf ein kleines Hilfskonstrukt zurückgreifen, das sie ihm verzeihen würde. Eine kleine Abwandlung der Wahrheit sozusagen, nur ein paar Ungenauigkeiten. Nichts daran war schlimm, höchstens ein bisschen aufwendig. Victor erhob sich, schaute hinaus in den beinahe schon sonnenhellen Tag. Wie kurz die Übergänge hier waren. Mit einem leichten Druck auf die Fernbedienung ließ er die schweren Vorhänge vor die Fenster surren.

In seinem Büro fand Victor einen Stapel Versuchsprotokolle von Helma, die allesamt von Fehlschlägen berichteten. Er vertiefte sich in die Aufzeichnungen, bis ihm die Augen zuzufallen drohten. Zu den Kaffeeautomaten im Erdgeschoss nahm er die Treppe. Sein Körper war müde und dennoch spannungsgeladen, es tat ihm gut, durch das weite Atrium zu schreiten. Das Gebäude war achteckig und nach oben hin spitz zulaufend. Bleistift nannten es manche, für ihn war es eine Rakete. Nach außen bewusst unscheinbar, barg das Institut im Inneren auf vier Stockwerken modernste Labore.

Victor trug den Espresso zu einem der Stehtische, grüßte im Vorbeigehen ein Grüppchen diskutierender amerikanischer Jungwissenschaftler. Sein Reich! Es gab keinen Gang und keinen Winkel in dem immer noch nach frischen Baumaßnahmen riechenden Institut, den er nicht als Datensatz in sich gespeichert hatte. Höchstpersönlich hatte er das Gebäude mitentworfen, hatte sich über die Pläne des Architekten gebeugt, um anschließend mit dem Finger Linien in die heiße Luft über einem Kamelweideplatz zu zeichnen.

Victor hatte bei seinen Arbeiten in Amerika im Nachgang zu *youth* ein zweites Gen entdeckt, das er *age* nannte. *Age* beeinflusste *youth* und war damit entscheidend für den Prozess des Alterns. Doch nachdem er bei *youth* Ruhm und anschließende Enttäuschung über das System erlebt hatte, hatte er *age* für sich behalten. Statt zu veröffentlichen, hatte er es vorgezogen, handlungsfähig zu bleiben, und hatte sich mit Scheich Omar Nadiem getroffen, dem Herrscher von Dubai, von dem bekannt war, dass er nach Ideen suchte, sein Land zum Hightech-Standort zu machen, weil die Ölquellen bald erschöpft sein würden. Schnell hatten sie sich, wie in der arabischen Welt üblich, in mündlicher Absprache auf die Konditionen geeinigt. Dubai war das Märchenland, das Victor eine perfekte Infrastruktur und Technik bot, ohne über die gesetzlichen Beschränkungen für deren Einsatz zu verfügen.

Die Tür zur Schleuse öffnete sich, und Helma betrat das Atrium. Mehrmals am Tag musste sie das Institut verlassen, weil Victor nach seiner Ankunft als Erstes ein generelles Rauchverbot verhängt hatte. Er winkte sie zu sich heran.

»Es gibt ein Problem.« Helma sah sich um, ehe sie schmallippig weiter sprach. »Es hat wieder nicht geklappt, ich habe dir die Versuchsprotokolle hingelegt. Inzwischen sind fast alle Eizellen verbraucht, wir benötigen dringend Nachschub. Unser Kontaktmann Sanjeef liefert aber nicht. Er behauptet, keine geeigneten indischen Frauen zu finden, und will mehr Geld. Ich vermute, er steckt es selber ein.« Sie rückte näher. »Du musst mit ihm sprechen!«

Ihr Raucheratem ließ Victor zurückweichen.

Helma hielt mit beleidigtem Blick eine Hand vor den Mund. »Ich habe in Deutschland doch nur Trockenübungen durchspielen können«, verteidigte sie sich, noch ehe er Kritik üben konnte. »Du und Green, ihr hattet in Amerika wenigstens echtes Material, aber ich konnte überhaupt nicht richtig üben!«

»Ich glaube ja gar nicht, dass es an deiner Handhabung liegt, Helma, und die Parameter sind auch richtig eingestellt. Es muss einen anderen Grund geben. Ich habe Paul Green angewiesen, die Reagenzien zu analysieren, irgendwo muss es eine Abweichung geben. Wir machen dann gemeinsam einen Testlauf, danach muss die Methode stehen! Mit Sanjeef rede ich, lass das von nun an meine Sorge sein.«

»Gut! Du informierst mich dann, was du mit Sanjeef vereinbarst, damit ich ihn kontrollieren kann.«

»Du hast mich nicht verstanden, Helma, ich kümmere mich ab jetzt selbst um den Nachschub an Eizellen. Du bist von dieser Aufgabe entlastet.«

Er verfolgte den roten Fleck, der an ihrem hellen Hals auftauchte und sich in Richtung Ohr ausdehnte. Helma kam ihm vor wie ein Versuchstier, dem man eine reaktive Substanz gespritzt hatte, deren Wirkung man nun wunderbar beobachten konnte.

»Warum, Victor? Was habe ich falsch gemacht?«

Er trank den letzten Schluck seines Espressos. »Nichts, Helma, alles in Ordnung. Wichtig ist, dass wir beide uns aufeinander verlassen können.«

Ihr plötzlich aufmerksamer Blick machte ihm bewusst, dass er seine Hand zum Hemdausschnitt geführt hatte. Er tat, als müsse er sich räuspern. Täuschte er sich, oder sah er tatsächlich ein Blitzen in ihren Augen? Seit gestern hing die schmale Kette, die er eben unbewusst mit Daumen und Zeigefinger berührt hatte, um seinen Hals. Sie war lang genug, dass sein Ehering tief verborgen blieb, aber Helma wusste natürlich, dass er niemals etwas an den Händen trug. Er wandte sich ab, schob die Tasse an den Rand des Tisches, damit dienstbare Geister sie abräumen konnten. Als sein Handy in der Gürteltasche vibrierte, zuckte er zusammen. Victor entfernte sich einige Schritte, ehe er den Anruf entgegennahm. Beim Empfang der Nachricht hielt er seinen Blick starr auf den Kaffeeautomaten gerichtet. Er konnte nicht mehr sagen als zweimal Ja und einmal Danke, dann war das Gespräch beendet. Dennoch presste er das Handy noch weiter ans Ohr, als warte er auf einen Widerruf. Obgleich Helma sich nicht von der Stelle bewegt hatte, meinte er, ihre Neugier wie feuchten Atem in seinem Nacken zu spüren.

»Scheich Omar Nadiem ist tot«, sagte er möglichst beiläufig, während er sich ihr wieder zuwandte. »Er ist vor zwei Stunden in Australien gestorben.«

»Und? Was bedeutet das für uns?«

»Nichts! Vermutlich wird sein Bruder, Scheich Bashir, die Geschäfte übernehmen, sonst nichts.«

»Der jüngste Bruder? Der ist doch erst Ende zwanzig. Weiß er von uns? Ist er einverstanden?«

»Ich werde mit ihm sprechen, Scheich Bashir wird sicher alles im Sinne seines Bruders weiterführen wollen. Und jetzt haben wir viel zu tun, Helma! Wenn etwas sein sollte, findest du mich in meinem Büro.«

Sie stand reglos und starrte ihn mit grimmiger Miene an. Vergebens wartete er auf ihre übliche zustimmende Geste. Er ließ sie stehen, fuhr mit dem Fahrstuhl ins oberste Stockwerk, lief an seinem Büro vorbei den Gang hinunter und erreichte die Labore. In diesem Stockwerk residierten sie nur zu dritt, Victor, Paul Green und Helma Lohse, kein anderer Mitarbeiter durfte sich hier blicken lassen. Er betrat sein eigenes Labor, das er sich seiner unbrauchbaren Hände zum Trotz in einer Mischung aus Zukunftsglauben und Nostalgie eingerichtet hatte. Das Labor war wie immer aufgeräumt und unbenutzt. Er streifte sich locker sitzende Latexhandschuhe über. Ohne den Verfall des Körpers, hatte sein genialer Mentor Henry M. Dornbush, der sich H. M. nannte, ihm einst erklärt, wäre das Erleben der Zeit nicht mehr nur auf die eine, die dem Tod entgegengerichtete Dimension beschränkt. Dann könnte man theoretisch Vergangenheit, Gegenwart und Zukunft synchron erfahren. Victor wusste, dass er für diese Vision noch sehr lange in der gerichteten Zeit würde weiterarbeiten müssen, doch die Aussicht, diesen Quantensprung für die Menschheit zu begründen, erfüllte ihn mit dem wahren

Wissen um seine Bedeutung. Er nahm den Laborkittel vom Haken.

Paul Green stand in seinem Labor vor dem laut brummenden Abzug, dessen Frontschieber er so tief heruntergezogen hatte, dass gerade noch seine Arme hindurchpassten, und füllte im Inneren rauchende Schwefelsäure um. Victor verharrte still im Hintergrund und betrachtete das Schild von Pauls Pullover, das über den Kragen des Laborkittels hinausragte und dabei in Pauls Nacken einige dünne, helle Haare nach oben schob. Etliche Jahre war es her, dass er Paul gerettet hatte, in den USA. Damals wäre der autistisch wirkende Student mit dem zuckenden Augenlid aus Geldmangel beinahe der Universität verwiesen worden, doch Victor hatte sein praktisches Talent erkannt und ihn in seine Obhut genommen. Seitdem wich Paul, der der festen Überzeugung war, Victor und er seien in einem früheren Leben Brüder gewesen, nicht mehr von seiner Seite. Victor wusste, dass Paul bereit wäre, für ihn zu sterben, das machte ihn einzigartig.

Paul beendete die Arbeiten, schraubte die Flaschen gewissenhaft zu und schaltete den Abzug aus. Die beiden setzten sich auf Laborhocker an der gefliesten Mittelkonsole, welche das Labor in seiner ganzen Länge durchzog und den Hauptarbeitsplatz darstellte. Mehrere Reagenzglasständer waren nebeneinander aufgereiht und teilweise oder vollständig mit säuberlich beschrifteten Glas- oder Plastikröhrchen gefüllt.

Paul griff nach seinem Laborbuch und deutete auf die Ergebnisse. »Alle Analysen durchgeführt, es ist das Wasser.«

»Bist du sicher?« Victor besah sich die Auswertungen. »Ich hatte schon vermutet, dass es etwas damit zu tun hat, wie wir hier die Reagenzlösungen ansetzen, aber das Wasser wird doch von uns selbst doppelt deionisiert und sterilisiert.«

»Das Meerwasser … die Entsalzungsanlagen hier …«, Paul zuckte mit den Schultern. »Mit unserem mitgebrachten Wasser gibt es keine Artefakte.«

»Du meinst, es funktioniert?«

Der junge Mann nickte ernst.

Victor klappte das Laborbuch zu. »Ich wusste es! Bestell Wasser, express! Wir machen noch einen Testlauf, das habe ich gerade mit Helma besprochen, und dann …« Er blickte zu dem schmalen eingemauerten Fensterschacht und dachte an seinen Mentor H. M. Der Futurist, der das großartig radikale Szenarium von der Zukunft der Menschheit entwickelt hatte. Er lag im Sterben.

»Wir dürfen jetzt keine Zeit mehr verlieren!«, sagte Victor und legte seinem Assistenten eine Hand auf die Schulter. »Sehr gute Leistung, Paul!«

Paul senkte den Blick und errötete.

Stella wusste, dass sie sich in einem Traum befand, doch ihr Bewusstsein schaffte es trotzdem nicht, die Kontrolle zu übernehmen. Wieder klingelte eines der vielen Telefone, sie rannte hin und hob ab. Leises Weinen drang an ihr Ohr, und sie sah ganz deutlich Benjamin vor sich, die schwarze Haarsträhne, die ihm immer ins linke Auge fiel, und die leicht abstehenden Ohren. Benjamin, der die Lücke in ihr Leben gerissen hatte.

Sie erwachte mühsam, zog sich ihr Kopfkissen vor den Bauch und rollte ihren Körper so eng wie möglich um das Kissen herum. Dubai war ihre Hoffnung – die Hoffnung darauf, die Schuld, dieses nachtaktive Tier, endlich zu zähmen.

Langsam streckte sie sich wieder, breitete Arme und Beine tastend über das Laken aus. Das Bett neben ihr war leer und kalt. Stella setzte sich auf. Sie war immer noch müde, doch vor allem hatte sie Hunger. Es war elf Uhr, das hieß acht Uhr morgens in Deutschland. Auf dem Nachttisch neben dem Telefon entdeckte sie einen Zettel von Victor. In seiner etwas ungelenken Schrift hatte er »mach dir einen schönen Tag« geschrieben. Sonst nichts. Daneben lagen ein Schlüssel und ein dicker Packen Dirhamscheine. Stella nahm ihr Handy. Es dauerte eine Weile, bis die Verbindung hergestellt war, die Anwahl lief über Deutschland und wieder zurück nach Dubai. Sie würde sich einen lokalen Netzanbieter suchen müssen. »Guten Morgen, du Lieber, bin aufgewacht! Wo bist du?«, rief sie Victor fröhlich zu. Er schien erstaunt über die Frage. Im Institut natürlich, wo sonst. Wie lange? Bis zum Abend, wie immer. Ob sie zu ihm kommen solle? Sie spürte deutlich seinen Unwillen in dem folgenden Schweigen. Ein andermal …

Ihr erster Tag in Dubai, in ihrem neuen Leben, begann anders als gedacht. Stella hatte ein ahnungsvolles Gefühl, als ob Victors erstaunliches Verhalten nicht die letzte Überraschung gewesen wäre, die sie erwartete. Sie griff zum Telefon, wählte die Null für die Rezeption und bestellte sich Frühstück aufs Zimmer. Anschließend war sie gezwungen, sich mit der überdimensionierten Fernbedienung mit Touchscreen auseinanderzusetzen, die alles im Zimmer steuerte. Sie zielte mit dem Ding in Richtung der Vorhänge, doch statt dass der Stoff zurückschwang, schaltete sich das Radio ein. Eine getragene Männerstimme verlas etwas, das sie mit ihren Anfänger-Arabischkenntnissen als Koranverse deutete. Sie wechselte den Sender. Koranverse. Sie versuchte es mit dem Fernseher. Bärtige arabische Männer in traditionellen Gewändern hielten mit ernsten Gesichtern Reden, die sie nicht verstand. Das versprach, langweilig zu werden.

Als sie gegen Mittag an der Hotelrezeption erschien, wandte sich ein junges Mädchen mit blonden Zöpfen und strahlendem Lächeln an sie. »Was kann ich für Sie tun? Wie kann ich Ihnen helfen?«

Sie war so froh, auf Deutsch begrüßt zu werden, dass sie

sich selbst darüber wunderte, und begann ein Gespräch. Das junge Mädchen kam aus Freiburg, wollte sich in der Welt umsehen und war vor zwei Monaten an dieser Hotelrezeption gelandet.

»Vielleicht haben Sie es ja schon gehört«, sagte sie zu Stella, »seine Exzellenz Scheich Omar Nadiem ist heute früh auf seiner Auslandsreise in Australien verstorben. Es wurde Staatstrauer verhängt. Alle Behörden und Regierungsämter sind für eine Woche geschlossen, Vergnügungen jeder Art verboten, und leider bleiben auch die *Shopping Malls* ein paar Tage zu.«

»Ach, deswegen gibt es keine Musik im Radio!« Wider besseren Wissens hatte sie für einen Augenblick die Vorstellung, dass auch Victor sein Institut schließen würde.

»Ja, hier im Burj haben wir sofort die Lichtshow abgeschaltet und ...«, das Mädchen deutete auf die Springbrunnen, »... die Wasserspiele. Das tut mir leid für Sie, Sie wollten sich heute bestimmt viel anschauen.«

»Das kann ich nachholen, ich bin keine ...«, sie stolperte über ihre eigenen Worte. Was war sie eigentlich? Auch wenn ein Sechzig-Tage-Visum in ihren Pass gestempelt worden war, war sie keine Touristin, und obgleich sie verheiratet war, wollte sich keine Eigenwahrnehmung als nur begleitende Ehefrau bei ihr einstellen. Journalistin war sie auch keine richtige mehr, hatte sie sich doch verabschiedet mit dem Vorsatz, sich in Dubai noch einmal ein völlig neues Berufsfeld zu erobern. »Ich werde hier leben«, sagte sie etwas kraftlos.

Die Miene des jungen Mädchens veränderte sich. »Wollen Sie hier arbeiten?« Sie sah geradezu erschrocken aus.

»Das habe ich vor.«

»Haben Sie sich aus Deutschland einen zweiten Pass mitgebracht?«, wisperte das Mädchen und warf nervöse Blicke nach allen Seiten.

»Nein, wozu?«

Ein Mann in dunklem Anzug ging mit auf dem Rücken verschränkten Händen hinter ihnen vorbei.

»Selbstverständlich können Sie Ihre Tasche dalassen«, sagte das Mädchen betont laut und sah Stella verschwörerisch an. »Wenn Sie mir bitte folgen wollen …«

In einiger Entfernung, in einem von der Rezeption aus nicht einsehbaren Winkel, schloss das Mädchen einen in die Wand eingelassenen Schrank auf, der eine Vielzahl unterschiedlicher Fächer enthielt, in denen verschiedene Taschen von Gästen auf ihre Abholung warteten.

»Passen Sie bloß auf«, raunte sie. »Mir hat man das Blaue vom Himmel versprochen, und nichts stimmte. Sie brauchen als Erstes ein *Resident Visa*, ohne *Resident Visa* darf man nicht arbeiten, kein Bankkonto eröffnen, kein eigenes Auto fahren …«

Stella nickte, weil sie sich über die Bedeutung des *Resident Visa* bereits informiert hatte.

»Der Front Office Manager«, fuhr das Mädchen fort, »der eben an uns vorbeigegangen ist, hat gesagt, er erledigt das für mich, ich solle ihm meinen Pass geben – und weg war der Pass. Er rückt ihn einfach nicht wieder raus. Ohne Pass kann ich den Arbeitgeber nicht wechseln und auch nicht ausreisen. Sie haben mich zusammen mit einer Putzfrau aus Bangladesch in ein Zimmer gesteckt, ich arbeite für knapp fünfhundert Euro im Monat sechs Tage die Woche. Das Geld wurde bisher einbehalten, um Visagebühr, Kaution und Bankdeposit zu bezahlen. Ist mir alles egal, ich will nur noch weg hier.«

»Ich helfe Ihnen!« Das Mädchen tat Stella leid, und sie fühlte sich ihr in der Fremde verbunden. »Ich gehe mit Ihnen zur Deutschen Botschaft!«

Das Mädchen winkte ab. »Da war ich schon, die weigern sich, etwas zu tun, weil die Passabnahme hier Usus ist. Und einen zweiten Pass bekomme ich nicht, solange ich einen ersten habe, der im Hotelsafe liegt.«

»Ein deutscher Pass ist Eigentum der Bundesrepublik und darf nicht gegen Ihren Willen in einen Safe eingeschlossen werden. Die Botschaft *muss* Ihnen helfen! Sonst ...« Sie merkte, wie Wut und Empörung in ihr aufstiegen, als sei sie persönlich der Willkür ausgeliefert.

»Die Rezeption ist rund um die Uhr besetzt«, sagte die Angestellte und lächelte breit. Sie schloss den Schrank wieder ab, und Stella sah den Manager um die Ecke verschwinden.

»Wollen Sie mir einen Gefallen tun?«, flüsterte das Mädchen. Unter ihrer Uniformjacke zog sie einen dicken Brief hervor. »Bitte bringen Sie diese Unterlagen zu der Adresse, dort hilft man mir, hier herauszukommen, es ist schon alles vorbereitet, ich habe es nur heute Morgen wegen der Staatstrauer nicht geschafft, selbst hinzugehen.«

Stella nahm den Umschlag. *Annett Lugmayr*, las sie und darunter: *Goldbaum, Birnstein & Partner*.

»Diese Frau hilft anderen deutschen Frauen in Notlagen«, sagte das Mädchen, während sie sich rückwärts gehend entfernte, sichtbar zerrissen zwischen dem Wunsch, mit Stella zu sprechen, und ihrer Angst vor Repressalien, die sie zurück in Richtung Rezeption trieb.

Stella ließ den Brief in ihrer Handtasche verschwinden und folgte der Angestellten. »Rufen Sie mir ein Taxi!« Sie nickte dem Mädchen beruhigend zu.

Von einem indisch aussehenden Taxifahrer ließ sie sich durch die im Vergleich zur vergangenen Nacht geradezu gespenstisch ausgestorbene Stadt fahren.

»Leben Sie schon lange hier?«, fragte sie ihn auf Englisch. Sie hatte gelesen, dass die Arbeitsleistung des Landes vorwiegend von einem Heer indischer und pakistanischer *Expatriates* erbracht wurde.

»Vier Jahre, heute ist eigentlich Staatstrauer, aber ich habe eine Extraerlaubnis für Touristen«, erklärte er stolz.

Wer als Inder in Dubai lebte, wollte arbeiten, nicht trauern, das verstand sie. Und musste es wohl auch, denn wer seine Arbeit verlor, dem wurde umgehend die Aufenthaltserlaubnis entzogen. Für Dubai bedeutete das eine Quote arbeitsloser Ausländer von null Prozent. Für einen indischen Taxifahrer, dachte Stella, bedeutete es vermutlich die ständig drohende Ausweisung.

»Gefällt es Ihnen denn in Dubai?«, fragte sie. Ob es wohl ein verbindendes Element aller Nicht-Araber gab? Auch sie war jetzt Ausländerin.

»Indien ist viel schöner!«, erwiderte er trotzig. »Aber hier ist mehr Geld! Frau und Kinder sind zu Hause, ich will ja zurück, aber das Geld wird immer weniger. Wir sind zehn im Zimmer, und die Miete steigt, alles wird teurer, wegen der vielen Europäer. Kann ich noch mal die Adresse sehen?«

Sie hielt ihm den Brief hin. »Deira, nahe am Creek, direkt neben dem Etisalat-Gebäude«, stand da. Ihr fiel auf einmal ein, dass sie die genaue Anschrift ihres eigenen Hauses nicht kannte. Ihren Möbelcontainer hatte sie an Victors Institut schicken sollen. »Gibt es eigentlich keine Straßennamen? Keine Hausnummern?«

»Straßennamen nicht immer, aber wenn, sind es oft Zahlen, Hausnummern gar nicht.«

»Wie wird denn ohne Adresse die Post zugestellt?«

»Wird nicht zugestellt, Sie müssen ein Postfach nehmen, das geht aber nur mit *Resident Visa.*«

Sie drehten mehrere Runden auf der Suche nach dem Gebäude. Als sie es schließlich gefunden hatten, bat sie den Fahrer zu warten.

»Machen Sie sich keine Sorgen«, sagte der Pförtner beruhigend, als sie nach Annett Lugmayr fragte, »das klappt schon, wir haben jede Woche so eine wie Sie.«

Annett Lugmayr war eine Mittfünfzigerin mit toupierten Haaren in einem strengen blauen Kostüm mit Goldknöpfen. Sie bot Stella keinen Sitzplatz an, während sie den Umschlag öffnete. Stella beobachtete die Bewegungen der gepflegten Hände, deren Nägel lackiert waren und deren linke einen blitzenden Brillantring trug. »Wie kommen Sie an die Unterlagen?«, fragte Annett Lugmayr kühl.

Stella schilderte die Begegnung mit dem Mädchen und registrierte ein kleines Zucken der schmal gezupften Augenbrauen bei der Erwähnung, dass sie zu den Gästen des Burj al Arab zählte.

»Setzen Sie sich doch«, sagte Annett Lugmayr deutlich freundlicher und reichte Stella ihre Visitenkarte.

Stella wollte in alter Gewohnheit ebenfalls eine ihrer Visitenkarten zücken. Doch sie besaß keine mehr. Die bisherigen mit der deutschen Adresse hatte sie weggeworfen, um sich in Dubai neue anfertigen zu lassen.

»Natürlich kenne ich Professor Degan – dem Namen nach, wir sind ja gewissermaßen Partner, weil auch wir als Finanzdienstleister eng mit der Scheichfamilie zusammenarbeiten. Was ist noch einmal das Forschungsgebiet Ihres Mannes?«

»Ach, irgendwelche Genstudien, so genau weiß ich das nicht ...«, wich Stella aus. Das plötzliche Interesse der Geschäftsfrau war ihr nicht geheuer. »Was wird nun aus dem Mädchen?«

»Sie kann in zwei Tagen ausreisen. Haben Sie und Ihr Mann schon ein Haus oder suchen Sie noch?«

»Wir haben ein Haus in Emirates Hills gemietet, aber das werden wir wohl nicht kaufen.«

»Können Sie auch gar nicht, weil man als Ausländer nur von den drei staatlichen Master Developern kaufen darf. Die Regeln hier sind kompliziert, und sie ändern sich beinahe täglich. Vor allem brauchen Sie aber ein Visum als *Resident*. Wir von Goldbaum, Birnstein & Partner sind Ihnen gerne behilflich bei allem rund um Immobilien und Finanzen.«

»Bei Gelegenheit würde ich mir gerne einige Ihrer

Objekte anschauen.« Stella fand, dass es nicht schaden konnte, eine Deutsche zu kennen, die mit Bilanzen jonglierte und sich nebenbei mit arabischen Arbeitgebern anlegte. »Warum helfen Sie eigentlich solchen Mädchen?«

»Wissen Sie«, sagte Annett Lugmayr, »Dubai ist in nur wenigen Jahren gewachsen. Es gibt hier keine Geschichte, keine lange Tradition, keine kritische Kultur. Was zählt, ist Geld. Schnell verdient, steuerfrei, ohne Gewerkschaften, ohne politische Parteien. Das mag einem seelenlos vorkommen, aber es ist nur konsequent auf Wirtschaftsbelange reduziert. Dubai ist die Zukunft, heute schon!«

»Sind Sie aus diesem Grund hier?«

»Natürlich, ich kann hier Erfolg haben wie sonst nirgendwo auf der Welt. Wenn ich zehn Jahre aushalte, habe ich für den Rest meines Lebens ausgesorgt.« Ihr Mund schien kleiner geworden, wie von steilen Falten eingerafft.

»Und nebenbei setzen Sie sich ein für irgendein junges Mädchen?«

»Ich möchte auch noch etwas anderes haben, etwas, bei dem Geld keine Rolle spielt …«

Annett Lugmayr gab Stella zu verstehen, dass sie nun zwar keine Zeit mehr habe, aber Stellas Anruf erwarte.

Stella ließ sich nach Emirates Hills bringen. Sie mussten lange suchen, ehe sie das Haus wiedererkannte. Der Fahrer ließ sich nicht davon abbringen, ebenfalls auszusteigen und sie bis zur Tür zu bringen. Sie umklammerte den einen, einzelnen Schlüssel, den sie besaß, und ließ den Mann, der an ihrer Seite ging und den sie unter tausend Indern niemals wiedererkennen würde, nicht aus den Augen. Was, wenn er sie, kaum dass sie die Tür aufgeschlossen hatte, ins Haus schubsen und ausrauben würde? Oder vergewaltigen? Niemand wusste, wo sie war, niemand vermisste sie. Die Nachbarvillen waren außer Rufweite. Sie schwitzte, als sie die Tür öffnete. Der Taxifahrer nickte zufrieden, als sei er nun beruhigt, dass der Schlüssel auch tatsächlich passe. Sein Grinsen offenbarte eine Lücke zwischen den Schneidezähnen, als er ihr seine Karte reichte. Für so ein großes Haus brauche sie sicher Personal, und er habe da eine Cousine …

Stella versprach, sich zu melden. Alleine in ihrem neuen Zuhause atmete sie tief auf und schüttelte den Kopf über sich selbst. Hatte sie ihr Gefühl für echte Gefahr verloren und reagierte nun hysterisch auf alles, nur weil es neu und fremd war? Sie musste unbedingt gelassener werden! Stella nahm sich Zeit, jeden Raum zu erkunden, wobei sie versuchte, eine Spur zu ziehen. Das Glas, aus dem sie Wasser trank, ließ sie auf dem Tisch stehen, die Küchenhocker verschob sie, ein Bild, das Dubais künstliche Inseln in Luftaufnahme zeigte, hängte sie ab und lehnte es gegen die Wand. Es war mühsam. Das Haus fügte sich ihrer Hand nicht, beharrte auf seiner stylishen Atmosphäre, als sei es von anderen Mächten beherrscht, als seien ihre Anstrengungen lächerlich vergebens und das Bild hinge am nächsten Tag doch wieder an seinem Platz.

Einzig im Arbeitszimmer fühlte sie sich wohl. Es war im oberen Stockwerk gelegen und ausgestattet wie ein komplettes Büro. Sie setzte sich an den ergonomischen Computertisch und schaltete den PC ein. Nachdem sie ihren Arbeitsplatz eingerichtet hatte, versuchte sie, eine Internetverbindung aufzubauen, erfolgreich. Sie kannte die Netzadresse längst auswendig. Ein zertifiziertes Institut in Deutschland, das einen Fernlehrgang anbot für Alternativmedizin mit Schwerpunkt Naturheilkunde für die Behandlung von Kindern. Innerhalb von knapp zwei Jahren – oder auch schneller, wenn sie sich richtig in den Stoff hineinkniete – konnte sie sich mithilfe der Unterlagen auf eine staatliche Prüfung vorbereiten. So hatte sie es mit Victor besprochen. Er hätte sie auch bei einem Medizinstudium unterstützt, aber der zeitliche Aufwand für diese Ausbildung überforderte sie. Womöglich erst nach über zehn Jahren Kinderärztin zu sein, lag einfach in zu unerreichbarer Ferne. Sie meldete sich online an, gab Victors Namen bei »Rechnungsempfänger« ein und klickte bei »gewünschter Starttermin« auf »sofort«. Dann saß sie eine Weile einfach nur reglos da, erschöpft wie von einer gewaltigen Anstrengung. Aus purer Neugier gab sie schließlich bei Google noch den Namen Annett Lugmayr ein, jedoch ohne nennenswerten Erkenntnisgewinn. Interessanter war »Goldbaum, Birnstein & Partner, Allfinanz«. Sie fand zahlreiche Verweise, aus denen sie schloss, dass die Firma an Geschäften beteiligt war, bei denen sensible Versorgungspunkte in Europa und Amerika, wie etwa ganze Hafenanlagen, in arabischen Besitz übergehen sollten.

Erst als Victor sie am Abend fragte, ob sie Hunger habe, wurde ihr bewusst, dass sie seit dem Frühstück nichts mehr gegessen hatte. Sie erhob sich von dem Diwan, auf dem sie nach ihrer Rückkehr in die Suite dösend die letzten beiden Stunden verbracht hatte. Sie fuhren mit dem Lift ins Al Muntaha, »das Höchste«, ein Restaurant, das zweihundert Meter über dem Persischen Golf wie von außen an ihr Hotel geklebt hing. Es war gut besucht.

Stella berichtete Victor ausführlich von dem Mädchen an der Rezeption.

»Hast du *blond* gesagt?«

»Victor! Das Mädchen ist kein Einzelfall. Von einem Siebensternehotel erwarte ich nicht nur goldene Türklinken, sondern auch menschenwürdige Arbeitsbedingungen.«

»Die Locals haben so etwas überhaupt nicht nötig.«

»Stimmt, ich habe mitbekommen, dass die Leute im mittleren Management selbst Ausländer sind, aber es sind die Araber, die mit ihrem absolutistischen Regierungsstil der Willkür Tür und Tor öffnen! Für einen menschlichen Umgang braucht man gewisse Regeln …«

»Ach, Regeln! Regeln bringen nichts voran, Regeln sind Stillstand. Von einem etwas naiven Mädel sollte man sich nicht den Blick verstellen lassen für das, worum es in Dubai geht: eine visionäre Zukunft! Dubais Motto heißt: *We are great and we are getting better!*«

»Könnte glatt von dir sein!« Gekränkt bezog sie seine mangelnde Empathie für das Mädchen auf sich.

Victor nahm ihre Hände in seine. »Stella, es ist das richtige Land für uns! Du wirst sehen, du musst dich nur ein wenig eingewöhnen …«

»Dem Mädchen haben sie das Paradies versprochen«, unterbrach sie ihn mit erhobener Stimme, »während wir jetzt hier oben sitzen, Al Muntaha, aber auch das ist Willkür, bloß von der gnädigen Art. Auch darauf kann man nicht vertrauen.«

»Was fehlt dir? Sag es, und du bekommst es!« Victor führte ihre Hände an seine Lippen, drehte sie und küsste die Innenflächen. »Weißt du eigentlich, dass öffentlicher Austausch von Zärtlichkeiten verboten ist und mit Gefängnis geahndet werden kann?«, fragte er über ihre Hände hinweg.

»Aufs Gefängnis bin ich gespannt, nach allem, was ich im Luxushotel schon erlebt habe!«

»Auf diese Erfahrung wirst du leider verzichten müssen – wir haben schließlich andere Pläne … Stella, ich möchte dir etwas erklären.«

Sie legte die Gabel beiseite, alarmiert durch die Art, mit der er die Stimme senkte und sich über den Tisch in ihre Richtung lehnte, gleichzeitig aber ihrem Blick auswich.

Er räusperte sich. »Weißt du, was ICSI ist?«

Sie sah ihn stumm an. Ihre Atemzüge schienen plötzlich nicht mehr genug Luft zu transportieren.

»Intracytoplasmatische Spermieninjektion – eine Methode, die angewandt wird zur Unterstützung des Kinderwunsches eines Paares, wenn beim Mann die Spermien nicht beweglich genug sind oder nicht lange genug überleben, um zur Gebärmutter zu gelangen. Man punktiert einfach ganz gezielt eine Eizelle mit einem Spermium.«

»Warum erzählst du mir das? Was hat das mit uns zu tun?«

»Weil es bei mir so ist. Es wird leider nicht anders funktionieren bei uns, wir brauchen diese kleine technische Hilfe.«

Um sie herum verschwamm der Raum. Ihr Körper verlor die Orientierung. »Unfruchtbar? Ist es das, bist du unfruchtbar, Victor?«

»Nicht so laut bitte, Stella! So kann man das nicht nennen, es wird klappen, vielleicht sogar schneller als ... als auf normalem Wege, aber eben mit einer gewissen medizinischen Unterstützung.«

Es war ihr kaum bewusst, dass sie sich erhob. Als wäre da eine äußere Kraft, die sie von ihrem Stuhl hochzog und ihre Beine zum Ausgang des Restaurants bewegte.

Victor folgte ihr nur wenige Minuten später in die Suite. Er kam auf sie zu.

Sie wich ihm aus. »Warum, Victor? Warum hast du mir das nicht gesagt?«

»Weil ich es nicht wusste! Wie sollte ich das ahnen? Ich bin erst hier zum Urologen gegangen, nur sicherheitshalber, und da habe ich es erfahren. Man sieht es dem Ejakulat nicht an, man muss das Sperma testen. Es ist gesund, Stella, keine Krankheiten, keine Erbschäden, nichts, nur nicht beweglich genug.«

»Verdammt, Victor! So etwas musst du mir doch *sagen*!«, schrie sie ihn an.

»Aber ich sage es dir doch, kaum dass ich es selbst erfahren habe! Ich war eben vorher noch nie in der Situation, dass ich ein Kind hätte zeugen wollen.«

Stella fing an, auf und ab zu laufen. Sie hielt die Arme verschränkt und die Augen auf das Muster des dunkelroten

Orientteppichs gerichtet. Ihre Kiefergelenke schmerzten. Sie musste sprechen, weitersprechen, gegen den Schmerz sprechen. »Und was *machen* wir jetzt, Victor?«

»ICSI! ICSI und IVF, die In-vitro-Fertilisation gehört natürlich dazu, man kann die Eizelle ja nicht in deinem Körper punktieren, sondern muss sie vorher absaugen.«

»Absaugen? Du meinst, es läuft auf eine künstliche Befruchtung hinaus?«

»Beruhige dich doch, Stella. ICSI ist heutzutage Stand der Technik, absolut sicher für dich und das Kind, du musst dir keine Sorgen machen! Schau, wahrscheinlich werden es sogar nur ein oder zwei Durchgänge, und schon bist du schwanger. Wirklich, glaub mir, das wird alles problemlos gehen.«

Sie blieb abrupt stehen und schloss die Augen. Sofort sah sie in ihrer Erinnerung den Gynäkologenstuhl und kalte Stahlinstrumente, die dazu gedacht waren, in sie einzudringen. »Künstlich … was soll ich dazu sagen? Ich weiß nicht, ob ich das will …«

»Bitte, sei nicht so ablehnend, es ist nicht so schlimm, wie du denkst. Es ist nur eine kleine Überbrückung im frühen Prozess der Zeugung, danach hast du eine ganz normale Schwangerschaft. Unzählige Paare sind auf diese Weise schon glückliche Eltern geworden. Warum nicht auch wir? Hör dir doch erst einmal alles in Ruhe an, die Frauenärztin wird es dir genau erklären.«

»Welche Frauenärztin?«

»Ich habe mich natürlich sofort erkundigt, wer die erfahrenste und renommierteste Gynäkologin auf diesem Gebiet ist, für dich muss es die allerbeste sein!«

»Du hast mir eine Gynäkologin ausgesucht?«

»Reg dich nicht auf, es ist nur ein Vorschlag! Sie hat jedenfalls die entsprechende Methodenkompetenz.«

»Weißt du, Victor, zu einer Gynäkologin muss ich Vertrauen haben, die suche ich mir lieber selber.«

»Stella!« Victor ging mit etwas Anstrengung zu Boden, kniete vor ihr nieder. »Vertrau doch erst einmal mir! Ich möchte dir ja bloß einen Weg aufzeigen, den wir gemeinsam gehen können. Es ist alles ein bisschen viel auf einmal, das verstehe ich. Ich hätte nicht gleich damit rausplatzen sollen, sondern dir mehr Zeit geben müssen, aber du bist jetzt da, endlich bist du da, und wir sind zusammen, das ist doch das Wichtigste. Wir werden das durchstehen, alles wird gut, glaub mir.«

Es war gemein, es war nicht fair, aber sie konnte nicht anders. Ohne den knienden Victor anzusehen, lief sie an ihm vorbei und zur Tür hinaus. Sie fuhr nach unten, nahm sich ein Taxi und ließ sich erneut nach Emirates Hills bringen. In der Villa schaltete sie die Klimaanlage aus und riss im oberen Stockwerk alle Fenster auf. Sie legte sich angezogen in eines der Gästebetten, streifte die Schuhe von den Füßen und schaltete ihr Handy, das bereits zwei Anrufe von Victor anzeigte, aus. Stella starrte ins Dunkel und wünschte sich, anderswo zu sein, anderswo als in ihrem eigenen Leben.

5

Als Stella erwachte, war ihr ganzer Körper von einem Schweißfilm überzogen. Innerlich fühlte sie sich ausgedörrt. In der Nacht, als das Haus begonnen hatte, sich aufzuheizen durch die von außen eindringende Luft, hatte sie sich komplett ausgezogen. Sie legte sich die Fingerspitzen an die Schultern, strich die Schlüsselbeine entlang, über ihre Brüste, den Bauch, die Schenkel. Alles fühlte sich feucht und klebrig an, ein weicher Körper, sehnsüchtig. Hatte sie dem Altersunterschied doch zu wenig Bedeutung beigemessen? Keine Sekunde länger konnte sie die drückende Backofenluft ertragen. Sie lief hinunter in den weiten Vorraum des Hauses und drehte den Regler der zentralen Klimaanlage wieder hoch. Dann ging sie von Raum zu Raum und schloss alle Fenster, wobei ihr auffiel, wie sichtgeschützt das Haus lag. Nur im Flurfenster hätte man sie von der Straße aus sehen können, aber da war niemand. Noch nackt setzte sie sich im Arbeitszimmer an den PC und suchte im Internet nach den hässlichen I-Kürzeln. ICSI, IVF. Sie kannte die grundsätzliche Versuchung, beim Recherchieren vor allem das zu finden, was der eigenen Erwartung entsprach, dennoch las sie begierig die Darstellungen erfolgreicher Behandlungen, sah sich die Fotos strahlender Eltern an und stieß sogar auf einen medizinwissenschaftlichen Text, der anhand einer Statistik nachwies, dass die Zeugungsfähigkeit junger, gesunder westeuropäischer Männer in den letzten Jahren in erschreckendem Maße abgenommen hatte. Über Gründe wie Umweltverschmutzung und Handystrahlen wurde spekuliert. Sie druckte den Artikel aus, heftete die Blätter zusammen und wollte ihn in den Ablagekorb legen, in dem sie die Informationen sammelte, bei denen sie nicht gleich entscheiden konnte, ob sie sie abheften oder doch wegwerfen sollte. In dem Korb lagen bereits einige ausgedruckte Blätter. Sie war gestern eher zufällig auf diese Seite im Internet gestoßen, eine Liste mit Vornamen, alphabetisch geordnet, getrennt nach Jungen und Mädchen und versehen mit Herkunft und Bedeutung der Namen. Rasch warf sie den medizinischen Artikel obenauf. Die Anmeldebestätigung des Fernlehrinstituts, die noch als ausgedruckte E-Mail in einer Klarsichthülle auf dem Tisch lag, legte sie dazu, obgleich sie dort nicht hingehörte. Sie bedeckte alles mit einem leeren Blatt Papier. Dann blickte sie über den Monitor in den Garten. Trotz ihrer Enttäuschung zweifelte sie keine Sekunde daran, dass die Möglichkeiten, die sich mit Victor boten, nach dem Tod ihrer großen Liebe Benjamin die zweite Chance waren, die das Leben ihr gab. Victor war ehrlich zu ihr, und das war das Wichtigste. Auch wenn es ihr schwerfiel, diese Wahrheit auszuhalten. Sie würde damit fertig werden. Sie wollte es. Einzig die Wahrhaftigkeit bot den Schutz, sich nicht eines Tages in erneute Schuld zu verstricken – Stella hatte sich geschworen, diese Lektion nie mehr zu vergessen.

Ihr wurde kalt, und sie ging duschen. In den Kleidern von gestern suchte sie im Internet nach einem Pizzaservice, orderte Pizzabrot und Kaffee und setzte sich auf die Terrasse. Erst dort fiel ihr ein, dass sie ja auch im Pool hätte schwimmen können.

Nach ihrem Frühstück kehrte sie an den Computer zurück. Sie fand heraus, dass sich die Kliniken in Dubai in staatliche und private Zugehörigkeiten aufteilten. Stella würde jede nutzen dürfen, sobald sie eine eigene Gesundheitskarte besaß. Sämtliche Einrichtungen wiesen nach eigenen Angaben einen hervorragenden medizinischen Standard auf und unterschieden sich nur im Service und den Fremdsprachenkenntnissen des Personals. Stella begann mit der größten staatlichen Einrichtung für Gynäkologie und Schwangerschaft. Relativ rasch erhielt sie als Ausländerin den Verweis auf einen privaten Anbieter. Sie rief dort an, wurde mehrmals weiterverbunden und verbrachte insgesamt eine halbe Stunde in mit Musik untermalten Warteschleifen. Am Ende hatte man ihr nichts als ein laues »Kommen Sie doch mal vorbei« zu bieten. Sie verstand, dass es in einem Land, in dem Frauen Fußballmannschaften von Kindern hatten und Männer beliebig viele Frauen heiraten durften, die IVF kein dringliches Thema war. Sie entdeckte einen Artikel darüber, dass im Nachbarland Abu Dhabi debattiert wurde, ob medizinische Maßnahmen wie die IVF dem Islam unterworfen sein sollten oder eher keiner Religion unterstanden, und ob es nicht angebracht sei, auch bei ausländischen Frauen jedem Team eine muslimische Ärztin beizustellen. Stella blieb hartnäckig, fragte sich weiter durch und fand schließlich eine Klinik, die unkompliziert und kompetent auf ihre Anfrage reagierte. Zur Voruntersuchung könne sie jederzeit kommen, hieß es, einen Behandlungstermin gebe es allerdings erst in einem Jahr.

Am Abend war Victor früh im Hotel, sagte aber nichts, sondern hielt respektvollen Abstand zu ihr und beobachtete sie abwartend.

»Und?«, fragte sie. »Möchtest du mir noch etwas erklären?«

»Ich habe dir alles erklärt. Ich habe es wirklich nicht gewusst, mein Sperma wurde zuvor noch nie getestet, warum auch. Es tut mir leid, Stella.« Victor sah auf einmal aus wie ein trauriger, alter Mann. »Du bist selbstverständlich frei zu gehen. Ich übernehme alle Kosten.«

»Ich werde *nicht* gehen!« Ihr Entschluss stand fest. »Wie heißt die Frauenärztin? Ich habe sie nicht finden können.«

Victor sah sie unglaublich erleichtert an. »Mein *Gold-*

regen!« Er machte einen kleinen Schritt auf sie zu, ließ die Arme unbeholfen hängen. »Sie heißt Marleen Joengsen und ist nicht an einer Klinik tätig, sondern privat niedergelassene Ärztin.«

»Ich mache einen Termin bei ihr, wenn ich die *Health Card* habe. Dafür brauche ich aber erst das *Resident Visa*.«

»Diese Leistung ist in der *Health Card* nicht enthalten, du kannst jederzeit hingehen, es wird per Rechnung bezahlt.«

»Oh, na gut. Trotzdem möchte ich nicht sofort ... damit ... beginnen.«

Victor nickte ernst. »Ganz wie es dir beliebt.«

Sie sahen sich schweigend an, gingen langsam aufeinander zu und umarmten sich.

»Mach dir nicht so viele Gedanken, Stella«, sagte er, »du gehst hin, wann immer du willst, und fängst mit der Behandlung an, wann immer du es für richtig hältst – schließlich ist es dein größter Wunsch und meiner auch!«

Ihre Schritte wurden kürzer, je näher sie der Glaspassage in der 27B-Straße kam. Eine Marmortafel wies im ersten Stock ein Ärztezentrum aus. Der Spiegel im Fahrstuhl zeigte Unbehagen in ihrem Blick. Stella ging durch den mit Pflanzen, Bänken und einem Springbrunnen gestalteten Innenhof des Stockwerks. Aus versteckten Lautsprechern erklang Vogelgezwitscher. Verschiedene Arztpraxen waren um diesen künstlichen Park gruppiert, sie lief alle ab. Eine Tür, die aussah, als würde sie in ein Treppenhaus führen, war offen. Sie durchschritt einen Gang, der in einem mit blauen Fliesen verzierten Vorraum an einer verschlossenen Tür endete. *Dr. Joengsen – Gynaecologist.* Sie drückte die Klingel.

»Was wünschen Sie?«, schnarrte es aus der Gegensprechanlage.

Einem Impuls folgend schaute sie nach oben und sah in das Auge einer Kamera. »Bartholdy! Ich hätte gerne einen Termin.«

Die verschleierte Arzthelferin bat Stella, einen Moment im Wartezimmer Platz zu nehmen. Da gerade keine andere Patientin in der Praxis war, wurde Stella nur wenig später ins Sprechzimmer geleitet. Die Ärztin erhob sich und schüttelte ihr die Hand. Doktor Marleen Joengsen war eine sportlich wirkende Frau, deren extreme Schlankheit sie knochig erscheinen ließ. Ihr Gesicht schien Stella auf den ersten Blick jugendlich glatt, auf den zweiten Blick irritierend unbewegt und auf den dritten Blick geliftet. Anhand der Tiefe der Halsfalten schätzte Stella sie auf Anfang sechzig. Die Ärztin trug weder Kittel noch Schmuck und war genau wie sie selbst mit heller Leinenhose und T-Shirt bekleidet. Marleen Joengsen bot ihr an, sich zum besseren Verständnis gemeinsam am Computer schematische Abbildungen und Fotos anzuschauen. So saßen beide Frauen auf derselben Seite des Schreibtisches, was Stella als angenehm empfand.

»Mit der assistierten Befruchtung, also IVF und ICSI, überbrücken wir nur kurzzeitig einen Defekt«, erklärte die Gynäkologin mit ruhiger Stimme. Ihr Timbre war überraschend dunkel.

»Die ersten Schritte der Fortpflanzung werden ins Reagenzglas und in den Inkubator verlegt, danach nimmt die Schwangerschaft ihren ganz normalen Verlauf. Wir helfen, indem wir den Ort der Befruchtung verlagern, mehr ist es nicht, ein Standardverfahren heutzutage.« Sie hielt inne, ihr Blick prüfte, ob Stella ihren Ausführungen auch folgte. Stella nickte bestätigend.

»Zunächst stimulieren wir bei Ihnen die Produktion von reifen Eizellen. Denn obgleich in einem normalen Zyklus mehrere Eibläschen, sogenannte Follikel, heranwachsen, wird nur eine einzige Eizelle bis zur Reife geführt.«

Die Ärztin deutete am Bildschirm auf eine anatomische Zeichnung von Eierstöcken und Gebärmutter.

»Indem wir täglich ein bestimmtes Hormon spritzen, reift die gesamte Kohorte heran. Das müssen wir machen, weil wir immer mehrere Eizellen befruchten, um dann später eine gesunde Eizelle auszuwählen. Man kann Fehlentwicklungen ja schon sehr frühzeitig erkennen. Täglich messen wir die Größe der Follikel. Bei einer genau definierten Größe wechseln wir das Hormon und lösen dadurch den Eisprung aus.«

Stella fand, dass die leicht altersfleckige Hand der Gynäkologin Erfahrung und Kompetenz ausstrahlte.

»Wir müssen den richtigen Zeitpunkt erwischen, damit die Therapie Erfolg hat. Exakt sechsunddreißig Stunden nach der Hormonspritze punktieren wir die Eizellen. Dazu bekommen Sie ein Schmerzmittel oder eine leichte Narkose. Durch die Vagina wird eine Ultraschallsonde eingeführt, deren Bewegung ich über einen Bildschirm verfolgen kann.« Ein Ultraschallbild erschien auf dem Monitor.

»Über den Kopf der Sonde werden die Eizellen abgesaugt. Inzwischen hat Ihr Mann sein Sperma bei uns abgegeben, welches dann in einem speziellen Gerät mit einer ultradünnen Nadel in die Eizelle injiziert wird.«

Stella hatte einen metallischen Geschmack im Mund. Das klang alles sachlich – und sehr technisch. Stumm betrachtete sie ein unter dem Mikroskop aufgenommenes Foto, auf dem zu sehen war, wie eine lange, spitze Nadel in eine dicke, runde Eizelle stach.

»Wenn sich die befruchtete Eizelle ein paar Mal geteilt hat, überprüfen wir, ob alles gut aussieht, und dann spülen wir sie Ihnen ein.«

»Was passiert mit den befruchteten Eizellen, die nicht bei mir eingespült werden?«

»Die werden sofort vernichtet, ich halte nichts von Einfrieren und Auftauen. Wenn es nicht beim ersten Mal klappt, fangen wir eben wieder von vorne an. Machen Sie sich bloß keinen Druck, irgendwann klappt es schon!«

»Mit welchen Nebenwirkungen muss ich rechnen?« Sie bemühte sich, ebenfalls möglichst vernünftig und analytisch zu bleiben, doch in ihr tobte ein Sturm. »Welche Risiken gibt es? Und wie hoch ist die Erfolgswahrscheinlichkeit?«

»Nebenwirkung kann ein etwas schmerzhaftes Körpergefühl sein, wie Sie es vielleicht auch von Ihrer normalen Regel kennen. Als Risiko gilt das Hyperstimulationssyndrom, hierbei reifen Eizellen noch über den Zeitpunkt des Absaugens hinaus. Das können wir aber durch strenge Überwachung vermeiden. Ich werde Sie daher jeden Tag zur Kontrolle einbestellen, und zwar mindestens von Tag eins bis Tag zwanzig. Die Wahrscheinlichkeit, dass Sie nach einer Behandlung schwanger werden, um auch Ihre letzte Frage zu beantworten, liegt bei etwa fünfzig Prozent.« Die Ärztin faltete die Hände in ihren Schoß und schwieg.

Stellas Schultern, Nacken und Kopfhaut hatten sich verkrampft. Unter ihrer Schädeldecke drückte ein Schmerz von innen gegen die Augen. Damals hatte sie es nur falsch machen können, egal was sie tat. Einzig Tante Ada hatte sie eingeweiht, mit deren Geld sie alleine zu der Abtreibungsklinik gefahren war. Sie hasste sich dafür, dass ihr das hatte passieren können. Mit Benjamin sprach sie nicht darüber, sie hatte sich gerade von ihm getrennt, obgleich sie sich bei der Erstsemestereinführung auf der Stelle in ihn verliebt hatte. Doch er war bereits gebunden gewesen. Einige Wochen später erfuhr sie, dass Benjamin sich von der anderen Frau getrennt hatte – und dass diese Beziehung auf einem Arrangement seiner Eltern beruht hatte. Und dass Benjamin auch gegen deren Willen in Stella seine zukünftige Lebenspartnerin sah.

Sie starrte auf den Monitor, auf dem immer noch die dicke, runde Eizelle zu sehen war, die losgelöst von jedem körperlichen Umfeld in einer Flüssigkeit schwebte. Vielleicht musste es so sein, dass jetzt der Beginn eines Lebens in sie hineingespült wurde, wie damals dieses Etwas aus ihr herausgekratzt worden war. Das Geräusch der Instrumente, das Schaben und Saugen tief in ihrem Inneren würde sie nie vergessen. Würde sich mit der künstlichen Empfängnis ein Kreis für sie schließen?

»Arbeiten Sie schon lange auf dem Gebiet?«, versuchte sie, noch etwas Zeit zu gewinnen.

»Ja, schon bald zehn Jahre, aber in Holland. Nach Dubai bin ich erst vor Kurzem gekommen, aus privaten Gründen. Ihre Angst und Aufregung sind übrigens ganz normal.«

»Ist gut …« Stella holte tief Luft. »Fangen wir an!«

Die Übelkeit war von einer Art, die sie nicht kannte. Als ob eine harte Hand den oberen Teil ihres Magens zudrückte und lange, sehr lange die unerbittlichen Finger nicht wieder löste. Unterhalb jenes unbarmherzigen Pförtners rumorte der Hunger. Höchstens zwei kleine Happen konnte sie essen pro Stunde, zwanzigmal gekaut. Siegte die Gier und sie biss ein weiteres Mal zu, musste sie sich übergeben. Stella hatte das Gefühl, dass ihr Oberkörper unverändert blieb, während ihr Unterleib immer schwächer, ihre Beine immer dünner wurden. Es war, als bestehe sie aus zwei Hälften. Über derartige Nebenwirkungen der Hormonspritzen hatte die Ärztin sie nicht aufgeklärt. Dafür entschuldigte sich diese mit dem Hinweis, dass Übelkeit eine seltene Nebenwirkung sei, während viel häufiger mit Gereiztheit gerechnet werden müsse. Ob ihre Gereiztheit tatsächlich ebenfalls eine Hormonauswirkung und nicht etwa eine Reaktion auf die ständige Übelkeit war, wusste Stella nicht zu sagen.

Fatalerweise wuchs ihre Sehnsucht nach Essen, je länger die Übelkeit andauerte. Nach jeder der täglichen Fahrten, die sie quer durch alle Bezirke zur Praxis der Ärztin führte, durchstreifte sie die Stadt, folgte in schmalen Gassen dem Duft von Curry und Koriander oder verbrachte Stunden im Gewürzsouq zwischen Säcken voller Safran, Chili und getrockneten Limonen. Oder sie ließ sich leiten von einem McDonalds-Schriftzug auf Arabisch. Am liebsten aber lenkte sie ihr Auto zwischen künstlich bewässerten Grünstreifen in das Parkhaus einer der unzähligen *Shopping Malls*. Dann schlenderte sie durch gigantische Bauwerke, in denen sie sich ganz klein vorkam, inmitten eines Angebots, das so unermesslich wirkte, als enthalte es eine Botschaft, die man nur lange genug suchen musste. Stets nahm sie an einem der in den klimatisierten Gängen stehenden Tische Platz. Dann las sie lange die Speisekarte und bestellte sich schließlich ein Glas Tee. Wenn der Tee serviert wurde, überkam sie regelmäßig eine diffuse Traurigkeit.

Meist versuchte sie, sich aufzumuntern, indem sie sich aufzählte, was sie schon alles bewältigt hatte. Wie schnell hatte sie zum Beispiel gelernt, sich in dem erschreckend chaotischen Verkehr zu behaupten und ihren Weg durch die Stadt zu finden, trotz der Verkehrszeichen, die meist in die Irre leiteten, weil sie eine Ausfahrt anzeigten, jedoch erst die übernächste Ausfahrt meinten, manchmal zur Steigerung der Verwirrung aber auch korrekt waren. Immer wieder von Neuem hatte sie sich nach entnervender Parkplatzsuche in lange Schlangen bei Behörden eingereiht, um nach Stunden zu erfahren, dass sie sich an ein anderes Office wenden müsse, und um noch später zu realisieren, dass jene Auskunft vorsätzlich falsch gewesen war. Es kam aber auch vor, dass sie als Frau an der ganzen Schlange vorbei in ein separates Zimmer geführt und ausgesprochen freundlich behandelt wurde. Sie fand die arabische Bürokratie unerträglich umständlich und ineffizient. Alleine für die Beglaubigung ihrer Heiratsurkunde, die sie benötigt hatte, um ihr *Resident Visa* zu beantragen, waren mehrere Passkopien, vier Passbilder, vier Formulare und mindestens zwölf Beamte erforderlich gewesen. Victor hatte lakonisch behauptet, auch ihm sei die Bürokratie nicht erspart geblieben. Ob das tatsächlich stimmte oder ob er fand, sie müsse sich auf diese Weise mit Dubai vertraut machen, wusste sie nicht.

Was Stella fehlte, waren Kontakte und die Möglichkeit zur Kommunikation. Sie vermisste Leben um sich herum, ihre Freundinnen und vor allem auch deren Kinder. Umso mehr begeisterten sie ihre Fernlehrskripte, aber sie saß damit alleine zu Hause, ohne Aussicht auf einen Austausch. Die Arabisch-Sprachübungen hatte sie beiseitegelegt, nachdem ihre zaghaften Versuche, ihr Wissen anzuwenden, stets auf Englisch beantwortet wurden. Von dem Klub deutscher Frauen, deren Mitglieder Stella an ihre Mutter erinnerten, hielt sie sich nach einem Probekaffeekränzchen lieber fern. Victor brachte nie Gäste mit nach Hause, überhaupt schien er soziale Kontakte nicht zu vermissen, er war glücklich, wenn er den ganzen Tag im Institut verbringen konnte. Forderte sie laut genug Aufmerksamkeit, sah er sie überrascht und ergeben an und ging mit ihr zum Kamelrennen oder machte mit ihr eine Bootstour über den Creek.

Irgendwann hatte sie sogar Annett Lugmayr angerufen und um Begleitung gebeten, indem sie vorgab, sich nun für einen Hauskauf zu interessieren. Das Gesetz zu Eigentumserwerb und Grundbucheintrag, mit dem Ausländer auch ohne Strohmänner ein Haus kaufen können, war tatsächlich gerade verabschiedet worden, hatte Annett Lugmayr ihr erklärt, als sie Stella zu einem anderen für Ausländer erschlossenen Wohnareal fuhr. Dort hatte sie Stella ein Haus besichtigen lassen, das kleiner war als die Villa, ganz in weiß und mit Meerblick. Stella hatte versucht, sich nicht allzu deutlich anmerken zu lassen, dass sie am liebsten sofort eingezogen wäre. Annett Lugmayr hatte ihr keinen Preis genannt.

»Reine Verhandlungssache«, sagte sie stattdessen, »wir sollten einen Gesprächstermin für Sie und Ihren Mann vereinbaren!«

»Für meinen Mann werden wir keinen Termin finden.«

»Es wäre aber sehr wichtig und besonders für ihn interessant – wie ich schon sagte, wir beraten allumfassend!«

»Und welche Beratung sollte ihn interessieren?«

»Nun ja, neben der etwas schlichten Vorgehensweise, eine wissenschaftliche Entdeckung, beispielsweise ein neues Gen, zu veröffentlichen und damit zu verschenken, gibt es natürlich die intelligente Möglichkeit, es zu patentieren!«

»Und das Patent zu verkaufen?«

»Genau! Wir sind bei der Vermittlung und Abwicklung des Verkaufsgeschäfts der richtige Partner!«

»Brauchen Pharmafirmen dafür Finanzdienstleister?«

»Ab zweistelligen Millionendollarbeträgen schon …«

Stella hatte Victor natürlich von dem Gespräch erzählt. Er hatte unwirsch reagiert. »Halt mir die Frau bloß vom Leib!« Victor hatte ihr erklärt, dass Pharmaunternehmen tatsächlich schon Genpatente gekauft und dafür große Summen gezahlt hatten. Die Firmen versprachen sich davon Medikamentenentwicklungen mit einem gigantischen Absatzmarkt. So war aus dem Gen für Fettleibigkeit zum Beispiel die Entwicklung eines Schlankheitsmittels geworden und aus dem Brustkrebsgen ein Früherkennungsmarker. Allerdings hatte keines der Genpatente zu einer der erhofften Marktrevolutionen geführt, weshalb inzwischen auch die Pharmafirmen vorsichtiger geworden waren. Den Forschern war das Agieren der Firmen ohnehin nicht geheuer, zumindest nicht solchen Forschern wie ihm, denn erstens musste man für ein Patent all sein Wissen öffentlich darlegen, und zweitens gab man dann mit dem Verkauf des Patents auch noch alle Rechte aus der Hand und damit jede Forschungsfreiheit. Und außerdem, hatte er seine Ausführungen beendet, wäre sein Wissen ohnehin nicht bezahlbar, denn wenn ihm gelänge, was er vorhatte, würde sein Sieg über das Altern den größten Markt und den maximalen Wert jedweden wirtschaftlichen Produktes haben.

Nachts hatte Stella von einer rasenden Autofahrt geträumt, bei der Victor hinter dem Lenkrad saß und sie auf dem Beifahrersitz. Straßenmarkierungen und -schilder flogen nur so an ihr vorüber, da bemerkte sie, dass Victor am Steuer eingeschlafen war. Sie war mit einem kleinen Aufschrei erwacht und eng an ihn herangerückt. Er hatte sie in den Arm genommen.

»Victor, ich habe Angst. Wenn deine Forschung so viel wert ist, hast du doch sicher Neider und Feinde.«

»Nein, nein, alles in Ordnung«, murmelte er.

Kaum eine Minute später merkte Stella, wie sein Arm schwer wurde und sein Atem regelmäßig ging. Sie beneidete ihn um seine Fähigkeit, seinen Schlaf wie eine nützliche Funktion ein- und auszuschalten. Ihr wollte das nicht gelingen.

Am nächsten Tag suchte sie im Internet nach Victors Namen. Er hatte schon lange nichts mehr veröffentlicht. Nichts in Amerika, nichts in Deutschland und nichts, seit er in Dubai war. Die Bekanntgabe des *youth*-Gens war in der Forschungswelt offiziell seine letzte große Entdeckung. Seither hatte er nichts veröffentlicht und kein Patent angemeldet – Stella fragte sich, welchen Weg er gewählt hatte, um sich vor einem Diebstahl seines Wissens zu schützen. Er hatte zwar erwähnt, sein Institut sei eine Festung – aber war das ausreichend? Brauchte man nicht immer auch Menschen, die hinter einem standen? Wem vertraute er? Und warum wusste sie nichts darüber? Sie verbannte das Haus am Meer aus ihren Gedanken und sagte Annette Lugmayr schweren Herzens ab.

Tags darauf hatte Stella ihren Spritzentermin erst am Abend und entdeckte mittags bei einer Fahrt durch die

Stadt eine riesige Mall, in der eine ganze Etage nur aus Restaurants bestand. Über eine Stunde wandelte sie zwischen den Imbissen umher und betrachtete ausgiebig alles, was sie nicht essen würde. Dann hielt sie es nicht mehr aus. Nachdem sie sich vergewissert hatte, dass die Toiletten gut zu erreichen waren, studierte sie die Auslage eines Cafés. Ihre Augen glitten über orientalisches Gebäck, honigklebrige Nester mit Pistazien und diverse Kekse mit und ohne Datteln, mit und ohne Sesam. Auch Kuchen standen zur Auswahl, flache Fladen mit gelierten Früchten, die vermutlich an französische Tartes erinnern sollten. Wenn jetzt eine Fee käme und sie sich etwas wünschen dürfte, würde sie Käsekuchen sagen. Sie entdeckte ein bleiches, rundes Stück, das aussah wie ein unfrittierter Krapfen.

»German apple cake!«, war die Antwort des Mannes hinter der Theke, als sie fragend darauf deutete.

Jemand lachte neben ihr. Sie wandte sich um und blickte in das Gesicht einer Frau, das aussah, als hätte die Natur in Experimentierlaune einige nicht zusammengehörige Partien miteinander kombiniert, um sich an dem Effekt zu erfreuen. Die Augen der Frau waren orientalisch dunkel mit dichten Brauen und einer niedrigen Stirn, in die das schwarze, lockige Haar fiel. Die Nase hingegen war schmal und klein und ihre Gesichtshaut so zart und hell, dass sie fast durchsichtig schien. Kinn und Wangenknochen waren wiederum kräftig ausgeprägt. Die Frau war in Stellas Alter, europäisch gekleidet und zeigte beim Lachen ihr Zahnfleisch.

»Selbst aus Heimweh solltest du das nicht essen«, sagte die Frau auf Deutsch zu ihr.

»Sind … bist du auch Deutsche?«

»Araberin!« Es klang stolz, und gleichzeitig grinste die Frau, als amüsiere sie sich über sich selbst.

»Trinkst du einen Kaffee mit mir?«, fragte Stella und kam sich reichlich direkt vor. Das schien die Frau nicht zu stören, und so setzten sie sich an einen der Bistrotische, nachdem sie sich beide für ein Croissant und einen Macchiato entschieden hatten.

»Ich bin sozusagen beruflich hier«, sagte die Frau, »von Zeit zu Zeit schaue ich mir das Angebot der Konkurrenz an.« Sie legte ihre Visitenkarte auf den Tisch.

Toni Spoor, Cake Designer

»Und was machst du so?«, fragte Toni. »Die Urlaubstage in Dubai genießen?«

»Ich erkunde das Land als freie Journalistin«, improvisierte Stella spontan. »Ich interessiere mich für berufstätige arabische Frauen, leider finde ich kaum welche, Europäerinnen und Inderinnen ja, aber Araberinnen habe ich überhaupt erst eine getroffen, und die spricht nicht mit mir.« Sie dachte an die schweigsame Arzthelferin von Dr. Joengsen.

»Wenn man keinen fremden Kontakt haben soll und Männer nicht einmal ansehen darf, schränkt das die Berufswahl erheblich ein«, lachte Toni. »Wir sollen eigentlich nicht arbeiten, sondern zu Hause bleiben. Die Männer nennen das eine *Queen*, im Gegensatz zu einer Frau, die *Worker* ist.«

Zur Königin verdammt! Das wäre ein schöner Titel für eine Reportage, dachte Stella.

»Trotzdem dürfen Frauen inzwischen ihr eigenes Business haben, auch ohne *wakeel*, also männlichen Sponsor.« Toni biss in ihr Croissant. »Mit dem Namen meiner Mutter, den ich sozusagen als Künstlernamen trage, habe ich es vergleichsweise einfach«, fuhr sie fort, »mich hält jeder für eine Ausländerin, deshalb kann ich machen, was ich will. Dabei bin ich hier geboren und Araberin, weil mein Vater Araber ist, meine Mutter stammt allerdings aus Deutschland. Eigentlich heiße ich Fatima Antonia, aber die meisten Leute bestellen ihre Hochzeitstorten übers Internet, und wenn auf meiner Webseite Toni steht, denken sie, ich wäre ein Mann, das ist besser fürs Geschäft.« Sie lachte, und ihr Zahnfleisch schimmerte rosig.

Stella erzählte Toni, dass Victor in Dubai ein Institut übernommen hatte und sie aus diesem Grund hier lebten. Toni fand das beneidenswert und gestand ihre Sehnsucht, eines Tages auch einer großen Liebe zu folgen, am besten nach Europa. Die Frauen tauschten ihre Telefonnummern aus und verabschiedeten sich herzlich voneinander.

Stella war erstaunt, wie problemlos Croissant und Kaffee ihrem Magen bekommen waren. Vielleicht entspannte sich ihr Körper ja gerade wieder. Anders als bei ihrem natürlichen Zyklus konnte sie die Phasen der Behandlung nie eindeutig mit ihrem physischen und psychischen Zustand in Zusammenhang bringen. Heute jedenfalls würde am späten Abend mit der HCG-Spritze der hormonelle Höhepunkt erreicht werden. Genau sechsunddreißig Stunden später musste sie zum Absaugen, was grässlich war und woran sie jetzt noch gar nicht denken mochte. Danach allerdings würden einige gute Tage folgen. Die Tage nach dem Absaugen und vor dem Wiedereinspülen empfand sie als freie, geradezu geschenkte Zeit. Sie musste zwar trotzdem täglich zur Ultraschallkontrolle, doch ansonsten war ihr Körper nicht weiter gefordert. Die Befruchtung und die anschließenden ersten Zellteilungen des Embryos fanden ohne ihre Beteiligung statt. Diese kurze Erholungsfrist war auch dringend nötig, denn es folgte noch einmal eine harte Phase. Das Warten nach dem Einspülen, die Hoffnung, die Angst – und die Enttäuschung. Sie hatte bereits einen erfolglosen Zyklus hinter sich. Für dieses Mal hatte sie sich vorgenommen, in den Tagen zwischen Absaugen und Einspülen zu entspannen und Kräfte zu sammeln. In der ersten Runde hatte sie sich just in jenen Tagen in den Ärger mit der Deutschen Botschaft gestürzt, die sich geweigert hatte, ihr einen zweiten Pass auszustellen. Doch sie nahm die Begegnung mit dem Mädchen von der Rezeption ernst und behauptete nun einfach, ihren ersten Pass verloren zu haben. Es hatte sie einige Nerven, Zeit und Diskussionen gekostet, aber am Ende war sie im Besitz von zwei gültigen und mit Einreisestempeln versehenen Pässen. Allerdings hatte sie sich im Nachhinein gefragt, ob sie ihren Körper nicht vielleicht überfordert und damit dazu beigetragen hatte, dass sich der Embryo nicht hatte bei ihr einnisten können. Victor jedenfalls reagierte kopfschüttelnd bis vorwurfsvoll, wenn sie sich auch nur im Geringsten anstrengte.

Es war bereits nach zehn Uhr abends, als sie von der Gynäkologiepraxis nach Hause kam. Die Kraft und Lebenslust, die sie am Nachmittag nach der zufälligen Begegnung in der *Shopping Mall* gespürt hatte, waren wieder verpufft, und sie fühlte sich erschöpft, wie ausgelaugt von einer inneren Leere. Ihr war, als würde sie mitten im Garten Eden verhungern und verdursten. Victor war noch nicht da, doch kaum war sie im oberen Stockwerk angelangt, fuhr sein Wagen in die Garagenauffahrt ein. Sie schaute aus dem Flurfenster, sah gerade noch ein Paar Autoscheinwerfer in der Ferne erlöschen und hörte kurz darauf, wie Victor das Haus betrat. Sie lief die Treppe hinunter. Er sah ihr lächelnd entgegen und streckte die Arme nach ihr aus. Sie spürte, dass er müde, aber zufrieden war.

»Na, *Tausendschönchen*, alles in Ordnung?«

Schon seit einer Weile fragte er nicht mehr »wie geht es dir«. Sie hatte bemerkt, dass Schilderungen ihrer körperlichen Symptome bei ihm sichtbares Unbehagen auslösten. Aber heute musste sie keine Übelkeit verschweigen.

»Ach, ich hab's mir einfach nur gut gehen lassen.« Sie sah zu, wie Victor eine Flasche Rotwein öffnete. Er studierte das Etikett der Flasche, holte zwei Gläser aus dem Schrank, goss einen Schluck zur Probe in sein Glas und führte es genießerisch zum Mund.

In dem Moment, als das Glas den Schein des Lichts aufnahm und zurückwarf, hatte sie plötzlich wieder die in der Ferne verlöschenden Autoscheinwerfer vor Augen. Ein unbestimmtes Gefühl von Bedrohung stieg in ihr auf. Ihr wurde mit einem Mal bewusst, dass sie schon seit geraumer Zeit etwas wahrnahm, das sich nur noch nicht zu einem klaren Gedanken geformt hatte. Sie hatte jene Scheinwerfer nicht zum ersten Mal vor ihrem Haus verlöschen sehen. Ihr Kreislauf sackte ab, Schweißperlen bildeten sich auf ihrer Oberlippe, gleichzeitig zitterte sie. Stella versuchte, tief durchzuatmen und sich wieder zu beruhigen.

»Victor, wirst du verfolgt?«

»Nein!«

Sie setzten sich auf die Terrasse. Er hielt die Rotweinflasche mit fragendem Blick über ihr Glas. Sie schüttelte den Kopf.

»Verfolgt ist nicht das richtige Wort«, sagte er dann bedächtig und schenkte sich ein. »Begleitet werde ich, wenn du das Auto meinst, das jetzt immer in einiger Entfernung vor unserem Haus steht, wenn ich da bin. Das ist der arabische Geheimdienst.«

»Und das sagst du so ruhig?«

»Warum nicht? Scheich Bashir, der jüngere Bruder und Nachfolger von Scheich Omar Nadiem, hat diesen zusätzlichen Service für meine Sicherheit eingerichtet.«

»Bist du denn in Gefahr?«

»Das bezweifle ich, aber man weiß nie. Wir sind hier in einem arabischen Land, ich bin ein Ungläubiger, und die Eröffnung eines gentechnischen Instituts hat gewisses Aufsehen erregt. Mehr gibt es dazu nicht zu sagen, es ist wirklich eine reine Vorsichtsmaßnahme, mach dir keine Sorgen.«

»Victor, was machst du, das andere gegen dich aufbringen könnte?«

»Du weißt, was ich mache, ich erforsche, wie Zellen

altern. Altern ist kein natürlicher Vorgang, sondern ein Defekt bestimmter Funktionen ...«

»Ja, ja, aber warum muss der Geheimdienst dich schützen? Vor wem? Gibt es Menschen, die die Macht und das Geld um jeden Preis haben wollen, die dein Erfolg mit sich bringen würde? Was kann passieren? Hast du Angst?«

»Nein, ich kann jederzeit alles veröffentlichen, dann weiß die ganze Welt, was ich weiß, und ich bin nicht mehr interessant.«

»Wirst du denn veröffentlichen?«

»Stella«, er sah sie eindringlich, fast warnend an, »nach allem, was ich weiß, habe ich zwei scharfe Konkurrenten. Der eine forscht bei einer amerikanischen Firma und der andere in Singapur. Es ist ein Wettlauf – und noch ist offen, wer gewinnt. Wenn ich Zwischenergebnisse veröffentliche, ist das, als würde ich in einem Pokerspiel meine Karten auf den Tisch legen, dann bin ich raus.«

»Das heißt, deine Konkurrenten sprechen auch nicht darüber, was sie machen, und auch sie haben sich solche *anderen* Arbeitgeber und Länder für ihre Forschung ausgesucht!«

Victor nahm sein Rotweinglas, trank, schaute in den Garten.

Stella verstand nicht, warum er ihr gegenüber mit seiner Forschung umging wie mit einer belastenden Vergangenheit – verschwiegen und ausweichend. Seit sie in Dubai waren, empfand sie Victors Institut wie eine Rivalin. Ein einziges Mal erst hatte sie ihn besuchen dürfen, spät abends, und er hatte ihr nur das große Labor der Jungwissenschaftler gezeigt. Dabei hatte er ungewohnt nervös gewirkt und behauptet, starke Kopfschmerzen zu haben. Er hatte aber später keine Tablette genommen.

Sie hatte die Beine übereinandergeschlagen und die Arme verschränkt und starrte auf die Sandale an ihrem in der Luft wippenden Fuß. Erst jetzt fiel ihr auf, dass einer der Lederriemen an der Nahtstelle abgerissen war. Es waren ihre Lieblingssandalen. »Victor, sprich mit mir! Ich will alles wissen!«

»Aber Stella, du weißt doch alles – ich kämpfe gegen Krankheit und Verfall und für ein besseres Leben. In meinen Laboren entsteht die Zukunft. Kann sein, dass das manchen Leuten Angst macht – vielleicht auch dir. Aber es gibt Menschen, die ohne Scheuklappen über neue Möglichkeiten nachdenken! Ihnen geht es um die Unsterblichkeit, sie wollen das ewige Leben, und zwar jetzt und mithilfe meiner Forschung!«

»Du meinst, dass du nicht bloß vor militanten Forschungsgegnern, sondern noch viel mehr vor diesen Forschungsfanatikern geschützt werden musst?«

»Du siehst Gespenster«, entgegnete er ärgerlich.

In einem wütenden Impuls kickte sie die Sandale vom Fuß. Der Schuh landete am Beckenrand des Pools, kippte vornüber und versank im Wasser. Sie suchte Victors Augen. »Victor, ich brauche das Gefühl, dass du mir absolut vertraust und mir alles sagst! Ehrlich und wahrhaftig zueinander zu sein, ist die einzige Basis, an die ich glaube für das Zusammensein von zwei Menschen! Das alleine kann uns in die Zukunft tragen ...«

»Sei nicht so theatralisch ...« Er schüttelte missbilligend den Kopf.

Das Telefon klingelte. Alarmiert sprang Stella auf. Sie fand das schnurlose Gerät in der Küche, starrte auf das Display. So spät rief ihre Mutter sonst nie an.

»Es gibt eine schlimme Nachricht – Ada ist tot«, sagte ihre Mutter. »Hirnschlag wahrscheinlich, sie ist jedenfalls von der Nachbarin bewusstlos auf dem Sofa gefunden worden. Dein Vater hat den Notarzt gerufen, aber es war nichts mehr zu machen. Stella?«

Sie schwieg. Das konnte nicht sein. Ihr Herz war viele Tonnen schwer, zog alles mit sich nach unten. Ihr ganzes

Leben lang hatte es Tante Ada gegeben. Und nun plötzlich nicht mehr? Ihre Knie gaben nach, sie tastete nach einem Hocker.

»Die Beerdigung ist am Donnerstag. Kommst du?«

»Natürlich«, flüsterte sie und legte auf. Tante Ada. Warum, fragte sie ins Dunkel, warum Ada? Es gab keine Antwort. Alles um sie herum schien gestorben, nichts bewegte sich, es gab keine Töne mehr, oder sie hörte sie nicht mehr. Tränen liefen über ihre Wangen. Sie beugte sich vor, zog ein Geschirrtuch vom Haken, verbarg ihr Gesicht darin. Sie glaubte den trockenen, staubigen Papiergeruch einzuatmen, der ihre Kindheitsnachmittage begleitet hatte, in denen sie auf dem Boden der engen Gänge zwischen den Buchreihen der Stadtteilbibliothek hockte, während Ada die zurückgebrachten Leihbücher einsortierte.

Tante Ada wollte mich doch hier besuchen, es hätte ihr gefallen.

Bei der Vorstellung glitt sie auf den Fußboden und krümmte sich zusammen. Ein wilder Schmerz fraß ein schwarzes Loch in sie hinein, in dem alle Energie versackte. Hilflos öffnete und schloss sie die Hände auf den kühlen Fliesen, ohne Halt zu finden. Sie wünschte sich, Victor würde sie aus der dunklen Küche herausholen, aber er suchte sie nicht, wähnte sie offenbar in einem langen Telefonat.

Ada, Ada, Ada, echote es in Stella.

Irgendwann stolperte sie mit blinden Augen auf die Terrasse zurück.

»Tante Ada ist gestorben!« Sie hielt sich am Rahmen der Terrassentür fest. Unverändert erstreckte sich der Rasen jenseits der Platten um den Pool, ruhig standen die Umrisse der Palmen und Hecken im Hintergrund. Ada hatte ihren Platz in diesem Garten nie eingenommen, und dennoch war da jetzt eine schreckliche Leere, wirklich und unwirklich zugleich.

»Deine Lieblingstante!« Victor stand auf.

Stella bekam kaum Luft, konnte nicht aufhören zu weinen. Sie schlug die Hände vors Gesicht. »Kommst du mit mir zur Beerdigung, Victor?« Ihre Stimme vibrierte dünn unter ihren Händen.

Er reichte ihr eine Serviette vom Tisch und strich ihr beruhigend über den Rücken.

»Ich versuche, Flüge für morgen Nacht zu buchen.« Ihre Stimme war ein Schluchzen. Sie schnäuzte sich.

»Wie meinst du das? Du kannst doch gar nicht weg.«

Sie verstand ihn nicht. Ihr Denkvermögen schien an der Todesnachricht hängen geblieben zu sein und nun in einer Endlosschleife darum zu kreisen.

»Du bist mitten im Zyklus!« Er ließ sie los und trat einen Schritt zurück.

»Aber Tante Ada ... die Beerdigung ist am Donnerstag, ich *muss* hin, ich *muss* Abschied nehmen, das geht nicht anders.«

»Unmöglich!«

Ihre Zunge klebte am Gaumen, die Worte schienen darunter einzutrocknen. Begriff er denn nicht, was das bedeutete – tot?

»Victor, Ada ist gestorben – und ich werde bei ihrer Beerdigung sein!«

»Am Donnerstag wird abgesaugt!« Es klang, als zitiere er ein Gesetz.

Sie hatte das Gefühl, dass von beiden Seiten Messer in sie eindrangen und sie durchbohrten. Der Embryo. Tante Ada. Victors Gesichtsausdruck war seltsam starr. Nein, schrie es in ihr. Sie presste die Lippen fest zusammen, damit der Schrei nicht nach außen drang, lief die wenigen Schritte zum Pool und sprang ins Wasser. Als ihre Füße den Grund berührten, stieß sie allen Atem auf einmal aus und fiel in sich zusammen. Schwer wie ein Stein kauerte sie auf dem Boden, bis sie glaubte, zu zerspringen. In einem Aufbäumen stieß sie sich vom Boden ab und durchbrach nach einer Ewigkeit die Oberfläche. Victor kniete am Rand. Er sah erschrocken aus. Sie japste nach Luft. Die nassen Kleidungsstücke hingen wie Gewichte an ihr.

»Verschieb die Beerdigung auf Freitag«, rief er, »und versprich mir, dich zu schonen!«

6

Stella bat den Taxifahrer, sie an dem von der Kapelle weiter entfernten Eingang des Friedhofs abzusetzen. Sie wollte nicht gleich allen in die Arme laufen, hatte das Bedürfnis, noch für ein paar Schritte alleine zu sein. Die winterkahle Kälte umfing sie wie eine verschüttete Kindheitserinnerung. Sie öffnete das Tor und betrat den Kiesweg, der an den Grabreihen vorbeiführte.

Vergangene Nacht um halb drei hatte sie sich in Dubai in den Flieger gesetzt, nachdem die Frauenärztin ihr die Eizellen abgesaugt hatte. Dr. Joengsen hatte ihr etwas griesgrämig zu verstehen gegeben, dass der Ultraschall und ihre Werte zwar normal waren, man aber dennoch Komplikationen nie ausschließen könne und sie deshalb jede Verantwortung für diese Reise ablehne.

Es knirschte bei jedem Schritt unter ihren Schuhen. Stella fror. Der schneeschwere Himmel lag wie eine Last auf ihren Schultern. *Wir sind alle auf dem Weg zum Friedhof*, las sie auf einem verwitterten Grabstein. Sie glaubte, das brüllende Schweigen der Toten zu hören. Stella blieb stehen, als könne sie es sich noch anders überlegen, da sah sie Alexander. Er stand mit dem Rücken zu ihr, ein kleiner Blumenstrauß hing wie vergessen von seiner Hand hinab. Die andere Hand hatte er tief in seiner Jacke vergraben, deren Kragen hochgeschlagen war. Da er den Kopf leicht gesenkt hielt, sah es aus, als hätte er ihn zwischen den Schultern eingezogen. Wer hatte Alexander über die Beerdigung informiert? Vermutlich jene Bekannte seiner Mutter, die in demselben Vorort Kölns lebte wie Ada und die stets mit Inbrunst die Todesanzeigen in »Unsere Woche« durchging.

Neben Alexander stand ihre Schwester Chris und sah an ihm vorbei, als würde sie auf einer Party nach einem interessanteren Gesprächspartner Ausschau halten. Alexander drehte sich unvermittelt um. Sein Blick traf sie und ließ eine warme Welle durch ihren Körper rollen, bis in die Zehenspitzen.

»Da bist du ja!«

Sie hörte die tragende Bassstimme von Chris, unverkennbar in ihrer Manier, die Worte so rasch hintereinander auszustoßen, dass sie sich gegenseitig fast überholten. Alle wandten sich Stella zu, Hände und Arme streckten sich ihr entgegen. In der Kapelle saß sie in der ersten Reihe neben ihrem Vater und schaute auf den hellen Holzsarg. Das Orgelspiel drang durch jede Pore in sie ein und machte sie unendlich traurig. Der Tod war ein Abgrund, dessen Ränder sich ausdehnten. *Wir sind alle auf dem Weg zum Friedhof.* Sie weinte um Ada, um jedes Gespräch, das sie gerne noch mit ihr geführt hätte, um jede Umarmung, die nicht mehr sein würde. Ihre Hände wanderten unwillkürlich zu ihrem Bauch. Sie war eine leere Hülle für die Möglichkeit eines neuen Lebens.

Nach der Beerdigung, als alle vom Grab zum Friedhofsausgang gingen, hielt sie nach Alexander Ausschau, der in der Menge viele Menschen von ihr entfernt war. Bitte komm noch mit, signalisierte sie ihm. Im Restaurant schien von den Verwandten ihres Vaters, die sie selten sah, jeder mit ihr sprechen zu wollen, und es dauerte eine ganze Weile, ehe sie die Gelegenheit, dass Chris gerade neben ihr stand, nutzen konnte, um der engen Stuhlreihe und all den Fragen zu entkommen.

»Blond«, sagte sie zu ihrer Schwester, deren kurzes Haar in allen Richtungen vom Kopf abstand. Es musste sie viel Sorgfalt gekostet haben, so zerzaust auszusehen. »Letztes Mal waren deine Haare schwarz.« Es war der Altersunterschied von acht Jahren, der Chris, obgleich ebenso groß und sogar kräftiger gebaut als sie, in ihren Augen immer die Kleine bleiben ließ. Im Grunde waren sie aufgewachsen wie zwei Einzelkinder.

»Mal was Neues – *just for a change*!« Es klang trotzig.

Stella bemerkte einen unbekannt strengen Zug im Gesicht ihrer lebenslustigen Schwester. Sie hatten schon länger nichts mehr voneinander gehört.

»Und unsere Mutter?«, fragte sie. »Mal wieder Migräne?«

»Na ja, du kennst sie doch«, erwiderte Chris und grinste.

»Schön, dass *du* gekommen bist!« Sie rechnete es ihrer Halbschwester hoch an, hier zu sein. Sie war mit Ada nicht blutsverwandt, und im Gegensatz zu der Familie ihrer Mutter, die Chris vergötterte, hatte Ada sich nie viel um die Kleine geschert. Auf einmal wünschte Stella sich, ihrer Schwester näher zu sein, mehr von ihr zu wissen. Sie griff nach dem Herrensakkoärmel von Chris und zog sie mit sich fort.

Alexander saß etwas abseits und stocherte lustlos auf seinem Kuchenteller herum. Sie setzten sich zu ihm. Stella fand, dass er etwas eingefallen und grau aussah. Sie knipste ein Lächeln an. »Na, bist du okay?« Alles fühlte sich unecht an, ihre Stimme, ihre Wortwahl, ihr Lächeln.

»Sehr gut«, erwiderte er rasch und schob den Kuchenteller von sich, »mir geht's sehr gut.«

»Reist du wirklich übermorgen schon wieder ab?«, wollte Chris wissen.

Stella nickte. *Ich kann nur von Freitag bis Sonntag kommen*, hatte sie ihre Mutter noch in der Nacht nach ihrem Sprung in den Pool informiert. Sie löste ihre Haarspange und nahm sie in den Mund. Während ihre Lippen fest auf das kühle Metall drückten, fuhr sie sich mit den Fingern mehrmals von unten auflockernd durch die Haare, um sie erneut nach hinten zu ziehen und wieder aufzustecken.

»Warum?« Chris warf ihr einen prüfenden Blick zu. »Warum so kurz? Mama ist traurig deswegen.«

»Ich habe Termine.«

»Hast du einen Job?«

»Das ist es nicht, es sind Arzttermine.«

»Bist du krank?«

»Nein, nein, alles bestens!« Sie wich Alexanders neugierigen Augen aus, versuchte ein kleines Lachen und schob die Ärmel ihres Wollkleids zu den Ellbogen hoch. »Wenn ich im Moment etwas angeschlagen aussehe, dann kommt das nur von dem langen Flug, ich bin schließlich die ganze Nacht unterwegs gewesen.« Sie zog die Ärmel wieder herunter. »Mein einziges Problem«, sie schob erneut die Ärmel hoch, »besteht im Moment darin, dem pakistanischen Gärtner beizubringen, dass er nicht ausgerechnet in der Mittagshitze den Rasen sprengt und sich dann wundert, wenn er braun wird.« Stella war sich selbst peinlich, aber sie konnte nicht anders, wollte sie nicht das strahlend entschlossene Bild, das sie bei ihrer Abreise aus Deutschland geboten hatte, in Zweifel ziehen. Um sie herum summte die Unterhaltung, sie spürte schmerzhaft deutlich ihre Sehnsucht nach vertrauten Menschen.

»Klingt echt super«, Chris drehte ihr Gummiarmbändchen in Regenbogenfarben ums Handgelenk. »So'n Glück wie du müsste man haben ...«

»Ist bei dir alles in Ordnung?«

Chris schüttelte den Kopf. »Die IT-Firma, bei der ich war, ist pleite, wir sind alle entlassen, das Konkursverfahren läuft ...«

Stella zögerte keine Sekunde. »Komm nach Dubai! Sonne und Meer, unendliche Strände, berühmte Bauten, riesige *Shopping Malls* ...« Sie beugte sich vor, um die Worte näher an ihre Schwester heranzutragen. »Mach erstmal richtig Urlaub bei mir, danach sieht alles anders aus. Es wird dir gefallen, da bin ich sicher.«

Chris fuhr mit dem Finger das Muster der Tischdecke entlang, als verberge sich dahinter eine geheime Schatzkarte.

»Möchtest du deine Freundin mitbringen?«, interpretierte Stella diesen Mangel an Begeisterung.

»Ex!« Chris schob ihr Regenbogenbändchen den Arm hoch, sodass es unter dem Sakko verschwand.

»Ich würde dir das Flugticket gerne schenken«, sagte Stella.

»Oh, wow! Das wäre toll! Die Firma hat nämlich die letzten Gehälter nicht ausbezahlt.«

»Vielleicht ist Dubai ja irgendwann auch etwas für mich …« Alexander tat beiläufig, spielte mit der Kuchengabel. »Zufällig sucht ein internationaler Hersteller für Tierfutter jemanden wie mich. Firmensitz ist Dubai. Ich habe mich beworben, und sie würden mich nehmen.«

Die Pause, die er folgen ließ, wirkte eingeübt, als habe er jeden Satz zuvor geprobt. Stella kam vor Verblüffung kein Wort über die Lippen.

»Aber ich bin nicht der Typ, der überstürzte Entscheidungen trifft und mal eben so das Land wechselt …«, fuhr er fort, »… deshalb wollte ich dich bitten, bei dem Unternehmen vorbeizugehen.« Er warf ihr einen fragenden Blick zu. »Wenn du einen guten Eindruck hast, kann ich einen kleinen Aufenthalt in Dubai einplanen, um mir alles genau anzusehen.«

Stella versuchte zu verstehen, was Alexander ihr eigentlich sagen wollte. Klar war, dass er den Kontakt zu ihr halten wollte und dass die Tierfutterfirma lediglich eine Alibifunktion hatte. Aber was erhoffte er sich davon? Es ergab doch keinen Sinn, jetzt noch um sie zu kämpfen. Vielleicht war er ja immer noch dabei, ihre Trennung zu verarbeiten. Damals hatten sie keine gemeinsame Wohnung auflösen müssen, kein gemeinsames Konto, nicht einmal eine gemeinsame Tageszeitung gab es zu kündigen. Im

Grunde hatte ihre Trennung daraus bestanden, dass sie sich von heute auf morgen nicht mehr trafen. Dann hatte sie Alexander noch zweimal gesehen, um kurz darauf mit Victor zu entschwinden. Ertrug er es nicht, dass sie unerreichbar war? Wollte er bloß nachvollziehen, dass sie nun in einer anderen Welt lebte? Der Tisch schien zu vibrieren.

Alexander wippte heftig mit dem Bein. »Du hast selbst gesagt, dass wir Freunde bleiben …«

»Ja«, sagte sie, »na ja …« Es sollte reserviert klingen, aber in Wahrheit genoss sie unvernünftigerweise das Gefühl, dass er sich Gedanken um sie machte, dass er für sie da wäre, wenn sie ihn rufen würde. Sie rührte sich Zucker in ihren Kaffee. Er hob die Brauen. Dass sie Zucker in den Kaffee nahm, war ihm neu, das war Dubai-Stella und nicht die, die er kannte. »Gib mir die Adresse von der Firma, ich werde sehen, was ich tun kann«, sagte sie und versuchte, ihr Lächeln zu verbergen.

Alexander zog einen vorbereiteten Zettel aus der Tasche, legte ihn neben ihre Tasse und stand unvermittelt auf. »Lass von dir hören!« Er streckte ihr die Hand entgegen.

Sie zögerte, ergriff seine Hand. Stella hatte ganz vergessen, wie gut sich eine gesunde Männerhand anfühlte.

Als Victor seinen Wagen in die Tiefgarage lenkte, stellte er sich für einen befreienden Moment vor, den Männern mit den Sonnenbrillen in dem weißen BMW zuzuwinken. Er gestand sich ein, dass er sich von der ständigen Präsenz des Geheimdienstes getrieben fühlte. Von Tag zu Tag musste er sich stärker zusammenreißen, um gelassen zu bleiben; um nicht auf einmal heftig aufs Gaspedal zu treten und die aufdringlich sichtbaren Verfolger abzuschütteln. Doch es gab kein Entkommen. Wohin auch? Jede impulsive Handlung würde ihn nur verdächtig machen, was er tunlichst vermeiden wollte, weil das den neuen Herrscher, Scheich Bashir, in seiner offensichtlichen Abneigung gegen Victor und das Forschungsinstitut nur bestätigen würde. Aber vielleicht war es auch nicht Abneigung, die den neuen Herrscher zu seinem Vorgehen bewog, sondern lediglich ein straffes Verständnis von Kontrolle und Besitz. Er finanzierte das Institut und bezahlte Victor und folgerte daraus zwangsläufig, dass damit auch Victors Forschung nicht unabhängig sein konnte, sondern Eigentum der Scheichfamilie war.

Victor wischte sich den Schweiß von der Stirn. Mit Rücksicht auf seine kälteempfindliche Fracht hatte er auf jede Kühlung im Wagen verzichtet. Immerhin war das Institut für den Geheimdienst noch unzugänglich. Hundertprozentige Gewissheit hatte er diesbezüglich allerdings nicht. Er hoffte lediglich, dass einige unter dem alten Herrscher ausgehandelte Freiheiten immer noch für ihn galten. In seiner etwas abseits gelegenen Parkbucht öffnete er den Karton. Er entnahm ihm eine Styroporbox und ließ den leeren Karton für den Heimweg am Abend gut sichtbar auf dem Beifahrersitz stehen. Marleen hatte sich diese Transportlösung, die gleichzeitig als Täuschung für den Geheimdienst fungierte, ausgedacht.

Die Styroporbox mit dem wertvollen Gut brachte Victor in Paul Greens Labor. Er stellte die Box auf die Arbeitsplatte, klappte sie auf, und sie gab ihren Schatz frei: eine fest verschlossene Glasschale, die auf einem Wärmekissen ruhte. Victor merkte, dass er schneller atmete. Was er vorhatte, war die Essenz seines Lebens. Alles Hoffen und Streben, allen Intellekt und alle Energie hatte er aufgewandt, um dieses letzte Experiment durchführen zu können. Vorsichtig strich er über den Deckel, um die Hand dann jedoch rasch wieder zurückzuziehen.

Schon als Victors Hände noch jung und gesund gewesen waren, hatte für ihn das Glück in der Zukunft gelegen, während sein damaliges Jetzt, das bedrückende, von dem Krieg mit seiner Mutter dominierte Dasein, ihm bereits als Vergangenheit erschienen war. Er lebte in den Welten der Sciencefiction-Romane, die er im Schuppen zwischen den verrosteten Apparaturen seines verstorbenen Vaters las – bis er als Siebzehnjähriger ohne Fahrkarte auf der Toilette eines Zuges von Schweinfurt nach Tübingen reiste. Sein Physiklehrer hatte ihm von einem gewissen Henry M. Dornbush, Leiter eines Robotik-Instituts in Australien, erzählt, und Victor hatte vor, den Vortrag dieses Physikers zu seinem persönlichen Wendepunkt zu machen. Henry M. Dornbush erklärte vor vollbesetztem Auditorium, wie Roboter und künstliche Intelligenzen bald in allen Lebens- und Arbeitsbereichen leistungsfähiger als Menschen sein und diese daher ersetzen würden. Es gelang Victor nach dem Vortrag, sich durch die Traube von Bewunderern und Kritikern zu drängeln. Mit vor Begeisterung roten Ohren stand er vor dem beinahe dreißig Jahre älteren Mann und bat ihn, sein Assistent werden zu dürfen. Der Physiker forderte Victor auf, am nächsten Morgen in sein Hotel zu kommen. Victor verbrachte die Stunden bis zum Morgen euphorisiert auf der Straße, es war die Nacht zu seinem achtzehnten Geburtstag. Dass man zu der Zeit in Deutschland erst mit einundzwanzig volljährig wurde, musste Victor Henry M. Dornbush dann im Foyer des Hotels gestehen. Dieser schüttelte daraufhin nur leicht zerstreut den Kopf und wandte sich seinen anderen Besuchern zu, die ihn zum Frühstück abholten.

Victor ließ sich dadurch nicht erschüttern. Er hatte sich bereits über seine Schule um finanzielle Unterstützung für ein Schülerauslandsjahr beworben. Seiner Mutter drohte er mit einer Strafanzeige, falls sie ihm die nötige Einverständniserklärung nicht geben würde. Sie tobte, aber sie unterschrieb. Victor bekam Geld und die Zusage für Aberdeen und ging leichten Herzens nach Schottland. Noch bevor ihm das letzte Examen ausgehändigt wurde, hatte er sich mit einer gefälschten Unterschrift seiner Mutter für die Teilnahme an einem *Workcamp* in Westaustralien beworben. Kaum war er dort angekommen, tauchte er unter und trampte die noch fehlenden zweitausend Meilen nach Melbourne.

Als Victor fast zwei Jahre nach ihrer ersten Begegnung bei Henry M. Dornbush ankam, fragte er nicht mehr bescheiden an. »Da bin ich!«, verkündete er stattdessen. Der Physiker war gerade dabei, sich zu verwandeln. Er nannte sich jetzt HM-2025, weil er davon ausging, dass er als Hundertjähriger im goldenen Zeitalter der Unsterblichkeit ankommen würde und weil er sich mit dem neuen Namen ganz der Zukunft zuwenden und von der Vergangenheit lösen wollte. HM-2025 war vollends damit beschäftigt, eine weltweite Organisation zu gründen, die ein Forum seiner Fortschrittsutopien werden sollte. Du wirst studieren, sagte er zu Victor, aber nicht Physik, sondern Biologie! Einer von uns muss die selbst gesteuerte Evolution verwirklichen, denn solange es den Tod gibt, wird der Mensch nie frei sein!

Der Gedanke an H. M. machte Victor traurig. Dieser großartige Mann war heute nur noch ein Hauch seiner selbst. Victor schlüpfte in seinen Kittel und rief Paul, indem er eine vierstellige Nummer wählte. Er hatte den jungen Mann mit einem Piepser ausgestattet, wie Krankenhausärzte sie trugen. Auch er wäre damals bereit gewesen, ein hingebungsvoller Assistent zu werden, wie es Paul Green war, doch die Ausrichtung seines Studiums wies ihm eine andere Aufgabe zu, die er mit Begeisterung annahm. Als er sich an der Universität von Melbourne einschrieb, war es bereits gelungen, Genomstücke verschiedener Spezies miteinander zu verbinden. Erschrocken über die weitreichenden Konsequenzen und die offensichtliche Macht ihrer Technik, forderten führende Wissenschaftler ein Moratorium für gentechnische Experimente. HM-2025 lachte darüber, trieb Victor an und verfasste Streitschriften, in denen er klar darlegte, dass die biologische Unsterblichkeit für bewusste Wesen die höchste moralische Vollendung sei, da ihr individuelles Dasein mit zunehmendem Alter und Erfahrungsschatz immer wertvoller werde. Wissen und Methodenspektrum der Gentechnologie explodierten während Victors Studienzeit, es kam zur ersten Klonierung eines menschlichen Gens und der ersten Geburt eines Retortenbabys. Gerade als ein Durchbruch auch in der Stammzelltechnologie veröffentlicht wurde, begann Victor mit seiner Promotion. Das Ziel schien erreichbar nah.

Victor schob den linken Ärmel seines Kittels einige Zentimeter hoch und betrachtete die winzige kreisrunde Narbe auf seinem Unterarm. H. M. hatte eine identische Narbe. Wie viele Jahre war es her, dass er eigenhändig eine Hautstanze bei sich selbst und bei H. M. angesetzt hatte? Es war schmerzhaft gewesen, aber sie hatten gelacht dabei und gejubelt. Victor hatte jedes der beiden Hautfetzchen anschließend im Labor mithilfe eines Enzymcocktails in seine Bestandteile aus Bindegewebe und Zellen zerlegt. Dann hatte er daraus die Fibroblasten-Hautzellen von sich und H. M. isoliert und in flüssigem Stickstoff bei minus 196 Grad Celsius eingefroren. Diese Hautzellen sollten den Ursprung ihrer ewigen Jugend bilden. Doch es folgten ernüchternde Jahre intensiver Forschungsarbeit ohne große Erfolge. Weit mehr Zeit verging, als er und H. M. in ihrer Euphorie vorhergesagt hatten. Auch international wurde die Stimmung der Forschungsbewegung gedämpft. Gentherapien schlugen fehl, das Humangenomprojekt verschlang bloß Geld, die Hoffnungen auf einen HIV-Impfstoff zerschlugen sich. Aus purer Verzweiflung nahm Victor ein Angebot aus Amerika an. Dort entdeckte er das Gen *youth*. Der Wendepunkt schien erreicht. Doch Victor konnte nicht so weiterarbeiten, wie er es sich vorstellte. Die

Sicherheitsrichtlinien empfand er als Einschränkung seiner Freiheit. Und auch *youth* hielt nicht, was er sich davon versprochen hatte. Wieder vergingen Jahre, doch die Enttäuschung über *youth* wurde sein größter Triumph, denn er suchte hartnäckig weiter und fand ein zweites Gen, welches *youth* entscheidend regulierte. Dieses zweite Gen nannte er *age* und behielt den Fund wohlweislich für sich.

Paul hatte das Labor betreten und zog Latexhandschuhe an, die er mit alkoholischer Sprühlösung desinfizierte. Die sterile Werkbank hatte Victor bereits eingeschaltet, sie war frisch desinfiziert. Unter das Mikroskop, welches dort stand, legte Paul jetzt die Glasschale und öffnete deren Deckel. Kostbar wie Kronjuwelen schwammen die Eizellkonglomerate in der Spülflüssigkeit, mit der sie aus Stellas Eierstöcken entnommen worden waren.

Victor sah beklommen, dass es wieder nur wenige Eizellen waren, lediglich neun Stück. Wie sollte er vorgehen? Er hatte sich vorgenommen, wenigstens diesmal eine der Eizellen tatsächlich der In-vitro-Fertilisation zuzuführen. Letztes Mal, in Runde eins, waren es sogar bloß acht Eizellen gewesen, und er hatte jede einzelne unbedingt für die Herstellung der therapeutischen Stammzellen verwenden müssen. Deshalb war Stella von Marleen nur leere Flüssigkeit eingespült worden. Das war nicht wirklich schlimm, es bedeutete lediglich eine weitere IVF-Runde für Stella.

Die Herstellung der therapeutischen Stammzellen war der letzte, entscheidende Schritt. Es musste unbedingt gelingen. Victor musste es einfach schaffen, derjenige zu sein, der diese gewaltige Stufe der Evolution als Erster erklomm. Er würde der Welt schenken, wonach sich alle sehnten und was viele seiner Kollegen suchten – eine Therapie gegen das Altern! Die Erlangung der Immortalität war der Zugang zu einer unendlich gesteigerten Selbstverwirklichung!

Aber Victor würde auch versuchen, H. M. zu retten mit den verjüngenden Zellen. Allerdings war ihm, im Gegensatz zu H. M. und Helma, bewusst, dass sie hier nicht zauberten, sondern nur naturwissenschaftliche Gesetzmäßigkeiten für sich nutzbar machten. Deshalb bezweifelte er leise, ob er mit den Stammzellen für H. M. noch viel bewirken konnte. Aber er wollte nichts unversucht lassen, schließlich zeichneten sich die embryonalen Stammzellen, die er herstellen würde, durch die einzigartige Eigenschaft aus, sich in sämtliche Zellen eines menschlichen Körpers verwandeln zu können, seien es Muskel-, Herz-, Hirn- oder Leberzellen. Stammzellen waren überall, in jedem Gewebe eines erwachsenen Körpers. Man konnte sie bei Victor und bei H. M. durch die *age*-veränderten embryonalen Stammzellen ersetzen, welche nach und nach die alten Zellen der Organe gegen ewig junge Zellen austauschen würden. H. M. und die Mediziner der Organisation warteten nur darauf, dass Victor ihnen endlich diese Wunderwaffe lieferte.

Doch zu Victors Entsetzen war aus Runde eins nicht eine einzige embryonale Stammzelle hervorgegangen. Er, Helma und Paul hatten vor komplett misslungenen Versuchen gestanden. Damit hatte er nicht gerechnet, er fühlte sich als Versager. Er hatte keine Wahl, er würde auch in dieser Runde sämtliche Eizellen von Stella für die Herstellung von embryonalen Stammzellen einsetzen müssen, er hatte sich nun einmal für diese Vorgehensweise entschieden. Auch wenn er nur allzu gut wusste, dass H. M. und Helma die gekauften Eizellen von jungen Inderinnen für das Nonplusultra hielten. Sie hatten damit insofern recht, als man auf diese Weise schneller an mehr Material kommen konnte und die Frauen und damit auch die Eizellen jünger waren. Das alles waren Kriterien, die durchaus ein rascheres Gelingen ermöglichen könnten. Doch die Vorstellung, wieder von unzuverlässigen Lieferungen nicht ausreichend auf Krankheiten getesteter Inderinnen abhängig zu sein, ließ Victor das Blut in den Ohren rauschen. Für ihn war sein

Verfahren das wissenschaftlich korrekte und damit das einzig mögliche. Dennoch traute er sich nicht, offen dazu zu stehen, denn alles, was nicht »schnellstmöglich« hieß, trug das bewusste Risiko von H. M.s Ableben. Und das war weder denkbar noch aussprechbar, denn alles, woran H. M. sich in seiner Verzweiflung klammerte, waren Victor und dessen embryonale Stammzellen. Victor schluckte trocken. Immerhin hatten er, Helma und Paul versucht, die Methode weiter zu optimieren, und er hoffte inständig, diesmal erfolgreich zu sein. Allerdings waren neun Eizellen dafür sehr wenig.

Paul begann, unter dem Mikroskop die großen, runden Eizellen, die Oozyten, aus ihrem jeweiligen Verbund mit den Hilfszellen herauszulösen. Die Arbeit verlangte vollkommene Konzentration auf jenes feine Gespinst, das er, ohne etwas zu zerstören, auseinandernehmen musste. Victor stand schräg hinter ihm und verfolgte angespannt jeden Handgriff. Es war die Zeit selbst, die gegen sein Lebenswerk kämpfte. Und er kämpfte gegen die Zeit. Denn ohne den Tod gäbe es keine Zeit mehr, die Zeit war der Tod.

7

Durch ihre geschlossenen Lider spürte Stella die Sonne, deren Helligkeit von Minute zu Minute das Zimmer mehr einnahm, ein gleißendes Licht, das ihr zum ersten Mal seit Wochen nicht mehr nur schmerzhaft vorkam. Sie glaubte, dieses Licht sogar hören zu können, wie ein flirrendes Hintergrundgeräusch in einer Stille ohne Vogelzwitschern und ohne Bewegung im Haus.

Sie schlug die Augen auf, rollte sich auf den Rücken und ließ ihre Fersen über das Bettlaken gleiten, bis die Beine lang gestreckt waren. Dann zog sie die Fußspitzen an und schob aus der Hüfte abwechselnd das eine und das andere Bein noch weiter in die Dehnung. Anschließend schwang sie sich aus dem Bett und probierte, bei gerade durchgedrückten Beinen mit den Fingern die kühlen Marmorfliesen zu berühren. Ihre Fingerkuppen tippten knapp auf den Boden, als das Druckgefühl des von Hormonspritzen empfindsam aufgedunsenen Bauchs unangenehm wurde. Sie beugte sich trotzdem tiefer, bis das Brennen der Sehnen in den Kniekehlen sie zwang, sich wieder aufzurichten. Stella breitete die Arme aus, spreizte die Finger und fühlte mit jedem Atemzug, wie die Energie durch ihren Körper floss.

Von ihrem kurzen Aufenthalt in Deutschland war sie mit einer Erkältung zurückgekehrt, welche sich in Dubais ständigem Wechsel von Hitze und Klimaanlage zu einer Nasennebenhöhlenvereiterung und entzündeten Bronchien ausgeweitet hatte. Stella hatte ihre Tage und Nächte weitgehend im Bett eines der Gästezimmer des Hauses verbracht, hatte sich tief in die gewebten Baumwolltücher vergraben, mit denen sie sich anstelle einer Decke umwickelte, weil man die nassgeschwitzten Tücher auch mitten in der Nacht leicht auswechseln konnte. Sie hatte geglaubt, sich diesmal besser gegen die trügerische Hoffnung gewappnet zu haben, war überzeugt gewesen, jedes Ergebnis akzeptieren zu können. Doch der negative Schwangerschaftstest brachte ihre Abwehrkräfte vollends zum Erliegen. In ihren Fieberträumen kehrte sie zurück zu der Zeit mit Benjamin, als sie mit ihm zusammenlebte, sie nicht viel Geld hatten und ihr klappriges Auto andauernd kaputtging. Sie hatten viel gelacht und an eine verheißungsvolle gemeinsame Zukunft geglaubt. An der Uni belegten sie die gleichen Fächer, aber Stella studierte viel schneller als er, denn Benjamin engagierte sich in einer Laientheatergruppe, wollte Regisseur oder Dramaturg werden. Um ihn zu unterstützen, suchte Stella nach ihrem Examen einen sicheren Arbeitsplatz. Sie bewarb sich für den Schuldienst und begann ihr Referendariat. Zum ersten Mal sprachen sie ernsthaft über Kinder. Sie war sicher, ihm jetzt alles sagen zu können. Es lag so lange zurück, ihre damals geheime und einsame Entscheidung für eine Abtreibung. Aber nach ihrer Beichte hatte Benjamin sie angesehen wie nie zuvor. Es war ein Blick, dessen tiefe Traurigkeit die darunterliegende Wut und Enttäuschung nur ahnen ließ. Wortlos verließ er die Wohnung. Stella saß die ganze Nacht auf dem unbequemsten Stuhl in der Küche, lauschte dem aufs Fensterbrett prasselnden Regen und wartete, dass er zurückkam und sie wieder erlöste von der Schmach der Ächtung.

Was Benjamin letztlich das Leben gekostet hatte, erklärten ihr die Polizisten im Morgengrauen, war neben der überhöhten Geschwindigkeit die Tatsache, dass er nicht angeschnallt gewesen war.

In den Wochen ihrer Krankheit hatte sie immer wieder von einem Gerichtsverfahren geträumt, bei dem sie auf einem unbequemen Stuhl saß, vor ihr eine Furie mit wirrem grünen Haar und Victors Gesichtszügen, die schrie: *Beweise, dass du diese Strafe nicht verdient hast!*

Stella dehnte sich ein letztes Mal mit über den Kopf gestreckten Armen zu den Seiten hin. Dann ließ sie die Arme sinken und schüttelte ihren Körper schnell hin und her, wie ein Hund sich nach dem Bad die Nässe aus dem Fell schüttelt. Am Abend würde sie Chris vom Flughafen abholen, bis dahin gab es noch viel zu tun. Sie hatte ihrer indischen Hausangestellten Deepavati schon angekündigt, dass sie gemeinsam das ganze Haus putzen würden. Außerdem musste das schönste Gästezimmer hergerichtet werden, und sie durfte nicht vergessen, einige der dekorativen zartlila Curcuma-Blütenstängel zu besorgen. Auch Feigen, Datteln und Nüsse sollten ausreichend vorhanden sein. Und zwischendurch würde sie ein Glas Tee mit Toni trinken, wenn diese ihr die gedeckte Apfeltorte vorbeibrachte.

Sie beschloss, seit Langem wieder einmal vor dem Frühstück im Pool zu schwimmen. Stella zog einige Bahnen, dann ließ sie sich auf dem Rücken treiben und blinzelte in den hohen, wolkenlosen Himmel. Sie hatte keinen Spritzentermin, der Tag gehörte ganz ihr. Das Gefühl der Erleichterung, das ihren Körper bei dem Gedanken durchströmte, vermittelte ihr deutlich, welches Ausmaß ihre Aversion bereits erreicht hatte und wie sie ihre innere Stimme jeden Tag aufs Neue unterdrücken musste.

Victor hatte sie angefleht, keine Pause einzulegen und trotz ihrer Krankheit umgehend in die dritte Runde einzusteigen. Er hatte sie selbst zu jedem Termin abgeholt und in die Praxis gefahren. Eine Tortur. Mit pochendem Schädel und schmerzenden Gliedern hatte sie hustend im Wagen gesessen und nicht gewusst, wie sie das Gebläse ausrichten sollte, damit die kalte Luft nicht in sie eindrang wie Nadelstiche in offene Wunden. Offenbar hatte sie ihrem erfolgsverwöhnten Mann nicht deutlich machen können, dass ihr Körper sich nicht zwangsläufig nach seiner guten Planung richten würde. Von Tag zu Tag war ihre Stimmung Victor gegenüber gereizter geworden. Doch bei ihren Versuchen, ihm ihren körperlichen Zustand zu schildern, hatte er nur betreten auf seine Hände oder auf den Boden gestarrt. Hatte sie ihn dann angefahren, er solle sich gefälligst für sie interessieren, hatte er bloß hilflos den Kopf geschüttelt und »tut mir leid« gemurmelt.

Stella stieg aus dem Pool und betrachtete die Wassertropfen, die im Sonnenlicht von ihrem Körper perlten. Dieser Tag war ihr Tag! Nein, nicht nur dieser Tag. Von jetzt an würde sie besser darauf achten, dass jeder Tag ihr Tag sein würde.

Am Abend war sie viel zu früh am Flughafen. Sie lehnte sich an den Verkaufstresen eines geschlossenen Counters und betrachtete das geschäftige Treiben. Ein arabischer Familienclan baute sich in einer Traube von Menschen so dicht vor ihr auf, dass Stella, hätte sie sich von ihrem Platz wegbewegen wollen, einen weiten Bogen hätte laufen müssen. Sie zählte dreizehn Kinder aller Altersstufen, von denen zwei kleine Jungen die wildesten waren. Einer torkelte vor Müdigkeit und rempelte sie an. Der Kleine hätte längst ins Bett gehört, schließlich mussten die Kinder am nächsten Morgen in die Schule. Aber das schien hier niemandem Kopfzerbrechen zu bereiten. Alle arabischen Familien hatten ganz selbstverständlich ihre kleinen Kinder dabei. Vermutlich war ihr Empfinden von fehlender Ordnung sehr deutsch, dachte Stella. Zu Hause in Deutschland hätte sie sich nie damit identifizieren wollen, sogenannte deutsche Tugenden zu schätzen, doch hier in der Fremde war sie auf einmal sogar ein bisschen stolz darauf.

Sie beobachtete eine Frau und einen Mann, beide europäisch, jung und smart, Typ Unternehmensberater, beide mit Laptoptasche und Rollkoffer, die aus der Ankunftshalle auf einen mit seinem Abholschild wedelnden pakistanisch aussehenden Fahrer zusteuerten. Nachdem der Fahrer den Mann kurz begrüßt hatte, nahm er ihm Laptoptasche und Rollkoffer ab und lief voraus Richtung Ausgang. Die Frau stand wie angewurzelt mit offenem Mund da, mit ihrer Tasche und ihrem Koffer, die ihr niemand abnahm. Offensichtlich war die Frau nicht gut vorbereitet auf das, was sie in diesem Land erwartete.

Aber wie gut konnte man sich vorbereiten, fragte sich Stella, auf ein Dasein, das in keiner Weise der eigenen Erfahrungswelt entsprach? Was hatte das angelesene Wissen ihr genützt in einer Realität, in der sie keine andere Rolle hatte als die des potenziellen Muttertiers? War sie nicht genauso fassungslos angesichts einer ignoranten männlichen Geschäftigkeit? Wie konnte es sein, dass Victor sich ihr gegenüber so achtlos verhielt?

Mit einem Schock wurde ihr plötzlich klar, dass Victor ihr etwas verheimlichte. Seine Anspannung, der Geheimdienst, die viele Arbeit – es war so offensichtlich, dass sie sich wunderte, warum sie nicht eher darauf gekommen war. Vermutlich waren Victors Experimente schon weiter fortgeschritten, als er Stella gegenüber zugab. Und irgendjemand hatte es auf diese Ergebnisse abgesehen! Vielleicht hatten andere davon erfahren, weil er selbst in Verhandlungen getreten war mit Firmen, die als Abnehmer infrage kamen, vielleicht hatte auch ein Eingeweihter geplaudert. Vielleicht schützte ihn der Geheimdienst wirklich vor Leuten, die ihn bedrängten. Vielleicht war es aber auch der Geheimdienst selbst, der die Aufgabe hatte, ihn zu bedrängen. Ihre Gedanken überschlugen sich, sie konnte gar nicht mehr aufhören, sich Szenarien auszumalen. Was würden diese Leute – wer auch immer es war – tun, um an die Ergebnisse zu kommen? Bestand eine reale Gefahr für Victor? Zumindest hatte er Angst, das erkannte sie jetzt. Und er, auch das war plötzlich offensichtlich, wollte sie unbedingt schonen, wenn nicht sogar schützen, indem er die Bedrohung vor ihr verbarg und sie von seiner Arbeit abschirmte.

In ihrem Blickfeld tauchte der Schopf ihrer Schwester auf, deren immer noch ungewohnt blondes Haar inzwischen durch schwarz gefärbte Spitzen belebt wurde. Chris schaute sich aufgeregt nach allen Seiten um, wobei ihr ganzer Oberkörper mitschwang. Endlich erspähte sie Stellas winkenden Arm und kam freudig auf sie zu. Der wilde Wirbel von Stellas Gedanken und die Enge in ihrer Brust lösten sich auf. Wenig später brauste sie mit ihrer Schwester über den Prachtboulevard in Richtung Emirates Hills.

Chris beugte sich zur Windschutzscheibe. »Da möchte ich überall hin!«

»Auf jeden Fall, ich zeige dir alles.«

»Hast du denn Zeit? Musst du gar nicht arbeiten?«

»Für dich habe ich viel Zeit.« Sie würde ihrer Schwester einiges erklären müssen.

»Wie sieht's denn hier aus im Zeitungsbereich?«, fragte Chris, weil sie wohl annahm, Stella sei noch als freie Journalistin tätig. »Zensur?«

»Schlimmer! Freiwillige Selbstzensur.« Stella konnte nicht sehen, ob der Blick, mit dem sich Chris ihr zuwandte, tatsächlich kritisch musternd war, aber sie war sich ihres Körpers auf einmal sehr bewusst. Ihre Arme und Beine wirkten noch länger als sonst, weil sie so abgenommen hatte, ihr Bauch dagegen war aufgequollen. An schlechten Tagen bezeichnete sie sich selbst als Frosch. Zum Glück war es in diesem Land ohnehin angebracht, nur lockere, die Figur eher verdeckende Kleidung zu tragen. Nicht, weil man es musste, sondern weil man sich sonst unwohl fühlte, geradezu entblößt zwischen all den verhüllten Frauen.

»Ist ja superviel los auf den Straßen hier. Gibt es auch öffentliche Verkehrsmittel?«

»Nein, nur Kamele und Autos.« Stella bog in ihr ruhiges Wohnviertel ab und hielt kurz darauf vor der Villa.

»Cool!« Chris nickte anerkennend.

Sie versuchte, das Haus mit den Augen ihrer Schwester zu sehen. Es wollte ihr nicht gelingen.

»Willkommen«, rief Victor aus der Haustür tretend.

Er hatte Cocktails für sie vorbereitet, ohne Alkohol für Stella, mit denen sie sich auf die Terrasse setzten. Chris hatte mehrere selbst gebrannte CDs mit MP3-Dateien mitgebracht. »Matt Bianco, Pink Martini, ... lauter gediegene Sachen, ich wusste ja nicht, was du so hörst«, sagte sie fast entschuldigend, als sie den Stapel vor Stella auf den Gartentisch legte. »Und Gummibärchen! Die richtigen, nicht diese Ökodinger, zwei Tüten, die sind noch in meiner Tasche. Ich weiß gar nicht, ob man die einführen darf, bin jedenfalls nicht kontrolliert worden.« Sie schaute sich um. »Der Pool ist gigantisch, kann ich heute Nacht noch schwimmen gehen?«

»Aber selbstverständlich! Betrachte alles als dein Zuhause«, erwiderte Victor ohne Zögern.

Stella registrierte sehr wohl, wie zuvorkommend er Chris behandelte, wie er sich von seiner besten Seite zeigte. Als ahnte er, dass Stella nur auf den rechten Moment für eine Konfrontation wartete.

»Dubai ist ein richtiges Hightechland, oder?«, wandte Chris sich an Victor. »Mir wollte jemand erzählen, die Scheichs liefen noch mit Geldröllchen unter ihrer Kutte rum und bezahlten alles bar.«

»Du hast natürlich recht, das für Unsinn zu halten«, bestätigte Victor. »Dubai ist eines der modernsten Länder der Welt. Ich zum Beispiel werde hier dafür bezahlt, um durch Technik die biologischen Möglichkeiten des menschlichen Körpers zu erweitern.«

»So etwas wie Nachtsicht für das Auge?«, fragte Chris mit sichtlichem Interesse.

»Im ersten Schritt geht es darum, die banale Nachlässigkeit im Bauplan, die uns altern lässt, zu korrigieren. Aber im zweiten Schritt sind solche Verbesserungen im Detail, wie du sie vorschlägst, durchaus möglich. Stella hat mir erzählt, dass du IT-Spezialistin bist – in dem Bereich wird besonders intensiv an Möglichkeiten zur Kapazitätserweiterung des Gehirns gearbeitet …«

Chris nickte. »Die EU hat längst eine Ethikgruppe, die den Datenschutz bei der Entwicklung von Brain-Computer-Interfaces sicherstellen soll – das ist so etwas Ähnliches wie ein USB-Stecker im Hirn.«

Stella verkniff sich eine bissige Bemerkung darüber, dass Chris die ganze Zeit ihr Handy in der Hand hielt wie ein lebensnotwendiges Herzmedikament und immer mal wieder einen Blick darauf warf.

Victor deutete auf Chris' leeres Glas und erhob sich. »Darf ich uns noch eine zweite Runde mixen?«

»Gerne!« Chris stand ebenfalls auf. »Ich packe meine Sachen aus, und dann teste ich den Pool.«

Stella zeigte ihrer Schwester deren Zimmer und kehrte so schnell wie möglich zu Victor zurück. Sie fand ihn in der Küche, wo er gerade liebevoll eine Ananashälfte in mundgerechte Scheibchen zerlegte.

»Victor, ich weiß alles!«

Für den Bruchteil einer Sekunde erhaschte sie eine schnelle Augenbewegung, ein entgleistes Flackern ohne Fokus, dann hatte er sich wieder im Griff. »So, so … was denn?«

»Du verheimlichst mir etwas.«

»Und was soll das sein?«

»Es hat mit deiner Arbeit zu tun …«

»Aus meiner Forschung hältst du dich bitte raus!« Seine Stimme klang unerwartet drohend.

»Es hat auch mit dem Geheimdienst zu tun und mit uns. Ich *muss* alles wissen, Victor. Wir beide müssen uns die Wahrheit sagen …«

»Stella, die Wahrheit bedeutet mir viel. Ich bin Wissenschaftler geworden, weil ich nach der Wahrheit suche, nach einer Wahrheit hinter dem Offensichtlichen. Glaub mir und vertrau mir! Sei an meiner Seite, und du wirst irgendwann alles verstehen. Die Wahrheit ist immer das, was wir aus unserem Leben machen!«

Er sah sie eindringlich an, aber sie spürte ihn weder in seinem Blick noch seinen Worten. Es war, als spräche er zu einer anderen Person.

»Das genügt mir nicht«, sagte sie, »ich will *jetzt* alles wissen!« Sie ging noch einen Schritt auf ihn zu, wollte eine Hand nach ihm ausstrecken.

Victor nahm die Augen von ihr und hieb das scharfe Messer tief in die Ananashälfte. »Du verstehst gar nichts«, murmelte er mehr zu sich selbst als zu ihr, drehte sich um und verließ die Küche.

Sie lauschte ihm nach, hörte seine Schritte auf den Treppenstufen und dachte an das Geheimdienstauto, das wie immer in einigem Abstand vor dem Haus postiert war. Auf einmal war ihr, als würde die Küche kleiner, als wüchsen die Wände auf sie zu. Vielleicht verstand sie wirklich noch nicht genug. Warum war sie nicht auf die Idee gekommen, dass jedes ihrer Worte längst abgehört werden könnte? Sie würde sich ganz anders verhalten, eine neue Strategie entwickeln müssen. Andere Schritte kamen die Treppe hinunter, unbedacht hüpfende Schritte, die in Richtung Terrasse stürmten. Kurz drauf das klatschende Geräusch eines Körpers, der die Wasseroberfläche durchbrach. Stella wusste, dass ihre Schwester niemals einfach nur leise eintauchen würde.

Chris zog ihr Handy zu sich heran und stellte überrascht fest, dass es bereits elf Uhr war. Sie sah aus dem Fenster und entdeckte im Garten einen braunhäutigen Mann mit weißem Turban, der umgeben von Gartengeräten im Schatten einer Palme saß und rauchte. Sie verschob die Bahnen im

Pool auf den Abend und ging ins Bad. Während sie sich ausgiebig im Spiegel betrachtete, summte sie *You're beautiful*, und zum ersten Mal seit Langem gefiel ihr tatsächlich wieder, was sie sah. Als sie nach unten kam, fand sie auf dem Frühstückstisch eine Straßenkarte und einen Zettel.

Muss zum Gyn-Termin, Deira, Al Muteena 27B Glaspassage, dauert bis mittags – Stella.

Chris überlegte, warum Stella nichts davon gesagt hatte und ob sie nun ein Taxi zum Strand nehmen sollte oder ob die Adressangabe als indirekte Aufforderung ihrer Schwester zu verstehen war. Es klapperte, und eine Inderin betrat mit einem Tablett den Raum. Mit ihren tiefschwarzen Haaren, dem Sari und dem rotem Punkt auf der Stirn sah sie aus, als sei sie dem Fotoband »Völker der Erde« entsprungen. An ihrem Handgelenk klirrten Armreifen, als sie eine Schüssel Datteln auf den Tisch stellte. Um die Schöne nicht dauernd anzustarren, griff Chris nach der Straßenkarte und studierte sie ausführlich. Die Adresse lag am anderen Ende der Stadt, genau genommen in der anderen Hälfte des Landes. Wenn sie sich ein Auto leihen könnte, wäre es bestimmt *fun*, durch die Stadt zu fahren, und es wäre auch sinnvoll, falls Stella sie noch öfter sitzenließ. Chris zog ihr Smartphone aus einer der aufgesetzten Hosentaschen. *Top-Standard*, dachte sie beim Anblick des Displays, W-LAN, sie war drahtlos im Netz. Sie googelte nach einem Autoverleih in dem Villendistrikt und wurde tatsächlich fündig.

Als Chris das Haus verließ, schlug ihr die schwüle Hitze entgegen wie aus einer plötzlich aufgerissenen Saunatür. In der unbarmherzigen Sonne lief sie los. Sie hatte nicht daran gedacht, Wasser mitzunehmen. Der Asphalt glitzerte vor ihr, und sie glaubte, ihre Turnschuhe würden mit jedem Schritt kleiner, so sehr quetschten sie ihre Füße ein. Sie drehte den iPod lauter und stellte sich vor, gleich mit einem *4-Wheel-Drive* durch die Wüste zu donnern. Noch besser wäre natürlich ein Wagen, wie Victor ihn in der Garage hatte, ein SLK Roadster! Und Stelli hatte das Hausfrauenauto. *Du interessierst dich für Autos?*, hatte Victor auf ihre anerkennende Bemerkung hin gefragt, und sie hatte *Nur wenn sie schnell sind!* geantwortet. Woraufhin er gelacht und ihr freundschaftlich auf die Schulter geklopft hatte. Sie kannte das, für Männer wurde sie schnell zum Kumpel.

Am Ende des Wohngebiets stand sie vor einem Gelände, das das Zeichen der Verleihfirma trug. Hier sah es aber nicht aus wie bei einem Autoverleiher, sondern eher wie auf einem leeren Abstellplatz. Sie betrat das Gebäude. In einer riesigen Halle, Werkstatt und Lager in einem, war mithilfe von zwei Tischen eine Art offenes Büro eingerichtet worden. Dort saß ein Mann in Jeans und fleckigem T-Shirt vor einem Computer und spielte Autorennen.

»I want to rent a car«, sagte Chris.

Der Mann wandte sich ihr äußerst widerwillig zu. »Das ist die Außenstation, ich hab nichts da, alle Autos sind in der Stadt.« Er leckte sich über die Zähne und schnalzte.

Chris fiel ein, dass man in einem arabischen Land immer handeln sollte, aber das war nicht ihre Stärke. Sie stellte die Beine etwas breiter und verschränkte die Arme.

Der Mann schielte zu seinem Computerspiel. »Motorrad hab ich da.«

»Okay!«, sagte sie schnell.

Der Mann füllte umständlich ein Formular aus, ließ sie unterschreiben und erhob sich mit einem letzten wehmütigen Blick auf den inzwischen schwarzen Bildschirm. Sie folgte ihm ans hintere Ende der Halle. Eine Hornet 600! Der Mann wollte ihr etwas erklären, aber Chris schwang sich einfach auf den Sitz und ließ die Maschine an. Ein satter Sound erfüllte die Halle.

»Und ich brauch noch einen Helm!«, rief sie.

Der Mann machte ein zweifelndes Gesicht und öffnete einen verbeulten Stahlschrank. Zwei Helme fristeten dort ein trostloses Dasein. Er gab Chris einen und auch ein Paar

Handschuhe und öffnete das Hallentor. Sekunden später brauste sie hinaus in die sengende Hitze, die sich plötzlich als angenehm lauer Fahrtwind präsentierte. Kurz darauf bog sie in die Hauptverkehrsader der Stadt ein. Jede der zehn Spuren war überfüllt, es wurde gedrängelt, gehupt, und ihr Motorrad wurde permanent geschnitten oder regelrecht zur Seite gedrängt. Weit und breit war außer ihrem Gefährt nichts Zweirädriges zu sehen. Für einen Moment hatte Chris die Vision von dem Mann in der Verleihstation, wie er mit seinem Computerspiel jetzt Jagd auf ein einsames Motorrad machte.

Obgleich sie sich die Karte genau angesehen hatte, war der Weg durch die zahlreichen Über- und Unterführungen unübersichtlicher, als sie erwartet hatte. Als sie es fast geschafft hatte, sprang in den Gassen von Deira an einer besonders schlecht einsehbaren Stelle auch noch ein Fußgänger auf die Fahrbahn. Chris atmete tief durch, als sie die Maschine in dem kleinen Sträßchen 27B zum Halten brachte. Es war unverkennbar Victors roter Sportwagen, der direkt vor der gläsernen Passage auf einem reservierten Parkplatz stand, und Victor selbst trat in diesem Augenblick durch die Glastür. Er trug einen Karton mit beiden Armen vor sich her. Auf dem Karton war eine Küchenmaschine abgebildet. Chris wollte eigentlich ihren Helm abnehmen und ihn begrüßen, doch etwas ließ sie in der Bewegung innehalten. Sie beobachtete, wie Victor den Karton im Auto verstaute und, bevor er einstieg, den Kopf ganz leicht in eine Richtung drehte, ohne einen bestimmten Punkt zu fixieren, eher wie ein Tier, das etwas witterte. Eigentlich unwahrscheinlich, dachte Chris, dass ihre Schwester in Dubai zu einer solch manischen Köchin geworden war, der man eine Küchenmaschine schenken konnte.

In der Gynäkologiepraxis musste Chris eine halbe Stunde im Wartezimmer sitzen, außer ihr war kein Mensch da. Endlich erschien Stella am Arm einer Arzthelferin mit schwarzem Kopftuch. Sie machte einen verlangsamten, wackeligen Eindruck. »Schön, dass du da bist«, sagte sie leise. »Sollen wir etwas essen gehen? Ich kenne einen guten libanesischen Imbiss hier um die Ecke.« Sie hakte sich bei Chris unter.

Vor dem Imbiss bat Stella, trotz der Hitze draußen zu bleiben, weil sie in dem Ruheraum der tiefkühlklimatisierten Praxis die ganze Zeit gefroren hatte. So saßen sie unter einem Sonnenschirm an einem niedrigen runden Tisch, und Stella bestellte einen großen Teller mit Houmus, Falafel und Schawarma. »Erzähl mal!«, sagte sie. »Wie findest du's?«

»Perfektes Land für Selbstmörder«, erwiderte Chris, »erst lässt man sich von der UV-Strahlung grillen, und dann spielt man Crashtest auf der Straße.«

Stella nickte. »Dubai hat die höchste Todesrate der Welt bei Verkehrsunfällen. Ich dachte, du nimmst dir ein Taxi.«

»Ich wollte unabhängig sein, ich wusste ja nicht, ob du mir noch öfter abhanden kommst!«

»Ich hatte nicht damit gerechnet, dass du heute Morgen so spät aufstehst«, verteidigte sich Stella, »dass ich dich nicht mehr sehe. Ich wollte, dass du hierher kommst, damit wir uns in Ruhe unterhalten können.«

»Bei dir zu Hause ist es doch auch ruhig.«

»Da bin ich mir eben nicht mehr so sicher. Ich fürchte, Victor ist nicht mehr frei, was seine Forschung angeht. Jedenfalls nicht mehr seit dem Tod von Scheich Omar Nadiem. Der arabische Geheimdienst lässt ihn nicht aus den Augen, ob das Schutz ist oder Überwachung, weiß ich nicht. Victor erzählt mir nichts, er will mich da raushalten, aber das passt mir nicht. Mir macht es Angst, nicht zu wissen, wovor ich mich fürchten muss!« Stella nahm ihr Glas mit frisch gepresstem Mangosaft und trank in kleinen Schlucken durch den Strohhalm. Das Essen rührte sie nicht an.

»Was ist denn an Victor oder seiner Forschung so wichtig, dass man Angst haben muss?«, fragte Chris.

»Das weiß ich nicht, aber ich werde es herausfinden! Vielleicht hat er tatsächlich schon eine Art Jugendelixier entdeckt.«

»Und was ist mit deinen vielen Arztterminen? Was machst du bei diesem Gynäkologen?«

»Dr. Joengsen ist kein ›Er‹, sondern eine sehr erfahrene Ärztin, und was wir machen heißt ICSI.«

»Bitte? Hier sitzt eine IT-Systemelektronikerin, die nichts von Medizin versteht ...«

Stella begann, so betont nüchtern über männliche Sterilität und künstliche Befruchtung zu sprechen, dass sich ihre Augenbrauen vor Anstrengung zusammenzogen und sich ihre Stirn in Falten legte. »Das gezielte Punktieren der Eizelle mit einem einzelnen Spermium«, beendete sie ihre Ausführungen, »nennt man ICSI. Das kommt von Intracytoplas ...«

»Schon gut«, Chris winkte ab, »kann ich mir eh nicht merken.«

»Victor und ich probieren es jetzt schon zum dritten Mal, heute war Eizellabnahme, deshalb habe ich eine leichte Narkose bekommen.«

»Ich habe Victor vorhin gesehen«, warf Chris ein.

»Ja, sein Spermaabgabetermin. Er musste danach wieder ins Institut.«

»Er hatte ein Geschenk für dich dabei.«

»Ein Geschenk? Das passt nicht zu Victor.«

»Doch, doch, er hatte einen Küchengerätekarton dabei, und unten in der Glaspassage gibt es ein Haushaltswarengeschäft. Da wird er eingekauft haben.«

»Dann war es nicht Victor! Er würde ein Haushaltswarengeschäft gar nicht erst betreten.« Stella starrte vor sich hin. »Es sei denn ...«, sie stockte, »... es sei denn, da war nicht das drin, was draufsteht ...«

»Meinst du«, fragte Chris, »Victor hat sich einen Karton besorgt, um die Forschungssachen aus dem Institut zu schmuggeln? Und dann mit dir zu fliehen?«

»Ich fürchte, es ist komplizierter – hilfst du mir, das herauszufinden?«

»Cool!« Chris nickte heftig. »Meine Schwester bittet *mich* um Hilfe! Zusammen sind wir *Dubai Vice*!«

Stella lächelte etwas gequält. »Gut! Aber jetzt muss ich mich erstmal zu Hause hinlegen.«

8

Victor brachte die Styroporbox, die er im Karton einer Multifunktions-Küchenmaschine transportierte, in Pauls Labor. Paul wartete schon auf ihn und begann sofort mit den Arbeiten. Victor nahm vor dem Monitor Platz. Er hatte einen trockenen Mund, gestattete sich aber nicht, sich einen Schluck Wasser zu holen. Die Kamera, die auf einer dritten Linse am Mikroskop steckte, sendete bereits ihre Bilder, und gebannt verfolgte er auf dem Bildschirm jede Bewegung von Pauls Pinzette.

Bevor sie nach Dubai kamen, hatten er und Paul nur ein einziges Mal mit menschlichen Eizellen gearbeitet. In den USA war das zwar legal, aber dennoch mit Schwierigkeiten und Auflagen verbunden. Wie jetzt auch hatten sie die Eizellen zur Gewinnung von embryonalen Stammzellen und damit für das therapeutische Klonen präpariert. Allerdings war ihre Handhabung dieser komplexen Methode zu der Zeit noch zu unausgereift gewesen. Zudem hätten lange Genehmigungsverfahren zwischen dem Klonen und einer therapeutischen Anwendung gelegen.

Paul hatte die erste Eizelle aus dieser Runde sauber isoliert und in eine Schale mit spezieller Nährlösung überführt. Was war erhabener, dachte Victor, als solch ein Wunderwerk der Natur noch zu verbessern? Durch Varianten der Natur – nichts anderes war der Mensch und seine Hilfsmittel – das Lebendige weiterzuentwickeln, war das einzige Gesetz, das seit Jahrmillionen galt. Voller Unverständnis dachte Victor an das hysterische Geschrei von der verbrauchenden Embryonenforschung, das sogleich in Deutschland ausbrach, wenn vom therapeutischen Klonen die Rede war. Dabei hatte er sehr wohl mitverfolgt, wie gerade in den deutschen Medien die Woge der Begeisterung hochschwappte, als vor Jahren die Sensationsmeldung aufkam, einem Südkoreaner sei es gelungen, embryonale Stammzellen für das therapeutische Klonen und damit zur gezielten Therapie bisher unheilbarer Krankheiten zu gewinnen. Victor hatte damals Fieber bekommen bei der Vorstellung, dass jemand schon weiter sei als er selbst. Der angebliche Erfolg hatte sich jedoch bald als Fälschung entpuppt.

Nach über einer Stunde hatte Paul elf Schalen aufgereiht. In jeder Schale schwamm jeweils eine einzelne Eizelle. Alle waren intakt. Victor legte vier der Schalen auf ein Tablett. Wenn es ihm gelang, sein Werk zu vollenden und die unerbittliche Uhr des Lebens anzuhalten, ja sogar zurückzudrehen, würden alle Bedenken der ängstlichen Kleingeister verstummen. Jeder, einfach jeder würde den Jungbrunnen haben wollen. Und Millionen Menschen in aller Welt mit altersbedingten Krankheiten dürften endlich Hoffnung schöpfen auf Heilung. Er blickte auf seine Hände. Alle würden ihm zujubeln. Wie dem Südkoreaner. Das war die normative Kraft des Faktischen. Er trug das Tablett nach nebenan.

»So, Helma, es gibt Arbeit!«

»Nur vier?«, fragte Helma ungehalten. »Und die anderen willst du verschwenden?«

»Nichts wird verschwendet! Jeder von euch hat die Hälfte«, log er und stellte das Tablett behutsam auf dem Labortisch ab. Helma würde zur Herstellung der embryonalen Stammzellen die Eizellen mit der *age*-verbesserten genetischen Information von H. M. beimpfen. Paul dagegen würde Victors eigene, *age*-veränderte Hautzellen verwenden. Victor hatte Helma jedoch in dem Glauben gelassen, sie und Paul hätten die gleiche Aufgabe, arbeiteten also konkurrierend und als gegenseitige Kontrolle. Deshalb, und weil er nicht der Organisation angehörte, hasste Helma Paul Green. Der wiederum war überzeugt, ihr in einem früheren Leben bereits in Form eines bösartigen Adligen begegnet zu sein. Eine hervorragende Konstellation aus Victors Sicht.

»Waren es schon wieder nur so wenige? Damit kommen wir doch nicht weiter! Du musst Sanjeef sagen, dass er jüngere Frauen mit besserem *Egg-Count* bringen muss, damit ...«

»Helma, ich weiß, was ich tue. Bitte fang mit den Arbeiten an!«

Sie standen sich seitlich von der Mittelkonsole gegenüber, beide stützten sich mit einer Latexhandschuhhand auf die Kante der Laborfliesen. Helma wich keinen Millimeter, sondern warf einen verächtlichen Blick auf die vier Eizellen und wieder zu ihm zurück, als belege sie damit das Gegenteil seiner Aussage. So hatte er sie noch nie erlebt.

»Was ist denn noch?«

»Eine Frau Lugmayr hat mich angerufen«, sagte Helma und reckte angriffslustig ihr Kinn nach vorne, »von einer Finanzfirma. Sie wollte mir erklären, was Genpatente sind und wie viel Geld so etwas wert ist. Sie hat gesagt, du hättest vielleicht Interesse daran!«

»Weder kenne ich die Frau, noch will ich sie kennenlernen.«

»Aber sie hat gesagt«, Helma machte eine dramaturgische Pause und warf erneut einen Blick auf die Eizellen, »dass sie *deine Frau* kennt! So kommen die Dinge zusammen ...«

Das war genau die Art dummdreister Reaktion, mit der Victor gerechnet und weshalb er seine Heirat bisher verschwiegen hatte. Auch ein kleines Hirn schaffte den Sprung von der Frau an seiner Seite zu den Eizellen auf dem Labortisch. Die Eizellen waren der empfindliche Punkt im experimentellen Ablauf. Natürlich hätte er sie, wie ursprünglich vorgesehen, weiterhin über einen Mittelsmann anonym gegen Bezahlung beziehen können. Dann hätte man mehr Masse, aber schlechtere Qualität gehabt. Über den Gesundheitszustand der indischen Frauen war nur bekannt, was Marleen Joengsen in einem *Quickcheck* feststellen konnte. Nach Aussage der Ärztin hielten sich die Frauen zudem nicht durchgängig an das Spritzenprotokoll, was erhebliche Gesundheitsrisiken barg und damit die Gefahr, dass ihr nicht ganz legales Vorgehen auffallen könnte.

»Red keinen Unsinn«, sagte er und merkte selbst, wie schwächlich er klang, fast schuldbewusst. Er verachtete sich für diese gefühlsduselige Komponente, die da bei ihm im Spiel war. Jenseits aller logischen Argumente hatte der Gedanke an Stellas Eizellen ihm von Anfang an die Befriedigung der Absolutheit gegeben – absolute Kontrolle und zugleich absolute und vollkommene Verschmelzung.

»Ich musste H. M. natürlich informieren! Wenn es hier plötzlich um Geld und Patente geht statt um sein Leben …«

Ebenso wie er war Helma ein Mitglied jener Organisation, die sein Mentor H. M. gegründet hatte und die Victor als seine einzige Heimat bezeichnete. Doch während er seine rationale Wissenschaftlichkeit für ihre Ziele einsetzte, zeichnete Helma sich lediglich durch glühende Begeisterung aus. Insbesondere für H. M., als dessen verlängerter Arm sie sich offensichtlich verstand. Sie hungerte eben nach mehr Macht und Bedeutung, als sie meistern konnte. Und sie wusste die Situation geschickt zu nutzen. Natürlich würde H. M. sich nun fragen, warum Victor nicht auf die anonyme Masse an Eizellen setzte, um schneller an eine Heilmöglichkeit für den Todkranken zu gelangen. Und warum die Frau, die ihre Eizellen spendete, kein Mitglied der Organisation geworden war, und welche Bedeutung Victors Heimlichtuerei hatte.

»Schluss jetzt, Helma! Hier warten vier Eizellen auf dich – es liegt an dir, daraus ewig junge Stammzellen zu gewinnen. Je eher du anfängst, desto schneller sind wir bei H. M. in Australien.«

Helma setzte eine übertrieben willige Miene auf, ging ans Mikroskop und sortierte die Schalen. Das Scoring verlangte ein gutes Auge und Erfahrung. Jede der Eizellen musste begutachtet und einem der drei möglichen Stadien innerer Reife zugeordnet werden. Helma notierte ihre Einschätzung auf einem Blatt, dann tat Victor es ihr nach. Er roch kalten Rauch, als sie sich im Anschluss gemeinsam über die Blätter beugten, um ihre Ergebnisse zu vergleichen. Ihre Einschätzungen stimmten exakt überein. Er musste zugeben, dass sie viel von ihm gelernt hatte. Nur zwei Reifestadien kamen für eine weitere Verarbeitung infrage, damit schied eine der vier Eizellen sofort aus, die anderen drei konnten verwendet werden.

»Du kannst dann alleine weiterarbeiten.« Er erhob sich unachtsam rasch, stieß sich sein Knie an der Kante eines Laborschranks. Unter Schmerzen humpelte er in Pauls Labor zurück.

Paul hatte inzwischen zwei der Eizellen als im falschen Reifestadium befindlich aussortieren müssen. Victor prüfte und kam zu demselben Resultat wie er. Damit blieben noch fünf von den sieben Eizellen für das weitere Vorgehen übrig. Sie trugen jetzt beide Haube, Mundschutz und medizinische Handschuhe, obgleich nur Paul mit den Zellen arbeiten würde. Für Victor war es eine Frage der Selbstachtung und der Erinnerung an frühere Zeiten.

Paul setzte sich vor der Sterilwerkbank ans Mikroskop und spannte die Kammer in die Halterung. Er platzierte die erste Eizelle in dem Öltropfen der Kammer. Dann verfolgte er durch die Linsen, wie seine Hände mithilfe eines Mikromanipulators eine spezielle Pipettenspitze so steuerten, dass die Eizelle fixiert war und nicht mehr wegrutschen konnte.

Wer nicht forscht, dachte Victor, kann niemals den Zauber eines Experiments nachvollziehen. Niemand kann die ansteigende fiebrige Spannung, diese alles umfassende Hochstimmung, verstehen.

Unter dem Mikroskop bewegte sich nun die mit bloßem Auge kaum sichtbare Hohlnadel auf die Eizelle zu. Am Mikromanipulationsgerät gab Paul den Impuls, die Nadel in die Zelle zu stechen. Durch eine winzige Veränderung des Luftdrucks wurde nun das genetische Material der Eizelle in die Nadel aufgesaugt. Dann zog Paul die Nadel wieder durch die Eizellhaut heraus.

Für die gleiche Prozedur spannte er eine Fibroblastenzelle, die Victor ehemals seiner eigenen Haut entnommen und dann genetisch manipuliert hatte, in eine zweite Kammer ein. Die Nadel drang nun in jene Zelle ein und saugte deren Kern mit dem für-immer-jungen Genom von Victor heraus. Paul wechselte die Kammern, die Nadel mit der veränderten Erbinformation schwebte einen Moment über der leeren Eizelle. Dann ließ Paul die Nadel eindringen und pustete durch einen kurzen Druckluftimpuls den Zellkern mit der Erbinformation aus.

In diesem Moment höchster Präzision hörte Victor auf zu atmen, alles Schwere, Verkrümmte fiel von ihm ab, und er war nur noch die Vollkommenheit dieses Experiments, er war ewig.

Paul aktivierte die neu befüllte Eizelle durch einen kurzen Stromstoß. Damit setzte er die Uhr der Zelle zurück in die schlafende G0-Phase embryonaler Unschuld. Die Eizelle würde sich entwickeln wie normal befruchtet. Das war der kleine Trick – während bei einer natürlichen Befruchtung der halbe Chromosomensatz einer Eizelle mit dem ebenfalls halben Satz eines Spermiums zu einem kompletten Ganzen verschmolz, wurde bei dem Transfer des Zellkerns einer Hautzelle gleich die volle Chromosomenzahl in die Eizelle eingebracht. Paul übertrug die so befruchtete Eizelle in eine Schale mit Spezialnährmedium, welches zur Förderung des Wachstums zu einem Viertel aus fötalem Kälberserum bestand. Paul verschloss die Schale und reichte sie ihm. Durch die Berührung der Schale an seinen Händen wurde Victor wieder seines Körpers gewahr. Sein Schweiß hatte der Talkumpuder der medizinischen Handschuhe aufgesaugt, und das Latex klebte auf seiner Haut, wo es in der Mischung aus Feuchte und Trockenheit ein unsägliches Kribbeln verursachte.

Vier Eizellen waren noch zu bearbeiten.

Als Paul die letzte Schale in den Brutschrank legte, erhob Victor sich steif und verkrampft von seinem Laborhocker. Das Entwicklungsprogramm, das nun in den mit seinem Zellkern »befruchteten« Eizellen ablief, war noch kaum erforscht und daher auch nicht gezielt zu beeinflussen. Sie konnten nur warten und hoffen, dass die Eizellen sich teilen und ihre Verwandlung zum Embryo beginnen würden. Und auch dann konnten sie noch nicht wissen, ob die Arbeit erfolgreich sein würde. Der schwierigste Schritt, das Isolieren der Zellen aus dem Embryo und deren Stimulation zu eigenständigem Wachstum, lag noch vor ihnen. Dieses Mal musste es gelingen! Victor dachte an Stella, an ihre seltsame Stimmung. Sie würde die IVF ohnehin nicht mehr lange mitmachen. Sie litt offenbar, und auch wenn er nicht ganz verstand, warum sie es derart schwer nahm, tat es ihm leid, ihr die Prozedur zuzumuten. Aber was sollte er machen? Ein offenes Gespräch konnte er mit ihr in dieser vertrackten Situation unmöglich führen. Seine Lösung hieß, sich ins Institut zurückzuziehen und bis zur Erschöpfung an der Verfeinerung der Methode zu arbeiten. Er musste, musste, musste erfolgreich sein! Und er musste seine Position in Dubai sichern. Seit Wochen bat er fast täglich um einen Termin bei dem neuen Herrscher, ohne auf Resonanz zu stoßen, und ausgerechnet an diesem Morgen hatte der Scheich einen Wagen zu ihm geschickt, um ihn unverhofft zu sich einzuladen. Jedenfalls hieß das, was eine unmissverständliche Aufforderung war, Einladung. Doch Victor hatte es wagen müssen, dieser Aufforderung nicht unmittelbar Folge zu leisten. Er konnte die alles entscheidenden Arbeiten mit den Eizellen nicht verschieben. Aber jetzt musste er endlich aufbrechen. Er bewegte sich so langsam auf sein Büro zu, als liefe er unter Wasser, gegen Widerstand.

Victor schloss sich in seinem Büro ein und zog sich um. Er wählte den hellen, leichten Anzug, der stets im Spind hing, um bei offiziellen Anlässen der Etikette zu dienen, und ein speziell für die Hitze geeignetes Mikrofaserhemd. Dann überlegte er eine Weile und entschied sich schließlich doch für den Panamahut. Dieser würde zwar die Eleganz seines Auftritts schmälern, doch mitten in der Wüste war er mit bloßem Kopf verloren. Er ging langsam, nahm die Treppe, nicht den Fahrstuhl. Victor trat vor das Gebäude, ging bedächtig auf den Wagen zu und setzte sich auf die Rückbank des wartenden Jeeps. Der Fahrer ließ nichts verlauten, aber Victor rechnete mit einer längeren Fahrzeit. Sie bewegten sich zügig auf der Schnellstraße in Richtung Süden. Nach einer Dreiviertelstunde bogen sie von der Schnellstraße landeinwärts, fuhren auf kilometerlang schnurgerade in die Wüste gegossenem Asphalt immer tiefer in ein vegetationsloses Nichts. Victors Auge glitt über meterhohe ockerfarbene und rötlichbraune Sanddünen, die ihn unwillkürlich an Australien denken ließen. Die Erinnerung saß noch in seinem Körper, dieses herrliche Gefühl von damals, als er durchtrainiert und wendig war, gelenkt von einem Geist, der bereit war, die Welt zu erobern. Jung eben. Und endlich angekommen.

Als er damals bei H. M. in Melbourne eingetroffen war, schickte dieser ihn jedoch vor Studienbeginn erst einmal für ein halbes Jahr auf die fünfhundert Meilen entfernte Weinplantage seiner Eltern. Victor, der enttäuscht war von diesem Vorgehen und sich abgewiesen fühlte, merkte schnell, wie gut ihm die Maßnahme tat. H. M.s Eltern Friedrich und Margarethe waren bodenständige Leute, die beide bereits als Kinder mit ihren Eltern in einer Einwanderungswelle um 1907 auf den fünften Kontinent gekommen waren. Sie lebten inmitten einer Kolonie deutschstämmiger Familien, und Margarethe sprach kaum Englisch. Als die Anti-Deutschen-Stimmung auch nach dem Ersten Weltkrieg nicht abebbte, entschlossen sie sich zur *naturalization*. Sie beantragten die australische Staatsbürgerschaft kurz nach der Geburt von Heinrich, dem jüngsten der fünf Söhne. Aus Heinrich wurde Henry, und aus Dornbusch wurde Dornbush.

Victor fühlte sich wohl bei den Dornbushs, nach der wilden Zeit des Trampens war sein Tagesablauf wieder geregelt, das Essen gut und der Umgangston freundlich. Bei der Arbeit in den *vineyards* legte sich der Hass auf sein Elternhaus soweit, dass er sich mit einer Namensänderung von Deganowsci zu Degan für immer von der Vergangenheit verabschiedete. Selbst seine überschäumenden Science-Fiction-Phantasien flauten ab. Um nie mehr unterlegen zu sein, brauchte er nicht zu träumen, er musste bloß Großes leisten. Ohne Zögern wählte er den mächtigsten Gegner. Er würde den Tod besiegen!

In der Ferne erspähte Victor einen schwarzen Punkt. Sie fuhren darauf zu. Der schwarze Punkt differenzierte sich zu Zelten, Jeeps, Menschen. Ein Bediensteter führte ihn zu Scheich Bashir, Herrscher des Emirats Dubai. Dieser stand inmitten einer Gruppe von Männern, alle in blendend weißen Dishdashas, und würdigte Victor keines Blickes. Es herrschte eine gedämpfte Anspannung, angezeigt durch Gemurmel, Bewegung, Blicke gen Himmel. Mehrere Männer trugen Falken auf ihren mit speziellen Handschuhen bewehrten Händen. Einer der Falkner reichte dem Scheich einen schweren Lederhandschuh, den dieser über Hand und Arm streifte. Victor blickte gebannt zu den makellos schönen Tieren mit hellem Federkleid, deren Köpfe mit Lederhauben bedeckt waren. Er hatte noch nie an einer Falkenjagd teilgenommen, weil er von Dubai außerhalb des Instituts nur das sah, wozu Stella ihn unbedingt nötigte, und männliche Jagdrituale standen nicht auf ihrem Programm.

Der Falkner sagte etwas zu seinem Vogel, dann führte er seine Hand ganz nah an die Hand des Scheichs heran und kippte sie leicht. Der Falke wechselte die Hand. Der Scheich hielt den Arm ausgestreckt, nahm dem Tier vorsichtig die Haube ab und warf seinen Arm in einer raschen Bewegung in die Luft. Pfeilschnell hob der Falke ab. Alle Männer lüfteten nun die Hauben, und die Tiere zischten über ihre Köpfe hinweg wie Raketen, schraubten sich höher und höher.

»Die schnellsten Raubvögel der Welt«, wandte sich einer der Männer an Victor, »alles Weibchen, die sind kräftiger. Jedes von ihnen ist so viel wert wie ein Sportwagen.«

Am Himmel vollzog sich unterdessen ein blutiges Spektakel. Die Falken stürzten sich mit angelegten Flügeln auf die truthahnähnlichen Kragentrappen, einen in den Wintermonaten in Massen auftretenden Zugvogel, dessen zähes Fleisch Victor schon gegessen hatte, es galt als Aphrodisiakum. Krallen schlugen ein, Federn flogen, und die chancenlosen Trappen wurden von den Falken zu Boden gerissen und mit Schnabelbiss getötet. Die domestizierten Raubvögel blieben danach wartend auf ihrer Beute sitzen.

Der Scheich nickte seinen Männern zu und drehte sich zu ihm um. »Es ist mir eine Ehre, Professor Doktor Victor Degan, dich in meinem Zelt zu empfangen, sei mein Gast.«

Victor stand der Schweiß sogar auf den Augenlidern, doch er verzog keine Miene, wischte sich nicht mit einem

Taschentuch im Gesicht herum. »Seid gegrüßt, Eure Hoheit. Gerne komme ich Eurer Einladung nach.«

Er folgte dem Scheich und seinen Männern zu der einzig und allein zum Zwecke der Falkenjagd errichteten Zeltstadt. Es gab eine klimatisierte Voliere, eine Krankenstation, auf der »Falco« stand, und diverse Versorgungszelte. Das große Zelt in der Mitte war angenehm kühl und luxuriös ausgestattet. Der Boden war bedeckt mit Orientteppichen und Sitzkissenlandschaften, und Victor, der endlich wieder richtig atmen konnte, sah Wasserpfeifen und Jagdtrophäen. Er nahm auf einem Sitzkissen Platz, und es wurde ihm Minztee auf einem Silbertablett gereicht.

»Ich freue mich, dass du meiner Bitte gefolgt bist, mich hier draußen zu besuchen«, sagte der Scheich. »Ich möchte dir nämlich ein Angebot machen. Wie du weißt, hat mein Bruder dich sehr geschätzt.«

Victor deutete eine Verbeugung an.

»Deshalb möchten wir gerne verstehen, was deine Forschung für unser Land bedeutet. Wir sind zwar ein Land ohne besondere Forschungstradition, aber unterschätze uns nicht.« Er sah Victor ohne jede Freundlichkeit an. »Wir möchten dir das Angebot machen, *noch enger* mit uns zusammenzuarbeiten.«

»Und worin könnte diese noch engere Zusammenarbeit bestehen, Eure Hoheit?«

»Nun, wir dachten, dass es für dich als Wissenschaftler auf jeden Fall interessant sein muss, gemeinsam mit anderen Wissenschaftlern zu forschen, und dass du diese Möglichkeit gewiss vermisst. Deshalb werden dich von jetzt an Wissenschaftler unseres Landes besuchen, um in deinem Institut als Gäste mitzuarbeiten. Eine Ehre für uns alle.«

»Zweifellos eine ganz wunderbare Idee, schade nur, dass die Tradition Seiner Hoheit Scheich Omar Nadiems nicht weitergeführt wird. Wir hatten vertrauensvolle mündliche Vereinbarungen.«

»Doch, doch, wir führen die Tradition weiter, nur eben in etwas abgewandelter Form.«

»Eure Hoheit ...«

»Schon gut«, winkte der Scheich ab, »du bist mir keinen Dank schuldig.« Er wandte sich zu einem seiner Männer, offenbar war das Gespräch für ihn beendet. Dann drehte er sich unvermittelt wieder um und reichte Victor die Hand. »Ach ja«, sagte er, während er seine Hand festhielt, was normalerweise in diesem Land ein Zeichen von Verbundenheit und Freundschaft war, aber von Victor in diesem Moment nicht so interpretiert wurde, »morgen Abend veranstalten wir ein kleines Symposium dir zu Ehren. Es dient dem Erfahrungs- und Gedankenaustausch, und du hältst einen Vortrag über deine Arbeit!«

»Das klingt interessant, Eure Hoheit. Wer werden die Anwesenden sein, und wird es noch andere Vorträge geben?«

»Aber ja, du wirst angesehene Wissenschaftler unseres Landes kennenlernen – und sie werden dich kennenlernen!«

Sie verließen das Zelt, und die Männer sammelten sich zu einer weiteren Jagd. Auf der Rückfahrt zum Institut wandte Victor den Kopf zum Fenster, ließ seinen Blick den Konturen der Dünen folgen und versuchte, die Lage möglichst umfassend zu durchdenken. Dem Verhalten des Scheichs nach zu urteilen, war Victors Vermutung richtig und Bashir es gewesen, der die Überwachung durch den Geheimdienst angeordnet hatte. Und nun wollte er ihm eine Art verkleideter Verhöre schmackhaft machen. Was er damit bezweckte, war nicht schwer zu erraten. Der Scheich wollte, dass alles, was im Land gedacht, erforscht und entwickelt wurde, der Kontrolle seiner Familie unterlag. Dass Victor eine Gefahr für dieses Prinzip darstellte, war wohl doch zu offensichtlich. Möglicherweise hatte ihnen auch die eine oder andere Beobachtung nicht gefallen. Aber welche Strategie würde Scheich Bashir verfolgen? Würde er ihn weiterarbeiten lassen, aber seine Forschung vereinnahmen wollen? Oder suchte er nach einem Anlass, ihm die Arbeitsgrundlage zu entziehen? Wie viel Freiraum hatte Victor noch? Und vor allem – wie viel Zeit hatte er noch?

Während sie durch die Wüste fuhren, verdichtete sich etwas vor Victors Augen, wurde undurchdringlich wie ein Schatten, der sich über ihn schob. Er wurde immer kleiner, während der Schatten über ihm wuchs und wuchs. Victor hasste den Gedanken an seine Mutter, diese fette, blonde Frau, einzige Tochter eines Kneipenwirts, die nie gelernt hatte, ein Tablett mit Getränken zu servieren. Sie hatte sich im ersten Nachkriegsjahr, als ihr überfürsorglicher, dreimal verwitweter Vater im Sterben lag, nach einem neuen Versorger umgesehen. Ihre Wahl fiel auf einen mageren jungen Mann, der als polnischer Zwangsarbeiter in dem Städtchen gelandet war, sich recht geschickt anstellte beim Bierzapfen und sogar kochen und nähen konnte. Die Ehe blieb lange Jahre kinderlos, die Frau wurde immer dicker, der Mann war in der von ihm bewirtschafteten Kneipe sein eigener bester Kunde. Dann wurde Victor geboren, ein schwarzhaariger Junge, der weder ihr noch ihm ähnelte. Von Anfang an behauptete seine Mutter, mal mehr, mal weniger klagend, Victor sei im Krankenhaus vertauscht worden. Nachgegangen wurde der Sache nie, aber etwas geschah wohl mit ihr um die Zeit seiner Geburt. Er jedenfalls wuchs mit einer Mutter auf, die wochenlang im Sessel sitzen und nur trübe vor sich hinstarren konnte. Schnell lernte er, sich ihr in diesen Phasen tunlichst nicht zu nähern. Tat er es doch, brach sie in Tränen aus, hörte für Stunden nicht auf zu weinen und lamentierte über ihren lieben Sohn, der im Krankenhaus zu einer anderen Familie gegeben worden sei. War die »graue Zeit«, wie Victor sie nannte, beendet, kam die »rote Zeit«. Dann war es, als sei sie plötzlich eine andere geworden: eine Frau von überbordender Energie, die ihn an ihren großen Busen zog, wann immer er sich nicht schnell genug ihrem Zugriff entwand, und ihn abküsste und überall streichelnd anfasste. Ihr zweites Vergnügen war, alles Essbare in sich hineinzustopfen, was sie finden konnte. Nach dem frühen Tod seines alkoholkranken Vaters durch Leberversagen wurde Victors Leben zum permanenten Ausnahmezustand. Seine Mutter verlangte, dass er in ihrem Ehebett schlief. Er erfand allerlei Ausflüchte, aber wenn sie in ihre Psychose abzurutschen drohte, legte er sich zu ihr. Das massige Dunkel seiner Mutter beugte sich über ihn. Er stellte sich tot. An seinem dreizehnten Geburtstag sagte sie, er sei jetzt erwachsen, und gab ihm Cola mit Whiskey. Victor, der sich bis dahin vom Alkohol ferngehalten hatte, war zu überrascht von der Wirkung, um die Situation richtig einzuschätzen. In der Nacht träumte er, dass seine Mutter auf ihm ritt. Zumindest hatte er sich entschlossen, es für immer als Traum zu betrachten. Er schlief nie wieder in dem Ehebett und lebte die folgenden Jahre mit seiner Mutter in offener Feindschaft.

Nur mit Mühe gelang es Victor, die Erinnerung zu vertreiben, die jede Faser seines Körpers erfasst hatte. Sein Herz raste. Die Gewalt, die sich ihm entgegenstellte, war der Bedeutung seines Forschungsergebnisses angemessen. Unter keinen Umständen würde er sich Scheich Bashir beugen! Keinen Millimeter würde er von seinem Plan abweichen!

9

Ihr Kopf schmerzte, als sei er von einem zu kleinen Eisenring umspannt. Deepavati kochte Tee, und Stella nahm zwei Schmerztabletten. Victor war in der vergangenen Nacht spät nach Hause gekommen und hatte in einem der Gästezimmer geschlafen. Am Morgen hatte sie die Augen fest geschlossen gehalten, während sie lauschte, wie er sich in dem gemeinsamen Schlafzimmer seine Kleider zusammensuchte. Das fast unhörbare Rascheln seiner tastenden Heimlichkeit hatte sich wie ein Stein auf ihre Brust gelegt.

Sie starrte auf den gedeckten Frühstückstisch und wartete, dass die Wirkung der Tabletten einsetzte. Nach einer Weile wagte sie es, sich eine Melonenscheibe auf den Teller zu legen. Aber allein dieser Versuch ließ sie aufspringen und zur Toilette rennen.

Chris kam die Treppe heruntergestürmt. Vermutlich bewegte sie sich ganz normal, aber in Stellas Schädel dröhnte jeder Schritt schmerzhaft. Sie erinnerte sich, wie sie als Kind nach dem Weggang ihres Vaters oft für Stunden reglos unter dem Sofa gelegen hatte, weil sie glaubte, nicht lieb genug gewesen zu sein. Sie wollte nie mehr gesehen oder gehört werden. Chris dagegen brachte vom Moment ihrer Geburt an Aufregung und Lärm ins Haus. Sie brüllte und schrie, später trommelte sie auf allem, was sie fand, und nahm jeden Gegenstand auseinander. Wie konnte eine geliebt werden, die so polterte?

Chris schwang sich an den Tisch und ließ ihre Badetasche neben den Stuhl plumpsen. »Der perfekte Tag für die perfekte Welle ... Was machen wir heute?«

»Du verbringst den Tag am Meer«, schnappte Stella.

»Und du?«

»Ich habe zu tun, aber ich kann dich am Strand absetzen auf meinem Weg zur Ultraschallkontrolle.«

»Ich dachte, du hast Zeit?« Chris schöpfte sich mehrere Löffel frischen Minzejoghurt in ihre Schüssel und griff nach der Schale mit Obstsalat. »Isst du nichts?«

Stella deutete wortlos auf die riesige Tablettendose, die es hier im Supermarkt zu kaufen gab, und kam sich neben ihrer Schwester mal wieder zickig und wenig liebenswert vor. Sie stand auf, ging zu Chris und formte mit den Händen einen Trichter um deren Ohrmuschel. »Der Küchenmaschinen-Karton«, flüsterte sie, »lag zerrissen in einem zugebundenen Müllsack, den ich heute früh draußen gefunden habe. Und ich fürchte, hier im Haus wird jedes Wort abgehört!«

Chris schob sofort ihre Schüssel beiseite, nickte ihr zu. Kurze Zeit später stellten sie das Haus auf den Kopf. Sie arbeiteten sich von Zimmer zu Zimmer vor, öffneten Schränke und Schubladen, zogen Bücher aus Regalen und hängten Bilder ab. Sie klopften Buchseiten aus, tasteten Rahmen ab und wendeten Kisseninnenseiten nach außen. Die Villa war Victor zu »besonderen Konditionen« und komplett eingerichtet übergeben worden. Stella strich die rau verputzten Wände entlang. Es war, als seien die Mauern durchlässig geworden und schützten sie nicht mehr. Zuletzt sahen sie sich noch in der Garage um. Es beruhigte Stella, dass sie keine Spur fanden, weder von Victors Forschungsarbeit noch vom Geheimdienst. In der Auffahrt stehend betrachtete sie das Haus. Es kam ihr vor, als starre es zurück.

»Was meinst du, was in dem Karton war?«, fragte Chris.

»Keine Ahnung, aber es scheint mir tatsächlich so zu sein, dass Victor sich den Karton besorgt hat, um etwas am Geheimdienst vorbeizutransportieren. Das kann auch etwas Kleines gewesen sein, ein gut sichtbarer Karton wirkt harmloser als eine kleine Tasche.«

»Und wo ist dieses Etwas jetzt? Wir haben doch alles durchsucht …«

Sie zuckte die Achseln. »Er hat den Karton von der Praxis ins Institut gefahren und vom Institut hierher. Das Institut ist der Dreh- und Angelpunkt. Dort hält Victor sich die meiste Zeit auf, und dort werden die Arbeiten gemacht, um die es geht. Ich schlage vor, wir fahren hin und schauen uns mal um.« Stella wusste nur allzu gut, dass Victor sie nicht im Institut haben wollte. Sie würde ihn überrumpeln müssen, und dafür war es sicher am geschicktesten, ihre Schwester vorzuschieben. »Wir könnten so tun, als ob du dich sehr für seine Forschung interessierst.«

Stella registrierte sehr wohl das Bedauern in der Zustimmung von Chris, den gesenkten Blick, den leicht hängenden Kopf. Ihre Schwester war natürlich hergekommen, um sich zu amüsieren und nicht, um Stella in undurchsichtigen Missionen beizustehen. Bitteschön, sie würde ihr bieten, was erwartet wurde. »Vormittags sind sowieso alle in den Laboren, da kommen wir gar nicht rein«, sagte sie, »wir haben also noch genügend Zeit für die Jumeirah Beach.«

Im Anschluss an die Routinekontrolle per Ultraschall fuhr Stella mit ihrer Schwester von der Gynäkologenpraxis zu dem schönsten Strandabschnitt mit dem feinsten Sand und einem leise plätschernden, glasklaren Meer. Sie mietete beschirmte Liegen und sah zu, wie ihre Schwester mit gekonnten Kraulbewegungen das Wasser durchpflügte. Neidvoll betrachtete Stella den durchtrainierten Körper ihrer Schwester, als diese aus dem Wasser stieg. Sogar am Bauch zeichneten sich die Muskelstränge ab. Sie sehnte sich danach, sich wieder so fit und gesund zu fühlen wie vor dem Spritzenmarathon. In drei Tagen würde eingespült werden. Damit war diese IVF-Runde beendet. Sie schwor sich, ganz unabhängig von dem Ergebnis, auf keinen Fall eine weitere zu beginnen!

Chris ließ sich auf ihre Liege fallen und leckte das Salz

des getrockneten Meerwassers von ihrem Handrücken. »Der Urlaub in Gomera war schon nicht mehr gut«, erklärte sie unvermittelt. »Meine Süße hat mich noch am Tag unseres Rückflugs verlassen. Sie hatte mich schon seit zwei Monaten betrogen mit einer, die sie im Internet kennengelernt hat. Im Internet! Dabei weiß sie nicht mal, was ein Browser ist. Ich wäre besser gar nicht mehr mit ihr weggefahren, dann hätte ich wenigstens zu deiner Hochzeit kommen können.«

»Unsere Mutter hat dich ziemlich vermisst.«

»Du nicht?«

»Ach, wir haben nicht viel Aufhebens um die Hochzeit gemacht. Die Heirat war eigentlich nur der Auswanderung nach Dubai geschuldet.« Sie zögerte. Konnten sie sich füreinander öffnen? War dies der Moment, ihre bangen, sich selbst kaum eingestandenen Zweifel zu offenbaren? War ihre Schwester die ersehnte Vertraute an ihrer Seite? »Ich weiß bis heute nicht, ob ich die richtige Entscheidung getroffen habe …«

»Was denn? Du lebst doch golden hier – Villa mit Pool, Angestellte, jede Menge Geld und das …«, Chris deutete mit der Hand zum Meer. »Was willst du eigentlich noch?«

»Das ist doch bloß eine glanzvolle Kulisse.«

»Und was ist dein Leben?«

Stella sah von ihrer Schwester weg aufs Meer hinaus zu dem unendlich weiten, hell schimmernden Horizont und dachte, dass ihre Suche nach der Wahrheit letztlich genau auf die Antwort auf diese Frage hinauslief. Aber das konnte sie nicht in Worte fassen, nicht einmal für sich selbst.

Sie griff nach ihrem Handy, um Victor anzurufen. Da sie ahnte, wie er reagieren würde, führte sie ein sehr kurzes Telefonat mit ihm, bei dem sie »zufällig, sind gleich da, nur ganz kurz« in den Hörer tirilierte und dann rasch die Verbindung unterbrach. Sein Entsetzen war so offensichtlich, dass sie seinen unmittelbar erfolgenden Rückruf gar nicht erst annahm.

Bereits vom Institutsparkplatz aus konnte sie Victor sehen, der mit einer rauchenden Frau vor der Tür stand.

Er kam ihnen entgegen, kaum dass er sie entdeckt hatte. »So, so, da seid ihr. Ich habe leider gerade viel Arbeit …«

Er wirkte beängstigend abweisend.

Sie schlang die Arme um ihn.

Victor stand stocksteif, seine Arme hingen schlaff neben dem Körper. Stella beobachtete die Frau, die am Eingang stand und voller Inbrunst tiefe Züge von ihrer Zigarette nahm. Sie suchte das Gesicht der Frau und erschrak über deren feindseligen Blick. Die Frau drehte sich weg, zur Institutstür hin. Stella ließ Victor los und ging mit großen Schritten auf die Frau zu. Sie hörte, dass Victor und Chris ihr hinterherkamen.

»Besuch aus Deutschland«, sagte Victor zu der Frau. »Und das ist Helma Lohse.«

Helma bedachte Stella mit einem kalten Blick. »Und Sie sind Victors …?«

»Ja, genau, seine Ehefrau! Und Sie die Sekretärin?«

Helma sah aus, als würde sie die Zähne zusammenbeißen.

»Ohne Helma geht hier im Institut gar nichts«, warf Victor ein.

»Ach«, Stella setzte ein betont falsches Lächeln auf, »dann könnten Sie ja eine kleine Institutsführung mit uns machen, wenn mein Mann zu viel zu tun hat.«

Victor packte sie am Arm und zog sie ohne ein weiteres Wort die noch fehlenden Schritte zur Eingangstür. Vor der verschlossenen Tür war seine rechte Hand kurz an einem seitlich hängenden Kasten beschäftigt. Chris stellte sich dicht an seine Seite und schaute ihm derart neugierig dabei zu, dass Stella sah, wie es ihm die Schulterblätter zusammenzog. Victor drückte die Tür auf und führte sie durch eine Schleuse und eine offene Tür in das helle Atrium, dessen Marmorboden sich über mehrere Ebenen erstreckte. Der Pförtner in seiner Glasloge grüßte sie ehrerbietig. Überall standen schwere Ledersessel und Getränkeautomaten, zwei junge Männer saßen lesend am anderen Ende der Halle. Victor ließ sich in einen der Sessel fallen. »Wir können ja einen Kaffee trinken, wenn ihr überhaupt so viel Zeit habt.«

Stella blieb stehen. »Wir haben sehr viel Zeit«, erwiderte sie gedehnt. »Wo ist noch mal dein Büro?« Sie hatte den Fahrstuhl entdeckt und ging darauf zu. Chris hielt sich dicht hinter ihr.

Victor blieb nichts anderes übrig, als ihnen zu folgen.

»Die Chefs sind immer ganz oben«, sagte Chris und drückte auf den Fahrstuhlknopf.

»Ja, aber ich kann wirklich nicht …«

»Kennst du diese Helma Lohse schon lange?«, unterbrach Stella ihn. Die Worte fühlten sich in ihrer Kehle an wie spitze Steine.

»Ich habe sie in Köln kennengelernt. Sie ist sehr tüchtig.«

»Und sie ist sehr verliebt – kann das sein?«

»Stella, wenn du gekommen bist, um Streit zu suchen …«

»Warum hast du mich nicht als deine Frau vorgestellt?«

»Überflüssig, das weiß jeder. Hier, mein kleines Refugium«, sagte er und öffnete die Tür, die im vierten Stock dem Fahrstuhl direkt gegenüberlag.

Das kleine Refugium war ein etwa vierzig Quadratmeter großes Büro von edelster Ausstattung.

»Da seht ihr, wie winzig mein Institut ist!« Victor deutete zum Fenster. »Die Türme von Media City sind viel höher.«

»Und was kommt hinter den Türmen?«, wollte Chris wissen. »Das Meer?«

»*The Palm*, künstliche Inseln, angelegt von holländischen

Deichbauern in Form einer Palme. Man kann sie angeblich vom All mit bloßem Auge sehen. Zwei neue ›Palmen‹ werden noch gebaut, größer natürlich, und ›The World‹.«

»Bescheidenheit ist hier keine Tugend«, bemerkte Stella schnippisch.

»Arbeitet ihr gar nicht mit Rechnern?« Chris deutete auf Victors Schreibtisch, auf dem sich außer einem Kalender, einer Schreibunterlage und Stiften nichts befand.

»Doch, doch, die Mitarbeiter haben Computer, nur ich habe alles, was ich brauche, auf meinem Laptop.« Er deutete auf einen verschlossenen Stahlschrank. »Ich kann mich natürlich überall ins Intranet einklinken. So …«, er hielt ihnen die Tür auf, »… jetzt muss ich euch bitten …«

»Noch ein Blick in die Labore, Victor«, forderte Stella und schlüpfte auf den Gang hinaus.

Er lief hinter ihr her. »Stella …«

»Wer arbeitet auf diesem Stockwerk?«, rief sie, während sie auf die nächste Tür zueilte, die in ihrer abwaschbaren Gewichtigkeit mit Guckloch und Außenknauf auf ein Labor hinwies.

»Ich, Helma und Paul Green«, antwortete Victor.

Stella drehte sich zu ihm und sah, wie die Finger seiner kranken Hände zuckten, ein untrügliches Zeichen äußerster Anspannung. Sie hatte ihn noch nie dermaßen provoziert und wusste nicht, wie weit sie gehen konnte. »Der Ultraschall war perfekt heute«, sagte sie leise, »alles sieht gut aus, diesmal wird es ganz bestimmt …«

Es kostete ihn sichtliche Überwindung, doch er öffnete die Tür für sie. »Das ist mein Labor!«

»Sieht aufgeräumt aus«, befand Chris angesichts der blitzblanken Regale und ordentlich aufgereihten Laborreagenzien.

»Ja, es ist für Besucher ganz langweilig. Jetzt kennt ihr alles«, er blickte demonstrativ beiläufig auf seine Armbanduhr, »und ich begleite euch gerne wieder nach unten.«

»Ich möchte erst noch ein Labor sehen, in dem gearbeitet wird!«

»Stella, das hier ist ein Forschungsinstitut und keine Touristenattraktion!«, fuhr Victor sie lauter als nötig an.

»Wenn du keine Zeit mehr hast, plaudere ich halt noch ein bisschen mit Helma Lohse ...«

Er sah sie mit mühsam unterdrückter Wut an, aber er nahm wortlos mehrere Laborkittel aus einem Spind und dünne Latexhandschuhe in verschiedenen Größen. »Nicht, dass ihr denkt, ich arbeite hier mit gefährlichen Sachen, im Gegenteil, die armen kleinen Zellen sind so empfindlich, dass wir sie schützen müssen vor all den bakteriellen Verunreinigungen, die ihr auf Kleidern und Haut mit euch herumtragt.« Victor nahm einen Laborkittel mit seinem Namensschild vom Haken und zog auch für sich Handschuhe aus dem Spender, dann führte er sie in das Nachbarlabor.

Eine ungewohnte Geräuschkulisse empfing sie. Der Raum war erfüllt von einem Surren und Brummen, das Stella zunächst nicht zuordnen konnte. Sie sah eine Arbeitsplatte in der Mitte des Raumes. Über der Arbeitsplatte schwebten an Stahlträgern Glasregale, die vollgestopft waren mit von Hand beschrifteten Flaschen, die Flüssigkeiten von klarem bis milchigem Aussehen enthielten. Da Victor ihr einmal das große Studentenlabor im unteren Stockwerk gezeigt und dessen Gegenstände erläutert hatte, erkannte sie Pipetten in einem Abzug, einen Brutschrank und eine Reinraum-Werkbank. Dann gab es noch diverse geschlossene Kästen, manche eher klein, einer groß wie eine Waschmaschine. Eine Ultrazentrifuge stand auf der Waschmaschine, die das Surren verursachte. Das Brummen dagegen war den kleinen Zentrifugen geschuldet. Am Ende des Raumes saß ein Mann tief gebeugt mit dem Rücken zu ihnen an einem Tisch und schrieb etwas. Für den Bruchteil einer Sekunde verharrten alle reglos, während es um sie herum dröhnte und brummte. Es war, als sei der gesamte Raum erstarrt, und nur die Geräusche bewegten sich noch.

»Paul«, rief Victor, »wir haben Besuch!«

Der junge Mann stand sofort auf und schaltete zwei der kleinen hellgrauen Kästen aus. Die aufdringlichsten Geräusche erstarben. Paul Green war groß und schlaksig, mindestens einen Kopf größer als Victor, doch als er ihr die Hand gab, schien er seinen Körper einzufalten, sodass sich ihre Augen fast auf gleicher Höhe begegneten.

»Stella, meine Frau!«, sagte Victor.

Sie begann, durch das Labor zu wandern, strich mit ihrer Handschuhhand über die Arbeitsplatte, als sei es eine neue Kücheneinrichtung. Im Hintergrund hörte sie Chris beliebige Fragen nach allen möglichen Apparaturen stellen. Stella ging auf den Tisch vor dem schmalen, schießschartenähnlichen Glasschlitz zu, der das Fenster darstellte. Ein liniertes DIN-A4-Heft mit festem Einband lag aufgeschlagen dort. Paul war ihr gefolgt. Er stand leicht schief und seitlich gekrümmt, wie ein Stehaufmännchen, als sei das Leben eine zu kleine Schachtel.

»Victor hat mir schon viel Gutes über dich erzählt«, sagte sie und schenkte ihm ihr schönstes Lächeln. »Ist das dein Protokollheft?«

Paul griff an ihr vorbei und klappte das Heft zu. »Mein Laborbuch.«

»Hat jeder hier ein Laborbuch? Victor auch?«

»Victor nicht, er hat alles im Kopf.«

»Also hat er gar nicht so etwas wie das Logbuch eines Schiffskapitäns, mit dem er die Fahrt dokumentiert?«

Paul sah sie mit großen Augen an.

»Heiß hier in dem Kittel, kann man kein Fenster aufmachen?«

Er schüttelte den Kopf. »Fenster sind in Sicherheitslaboren …« Paul sah zu Boden, als hätte er den Rest des Satzes verloren.

Stella blickte sich um. »Und was ist da drin?«, fragte sie, wobei sie auf drei imposante Stahltanks deutete.

»Alles Wichtige ist da eingefroren.«

»Und womit arbeitest du, Paul?«

Victor kam mit großen Schritten zu ihnen herüber.

»Fibroblasten«, murmelte Paul.

»Ja, im Grunde ist das alles todlangweilig hier.« Victor schob sich zwischen sie und Paul. »Das Material ist immer das Gleiche, wie bei deinen journalistischen Artikeln, jeder hat sechsundzwanzig Buchstaben, das Spannende ist, was man daraus macht.«

Es hatte keinen Sinn, noch weiter in ihn zu dringen. Sie war traurig, dass sie ihrem Mann hier, im tiefsten Inneren seines Schaffens, in der Verdinglichung seiner Träume, ferner war als an jedem anderen Ort. Beim Verlassen des Labors blickte sie nach rechts den Gang hinunter. Ein weiteres Labor gab es dort noch. Die Tür war verschlossen, von Helma Lohse war nichts zu sehen. Victor brachte sie zum Ausgang. »Schönen Tag noch«, sagte er frostig.

Wieder im Wagen, saßen die Schwestern einen Moment in gespannter Stille, während Stella die Hand am Zündschlüssel hielt, ohne zu starten. Helma Lohse war nicht bloß irgendeine kleine Laborantin. Es gab mehr zwischen Victor und Helma als eine reine Arbeitsbeziehung, das hatte sie genau gespürt. Was hielt er so sorgsam vor seiner eigenen Frau verborgen? Wenn sie dahinterkommen wollte, würde sie im Institut weitersuchen müssen.

Stella wandte sich an Chris. »Ich fürchte, Victor vertraut dieser Helma, aber ich vertraue ihr nicht. Wenn wir irgendwo Anhaltspunkte finden wollen über das, was den Geheimdienst interessiert, und das ... Verhältnis ... von Victor und Helma, dann fällt mir dafür nur das Institut ein. Meinst du, wir könnten da mal ungestört reinkommen, trotz der Zugangskontrolle am Eingang?«

»Ein Fingerprint-Terminal mit Sensorfeld für den Zeigefinger, ein biometrischer Sicherungsmechanismus«, präzisierte Chris.

»Haben wir eine Chance?«

»Du kennst doch meine Hackerleidenschaft!«

»Ja, aber kannst du auch einen so perfekten Mechanismus überlisten? Das ist doch gar nicht möglich.«

»Verbreiteter Irrtum! Victor glaubt das wohl auch, er hat gleich zwei solcher Systeme.« Chris lachte. »Hab ich dir schon erzählt, dass ich Gründungsmitglied des *www* bin, das steht für *world wide warning*. Unser Klub deckt Sicherheitslücken in Computersystemen auf. Zum Beispiel haben wir schon lange davor gewarnt, dass es möglich ist, Kreditkartennummern auszuspionieren.«

»Aber von biometrischen Daten wird immer behauptet, dass sie ganz besonders sicher sind ...«

»Fingerlinien sind zwar eindeutig, aber der Mechanismus dahinter ist auch nichts anderes als ein Computerprogramm. Programme werten nur bestimmte Merkmalskorrelationen aus, das ist die erste Schwachstelle. Die zweite ist die natürliche Varianz, die die Programme tolerieren müssen. Ein gutes Passwort ist viel schwerer zu knacken als ein Fingerprint. Das Einzige, was mir Sorgen macht, ist die Chipkarte. Alle Mitarbeiter müssen zusätzlich eine Chipkarte haben.«

»Falls man seinen Finger vergessen hat?«

»Zur Mehrfachsicherung. Hast du nicht das Terminal an der Innenschleuse gesehen?«

»Also muss Victor auch eine Karte haben«, führte Stella die Überlegungen weiter, »die wir uns vielleicht mal ausleihen sollten!« Sie ließ das Auto an. »Und was brauchen wir als Werkzeug?«

Chris kniff die Augen zusammen und zählte etwas an den Fingern ab, als gehe sie in Gedanken die Zutaten eines Essens durch. »Als erstes Holzleim«, sagte sie.

Stella wusste nicht genau, wo es Holzleim zu kaufen gab, deshalb fuhr sie einfach zur größten aller Malls. Tatsächlich fanden sie dort einen Schuster, der Holzleim verkaufte. Mit dem Leim in der Hand blieb Chris mitten im Gang stehen, stemmte die Hände in die Hüften und sah Stella nachdenklich an. »Sag mal, wenn wir uns da reinschleichen wollen, dann doch wohl nachts – wie sehen wir dann etwas? Hast du Taschenlampen?«

»Es gibt einen Wachschutz für das Gelände.« Stella erinnerte sich an ihren Besuch, bei dem Victor sie abends zu Hause abgeholt und ihr das große untere Labor gezeigt hatte. Beim Verlassen des Gebäudes waren sie dem Wachschutz begegnet. Sie hatte sich erkundigt, ob der Mann eigens für das Institut bestellt worden war, und hatte erfahren, dass ein Sicherheitsdienst für das gesamte zur Media City zählende Gelände zuständig war. »Taschenlampen werden bestimmt bemerkt.«

»Shit!«

Sie standen inmitten der Menschen, die sich in dem Gang der Mall an ihnen vorbeidrängten, und sahen sich ratlos an.

»Alexander!« Der Gedanke an ihn gab Stella ein Gefühl der Stärke. »Alexander macht Nachtaufnahmen von Tieren, man braucht ein spezielles Equipment dazu – ich frage ihn.« Sie zückte ihr Handy.

Alexander schien außerordentlich erfreut über ihren Anruf. Sie behauptete, die Adresse der Tierfutterfirma verlegt zu haben, bat erneut darum und versprach, bald gemeinsam mit Chris dort vorstellig zu werden. Danach brachte sie wie beiläufig ihre Frage nach den Nachtaufnahmen an.

»Ich habe eine Taschenlampe mit aufklappbarem Infrarotfilter«, antwortete er, »plus ein Nachtsicht-Okular und einen Infrarotfilter in der Digitalkamera.«

»Kann man damit sehen, ohne gesehen zu werden?«,

fragte Stella. Sie spürte seine brennende Neugier und war dankbar, dass er sich dezent zurückhielt.

»Ja, wenn du den Filter vor die Taschenlampe klappst und leuchtest, sieht man gar nichts. Infrarotlicht ist für das menschliche Auge unsichtbar. Wenn du aber durch das Okular schaust oder durch die Kamera mit dem Filter, kannst du bei Nacht sowohl das natürliche Restlicht sehen als auch das, was du mit der Taschenlampe anleuchtest.«

Sie beendete das Gespräch und sagte zu, sich wieder zu melden und ihm zu erzählen, welche Nachttiere sie gesehen hatten.

»Komm, hier in der Mall ist ein Electronics-Laden«, sagte sie zu Chris.

Tatsächlich fanden sie einen einfachen Infrarotfilter für eine Taschenlampe und auch einen Kamerafilter, von dem Chris sich zeigen ließ, wie sie ihn in ihre Digitalkamera einlegen musste. Es gab sogar ein Nachtsicht-Okular, das aber sehr teuer war. Stella zögerte eine Weile, dann kaufte sie es. Als sie den Laden verließen, rief jemand ihren Namen, und sie erblickte Toni, die Cake-Designerin.

»Na, wie hat euch meine Apfeltorte geschmeckt?«, erkundigte sich Toni, nachdem Stella sie vorgestellt hatte.

»Hervorragend«, lobte Stella und registrierte, wie aufmerksam Chris jede Bewegung von Toni verfolgte.

»Setzen wir uns in eines der Restaurants?«, fragte Toni in aufgeräumter Stimmung.

Chris schob ihre Hände in die Hosentaschen und lächelte Toni verlegen an.

»Leider haben wir gerade nicht viel Zeit«, wehrte Stella ab, die sich angesichts ihrer Einkäufe und der bevorstehenden Planung nicht in Plauderstimmung fühlte.

»Dann begleite ich euch noch ein Stück durch die Mall.« Toni strahlte und warf einen langen Blick auf die Ohrstecker von Chris.

Stella hatte schon vor Jahren von ihrer Schwester gelernt, dass das Symbol der Doppelaxt als lesbisches Identitäts- und Erkennungszeichen fungierte.

»Geht ihr am besten voran«, sagte sie, »es ist zu voll, als dass wir zu dritt nebeneinander laufen könnten.« Sie beobachtete, wie Toni Chris anstieß und ihr etwas mit den Augen bedeutete. Sie folgte dem Blick ihrer Schwester zu zwei Frauen, die Abayas trugen, die traditionellen bodenlangen schwarzen Überwürfe. Die beiden von Kopf bis Fuß verhüllten Frauen standen vor dem Dessousgeschäft mit den knappsten und grellfarbigsten Stringtangas und studierten die Auslage. Chris amüsierte sich über das, was Toni ihr dabei ins Ohr flüsterte. Stella hatte sich auch schon oft gefragt, wie es wohl unter den Abayas aussah.

»Schau mal!« Toni wandte sich zu ihr um und deutete auf einen weißen Steilhang hinter Glas. »Eine Skipiste! Wenn ihr wollt, könnt ihr euch Daunenjacken und Skier mieten, den Sessellift nehmen und Abfahrtslauf üben.«

Stella schüttelte den Kopf. »Irgendwie ist Skifahren in der Wüste doch pervers.«

»Warum? Bald haben wir sogar Pinguine, die kann man dann adoptieren. Bei uns gibt es nichts, was es nicht gibt! Übrigens«, sagte Toni zu Chris, »ist es ganz leicht, sich hier niederzulassen. Als *expatriate* hat man so lange Aufenthaltsrecht, wie man Arbeit hat. Emirati kann man natürlich nie werden.«

»Ich überleg's mir«, erwiderte Chris vage.

»Wenn wir uns das nächste Mal sehen«, sagte Toni und blickte Chris tief in die Augen, »zeige ich dir die St.-Moritz-Bar!«

Auf der Heimfahrt standen sie bereits beim ersten Interchange im Stau. Eine Stunde ging es nur im Schritttempo vorwärts. Die Nacht fiel um Punkt sechs Uhr dämmerungslos über das Land wie ein hastig herabgelassener Vorhang. Die Straße wurde leerer. Auch Stella fuhr von dem

Boulevard ab und hielt auf einem Parkplatz. »Ich möchte, dass du das mal in voller Pracht hörst«, sagte Stella. Sie waren kaum ausgestiegen, da erklang schon das erste *Allah u akhbar* des Abendgebets. Aus allen Himmelsrichtungen fielen die Muezzins ein.

»Wie können die so durchdringend sein?«, wunderte sich Chris.

»Alle Moscheen haben Außenlautsprecher.« Stella lauschte dem Sprechgesang immer wieder aufs Neue fasziniert. Die fremden Laute übten einen Zauber aus – gerade weil sie sie nicht verstand und sie sich dadurch jeder Vereinnahmung entzogen.

Als sie nach Hause kamen, war Victor zu Stellas Erstaunen bereits da. Er bat sie, ihm bei der Auswahl eines geeigneten Anzugs samt Krawatte für einen Symposiumsvortrag zu helfen. Dann ging er ins Bad, und sie fragte sich, ob Victors Vortrag wohl etwas Gutes bedeutete. Oder etwas Alarmierendes. Oder gar nichts. Durch die offene Tür hörte sie, dass Victor unter die Dusche ging. Sie zögerte kurz, ihr Herz schlug schneller, dann gab sie sich einen Ruck und durchsuchte Victors Jackentaschen.

Es klopfte.

Stella fuhr zusammen. Erschrocken wandte sie sich um. Chris lehnte am Türrahmen, eine Tasse in der Hand, und hatte offenbar etwas sagen wollen, verharrte jetzt jedoch stumm mit halb offenem Mund. Stellas Blick folgte dem ihrer Schwester zum Nachttisch. Da lag Victors Laptop.

»Ganz kurz«, krächzte Chris. Sie war schon beim Nachttisch und klemmte sich das Gerät unter den Arm.

Stella rannte hinter ihr her, die Treppe hinunter.

Ihre Schwester saß schon am Esstisch und klappte den Laptop auf. Das Betriebssystem fuhr hoch. »Du glaubst gar nicht, wie durchsichtig ein Mensch wird, wenn man seine Festplatte hat«, freute Chris sich. »Da können wir uns das Institut vielleicht sparen.«

»Oh, Mist!«, entfuhr es Stella. »Er hat natürlich ein Passwort!«

»Keine Panik!« Chris beugte sich noch weiter nach vorne. »Ist kein BIOS-Passwort.« Sie schaltete den Laptop aus und wieder ein. Während das Gerät noch hochfuhr, tippte sie etwas ein, und weiße Zeichen erschienen auf dem schwarzen Bildschirm. »BIOS-Mode«, sagte sie, als ob das alles erklären würde, »ich schau mal was.« Sie machte andere Eingaben, und weitere Reihen von Zeichen erschienen. »Hm«, sagte sie und gab noch ein Kürzel ein, und erneut landeten sie bei der Maske, auf der »Benutzername: VDegan, Passwort: ......« stand. Chris löschte »VDegan« und gab stattdessen »Administrator« ein. Das Passwort dazu ignorierte sie und drückte einfach die Enter-Taste. Zu Stellas Erstaunen erstrahlte umgehend die komplette Windows-Oberfläche vor ihnen.

»Kennt sich nicht aus, der Herr Professor«, feixte Chris. »Jeder Rechner hat einen verborgenen Admin, wenn kein Passwort festgesetzt ist – Bingo – Zugriff auf alle Dateien!«

So ganz begriff Stella die Bedeutung des Gesagten nicht, war sie doch offenbar auf dem gleichen minimalistischen IT-Wissensstand wie Victor. Gerade wollten sie die Verzeichnisse öffnen, da horchte sie entsetzt auf das Ende eines Geräuschs. Sie rüttelte Chris an der Schulter. »Die Dusche ist aus«, flüsterte sie atemlos, »gleich kommt er aus dem Bad! Schnell, setz alles zurück und bring das Ding wieder auf seinen Platz! Ich versuche, ihn aufzuhalten!«

Sie rannte hinauf, stürzte ins Bad und stieß fast mit Victor zusammen, der sich gerade ein Handtuch um die Hüften schlang. Sie schloss die Tür hinter sich.

»Was bringt dich so außer Atem?« Seine Augen schienen noch enger zu stehen als sonst.

»Victor, wann haben wir Zeit für uns? Ich will dich wieder einmal nur für mich haben!« Sie legte ihre Hände auf seine nackte Brust.

Er versuchte, sie beiseitezuschieben. »Was ist denn?«

Sie drängte sich an ihn und begann, seine Brustwarzen zu küssen.

»Stella, ich muss los!«

Sie versuchte zu lächeln, aber ihre Wangen, ihr Mund, ihre Arme und Beine, ihr ganzer Körper waren mit Tausenden von kleinen Bleigewichten beschwert. Victor mied ihren Körper an den Tagen rund ums Einspülen, das hatte sie längst bemerkt. An den anderen Tagen ging es ihr aber zu schlecht. Das ergab eine Abstinenz, die ihm nichts auszumachen schien. Fand er sie nicht mehr attraktiv? Holte er sich anderswo Befriedigung?

»Victor, ich möchte lieber in einem anderen Land mit dir leben. Können wir wieder fortgehen aus Dubai?«

Unerwartet entspannte sich seine Miene. Er lächelte sogar. »Wenn meine Frau es wünscht, werden wir dieses Land selbstverständlich schnellstmöglich verlassen. *Tollkirsche!*«

»Wie viele Pflanzennamen gibt es eigentlich?«

»Tausende, bis zur *Gemeinen Hauswurz* ist es noch lange hin …«

10

Stella stand am dunklen Flurfenster im oberen Stockwerk. Der Bewegungsmelder am Hauseingang hatte die Lampen anspringen lassen, und sie verfolgte, wie Victor auf die Garage zuging. Mittelgrauer Anzug, grau-rote Krawatte, weißes Hemd, die Laptoptasche über die Schulter gehängt. Seine Schritte waren schwer, als wäre die Erdanziehung spürbarer als sonst. Als sein Roadster und auch das ihm folgende Auto außer Sichtweite war, lief sie nach unten.

Chris saß auf dem hellen Sofa und blätterte unaufmerksam durch eine Zeitschrift. Sie trug Turnschuhe, Cargohosen, Rippenshirt und eine Weste mit immens vielen Taschen. Sie machte den Eindruck, für jedes Überlebenserfordernis gerüstet zu sein.

Stellas Hand umklammerte die Chipkarte so fest, dass das harte Plastik ihre Finger einschnitt. Was für ihre Schwester vermutlich nicht mehr war als ein Abenteuer, bedeutete für sie, ihre Zukunft aufs Spiel zu setzen. Doch wenn sie die Wahrheit aufspüren wollte, war sie gezwungen, heimliche Schritte zu gehen. Und obgleich sie Victor damit helfen wollte, minimierte die gute Absicht alleine nicht die unkalkulierbaren Risiken ihres Vorgehens. Zudem waren ihre Absichten vielleicht gar nicht nur gut, jedenfalls nicht, wenn sie an Helma dachte.

Sie hielt den unbedruckten weißen Plastikchip vor Chris in die Höhe. »Aus Victors Brieftasche!«

»Wie viel Zeit haben wir, bis er zurückkommt?«

»Zwei bis drei Stunden, schätze ich.«

Chris warf das Magazin beiseite. »Shit! So knapp? Wir haben doch noch nichts vorbereitet!«

»Wie lange brauchen wir denn?«

»Weiß nicht, ich mach das ja auch nicht jeden Tag. Als Erstes müssen wir einen möglichst frischen Fingerabdruck von Victor finden, am besten auf einem Glas.«

Stella legte einen Zeigefinger an die Lippen, um Chris daran zu erinnern, dass sie sich möglichst nur flüsternd verständigten. »Der Spiegelschrank ist immer übersät von Abdrücken, wenn Victor im Bad war.«

Chris lief sofort nach oben, aber nicht ins Bad, sondern in Stellas Arbeitszimmer, wo sie den Drucker öffnete und dessen Patrone entnahm. Sie legte ein Blatt Papier auf den Tisch und setzte eine Schere seitlich an der Druckerpatrone an. Dann hielt sie die Patrone senkrecht über das Blatt und schüttelte sie. Feiner Grafitstaub rieselte auf das Papier, das Chris anschließend vorsichtig ins Bad trug.

»Optimal!«, konstatierte sie angesichts der Fingerabdrücke auf den Spiegeltüren. »Alles seine?«

Stella bestätigte und verfolgte mit angehaltenem Atem, wie Chris verschiedene Abdrücke vorsichtig mit Tesafilm bedeckte, die Klebstreifen abzog, die Klebseite in das Grafithäufchen tauchte und das überschüssige Schwarz ins Waschbecken pustete. Fasziniert sah Stella, dass sich das Grafit in die Rillen der Abdrücke gesetzt und zarte Kopien von Victors Finger erzeugt hatte.

Chris holte ihre Digitalkamera und fotografierte die Tesastreifen. »Mal sehen, welcher am besten wird«, sagte sie und ging ohne weitere Erklärungen in Stellas Arbeitszimmer zurück. Sie schloss die Kamera an den PC an und übertrug die Bilder. Dann schob sie die Patrone wieder in den Drucker, nahm eine Overhead-Folie aus Stellas Papierkästchen und druckte die Fingerlinienbilder auf der Folie aus. Sie setzte einen schmalen, wurstförmigen Streifen weißen Leims vor den ersten Abdruck und verstrich ihn durch Abrollen eines Stifts dünn über den schwarzen Rillen. »Die Druckerschwärze lässt eine dreidimensionale Struktur entstehen«, sagte Chris leise mit glänzenden Augen, »und der Leim bildet das ab.«

Stella erinnerte sich, dass das erste Wort ihrer kleinen Schwester *Amma* gewesen war, was nicht Mama, sondern Hammer meinte, und an den Anblick der zehnjährigen Chris vor den Einzelteilen von Stellas Stereoanlage, was Stella so wütend gemacht hatte, dass sie den Wellensittich ihrer Schwester hatte töten wollen. Aber nur eine Sekunde lang.

»Muss nur noch aushärten«, unterbrach Chris ihre Gedanken, »hol doch mal deinen Föhn. Und dann brauchen wir noch einen Ausdruck von Victors Gesicht. Hast du ein gutes Foto? Frontal.«

Ein Foto! Victors Blick mitnehmen wie einen Fetisch, während sie eindrangen in sein geheimes Reich. Stella erschrak bei dem Gedanken. Ihr Vorhaben entwickelte eine Eigendynamik, die ihr zu entgleiten drohte und für deren Konsequenzen sie dennoch verantwortlich sein würde. Sie besaß nicht viele Aufnahmen von Victor, weil er sich äußerst ungern fotografieren ließ. Sie suchte am PC nach einem Hochzeitsbild, da stieß sie auf die Aufnahmen, die sie bei dem Interview gemacht hatte. Victor schaute ihr im Großformat vom Bildschirm entgegen. Die Aufnahme lag nur wenige Monate zurück, und das Gefühl aufgeregter Verliebtheit war sofort wieder da, wenn auch vielleicht nur in der Erinnerung. Sie druckte das Foto aus. Der Holzleim war inzwischen durchsichtig geworden.

Chris nahm die Folie an sich. »Der Finger, die Chip-Karte, das Foto ...«

»Und unsere Infrarotausstattung«, ergänzte Stella. »Los geht's.«

Der Institutsparkplatz war leer, weit und breit war kein Auto zu sehen. Stella fuhr an dem phallusähnlichen Gebäude vorbei. »Was hältst du von dem Platz da drüben?«

Sie deutete zu der riesigen Baustelle schräg gegenüber. »Neben dem Bauzaun könnte ich den Wagen abstellen, da fallen wir nicht auf und haben gute Sicht.«

Das Institut lag still vor ihnen, der Eingangsbereich war von Scheinwerfern hell erleuchtet. Stella hängte sich die Kamera um den Hals. Ihr Blut pochte in den Schläfen, und sie glaubte, ohnmächtig zu werden, gleichzeitig war sie hellwach.

Chris betrachtete wählerisch die getrockneten Streifen Holzleim.

»Und was machst du jetzt damit?«, wollte Stella wissen. Die Aufregung dämpfte ihre Stimme zu einem heiseren Flüstern.

»Ausgehärteter Holzleim hat eine Konsistenz wie Gummi.« Auch Chris sprach nur noch gedämpft. Sie zog einen der Streifen ab und legte ihn sich um den Zeigefinger. »Damit tippe ich auf den Sensor«, sie leckte über den Leimfinger. »Speichel lässt den Strom fließen, falls noch ein Lebenderkennungssystem dahinter ist, wie Temperatur oder Puls.«

»Und das klappt?«

»Das Erkennungsprogramm muss große Varianzen haben, falls du Creme am Finger hast oder eine Verletzung. Wenn es funktioniert, leuchtet ein Feld in dem Bildschirm auf – da musst du dann den Pin-Code eingeben.«

»Ich? Welchen Pin-Code?«

»Victors Identifikation, ein Zahlencode, der mit 1 anfängt, so viel konnte ich sehen, dann hat er verdeckt. Vermutlich ein Vierer-Pin. Meist nehmen die Leute ihr eigenes Geburtsjahr oder das des Partners. Ich denke, wir haben drei Versuche, ehe der Alarm losgeht. Wird natürlich alles aufgezeichnet. Aber wenn's klappt, wird sich ja niemand über Victor als Besucher wundern.«

»Und wenn nicht?« Beim Gedanken an schrillende Sirenen wurde Stella flau im Magen.

»Dann behaupten wir, der www-Klub wollte beweisen, dass das Institut ungenügend gesichert ist!«

Die Minuten des Wartens dehnten sich zu einer kleinen Ewigkeit. Endlich tauchte ein Mann in Uniform hinter dem Gebäude auf. Er bewegte sich auf die Vorderseite zu, warf einen prüfenden Blick auf das herabgelassene Gitter der institutseigenen Tiefgarage, ging weiter, schaute zu den Fenstern hinauf und drückte gegen die verschlossene Eingangstür. Als er zu der Baustelle hinübersah, hatte Stella den Impuls, sich im Auto zu ducken, obgleich ihr Wagen von den Baustellenlichtern nicht erfasst wurde. Der Wachmann schaute die Straße hinab und setzte seinen Rundgang auf der anderen Seite des Gebäudes fort.

Stella und Chris warteten, bis er außer Sichtweite war, dann blickten sie sich an, öffneten die Wagentüren und rannten los. Chris musste kein zweites Leimstück von der Folie ziehen. Kaum hatte sie ihren angefeuchteten Leimfinger aufgelegt, blinkte ein Feld. Stella tippte die vier Ziffern von Victors Geburtsjahr, innerlich zitterte sie, aber ihre Hand hielt sie ruhig.

Error leuchtete rot die LED-Anzeige.

Sie schluckte. Chris starrte gebannt auf den Bildschirm. Stella tippte ihr eigenes Geburtsjahr ein.

Error.

»Ein Versuch noch«, hauchte Chris.

Stella hörte das Auto zuerst. Das Geräusch näherte sich sehr langsam und kam von der Media-City-Seite. In dem hell ausgeleuchteten Eingangsbereich gab es keine Deckung. In rasender Suche durchkämmte sie ihr Gedächtnis nach einem verräterischen Satz von Victor.

1953! Das Jahr der Entdeckung der DNS. Victor hatte ihr gegenüber erwähnt, dass er an diese Zahl oft erinnert wurde. Hastig gab sie die Ziffern ein. Die Lichtanzeige schaltete auf Grün. Sie stemmte sich gegen die mit Stahlblech beschlagene schwere Eingangstür, die tatsächlich nachgab. Die beiden Frauen drängten sich hastig hinein. Das Auto fuhr vorüber. Stella atmete hörbar aus und schloss sachte die Tür, die automatisch verriegelte.

Vor ihnen lag die von Deckenlampen beleuchtete Schleuse, die an einer zweiten Tür endete. Im Gegensatz zu ihrem Besuch am Mittag war diese jetzt verschlossen. Ein kleines Kästchen hing daneben.

»Die Chipkarte muss in das Lesegerät«, sagte Chris. »Die Kamera hängt links oben in der Ecke.«

Stella erschrak angesichts des blinkenden Kameraauges. Chris hielt sich den Fotoausdruck eng ans Gesicht und wandte den Kopf zur Kamera. Stella schob die Karte in das Lesegerät. Die Kamera schaltete von Rot auf Grün, und ein leises Klicken signalisierte die Aufhebung der Sperre.

»Nicht zu fassen!«, seufzte sie erleichtert.

»Gesichtserkennung ist nur ein Merkmalsatz, der Mimik und krankheitsbedingte Veränderungen zulassen muss ...«

Sie standen im Atrium, in das die Schleuse für einen Moment einen Lichtkorridor warf. Dann fiel die Tür hinter ihnen zu, und es war dunkel. Das sonst kaum hörbare Surren der Getränkeautomaten war in der Stille ein unheimliches Geräusch. Stella tastete nach Chris, das Display der Kamera hielt sie vor sich. Nach kurzer Gewöhnung des Auges konnte sie das Mobiliar in Umrissen erkennen. Wo sie den Schein der Taschenlampe hinlenkte, wurden die Konturen hellgrau und deutlich. Chris hatte vermutlich durch das Okular noch eine bessere Sicht. Stella leuchtete die vor ihnen liegende Strecke aus. Sie kamen langsam voran, da sie nur kleine Schritte machen konnte. Ihre Displayansicht wurde bei schnelleren Bewegungen sofort unscharf. Sie erreichten die Durchgangstür zum Treppenhaus und stiegen bis ins oberste Stockwerk. Vorsichtig schob Stella die Tür zum Gang einen Spaltbreit auf. Sie zuckte zusammen, so hell erleuchtet war plötzlich das Display. Es war doch jemand im Institut! Aber der Flur lag dunkel vor ihr, über ihrem Kopf war nur das grüne Glimmen der Notausgangleuchte. Sie brauchte einen Moment, um zu verstehen. Im Rotlicht erschien die Gegenfarbe Grün als hell leuchtendes Weiß. Ihr Herz klopfte bis zum Hals. Links erkannte sie jetzt den Fahrstuhl, rechts Victors Bürotür.

Chris war zuerst an der Tür. »Shit«, sagte sie laut, »abgeschlossen!«

»Psst! In der Pförtnerloge müssen Ersatzschlüssel sein!«

Sie liefen die Treppe wieder hinunter, so rasch es ging. Die Pförtnerloge war ein etwa drei Meter hoher verschlossener Glaskasten, der allerdings keine Decke besaß, sondern seine Belüftung durch das Atrium erhielt.

»Ich schaff das!«, behauptete Chris kühn.

Stella gab ihr die Taschenlampe, die Chris in ihrer Westentasche verstaute, stellte sich mit dem Rücken zu dem Kasten und verschränkte die Hände. Chris setzte einen Fuß in ihre Hände, hielt sich an ihren Schultern fest und nahm Schwung. Stella konnte hören, wie ihre Schwester ohne jede Sicht nach der stahlgefassten Kante griff, sich hochzog, ihr Bein auf die Kante schwang und sich seitlich über den Bauch im Innenraum wieder hinunterließ. Über das Kameradisplay verfolgte Stella, wie Chris sich losließ. Ihre Füße erreichten sofort den Tisch. Dann leuchtete Chris die Loge aus. Der Schlüsselkasten war leicht zu erkennen. Stella sah auf dem Display, dass schätzungsweise dreißig Sicherheitsschlüssel dort hingen. Sie zoomte auf den Kasten und erkannte, dass die Nummerierung der Schlüssel nicht mit Raumnummern korrespondierte. Sie konnten unmöglich alle durchprobieren, ein Generalschlüssel musste dabei sein. Chris nahm den ersten, den letzten und einen, der ein wenig abseits hing. Sie steckte jeden in eine andere Hosentasche und wollte sich auf den Rückweg machen.

»Nimm noch den vorletzten!«, rief Stella. Ihre eigene

Stimme klang laut und fremd. Der Pförtner vom Kölner Stadtanzeiger hatte ihr einst verraten, dass Generalschlüssel im Schlüsselkasten immer die Vorletzten waren.

Noch während sie sich erneut die Treppe hinaufarbeiteten, holte Chris den ersten Schlüssel aus der Hosentasche. Er ließ sich gar nicht erst in den Zylinder stecken. Auch der zweite Schlüssel passte nicht. Chris zog den dritten Schlüssel hervor. Der drohte stecken zu bleiben, ohne die Tür zu öffnen. Sie reichte Stella den vierten Schlüssel, den sie auf deren Anweisung in die Westentasche gesteckt hatte. Stella küsste ihn. Er passte. Sie schloss die Tür zu Victors Büro auf, das groß und etwas gespenstisch im fahl durch das Fenster eindringenden Licht der entfernten Media-City-Türme vor ihnen lag.

»Fang schon mal an, dich hier umzusehen«, entschied Stella, »ich gehe weiter!« Sie nahm Schlüssel, Taschenlampe und Okular und trat auf den Gang hinaus. Was die einfache Sicht durch das Okular betraf, hatte sie sich getäuscht. Zunächst erkannte sie gar nichts, stolperte, stieß gegen eine Wand. Sie nahm sich einen Moment Zeit, die Orientierung zu finden. Ihre eigenen Füße zu sehen war unmöglich. Weiter entfernte Gegenstände wie die Labortüren, konnte sie zwar erkennen, aber alles wirkte riesig und leicht verzerrt. Sie kam mit der Schärferegelung nicht zurecht. Ohne zu wissen, was sie suchte, tastete sie sich langsam bis zum letzten Labor auf dem Flur vor, dem Labor von Helma Lohse. Der Schlüssel öffnete die Labortür nicht. Sie probierte es noch bei Paul Greens und Victors Labor, doch ohne Erfolg. Sie richtete die Taschenlampe auf die Räume der anderen Gangseite. Da der Flur nicht mittig im Gebäudequerschnitt verlief, mussten diese Räume viel kleiner sein. Sie entdeckte Toiletten, eine Teeküche, einen Lager- und Sterilisationsraum – und zwei Büros mit Namensschildern neben der Tür. Sie riskierte, für eine Sekunde den Infrarotfilter der Taschenlampe aufzuklappen, um den Namen zu lesen. Das Büro von Helma Lohse ließ sich problemlos mit dem Schlüssel öffnen.

Helmas Büro war übersichtlich. Durch das kleine Fenster drang Licht von der Baustelle gegenüber ein, und sie erkannte an einer Wand zwei Regalbretter mit wissenschaftlichen Büchern. Auf der anderen Seite hing ein Wandkalender. Neben dem Computertisch gab es einen Bürostuhl auf Rollen, der ordentlich vor einen Schreibtisch mit Unterschrank geschoben war. Auf dem Schreibtisch stand ein Bürokästchen, in dem Kugelschreiber, Bleistifte, Notizzettel, Lineal, Locher, Heftklammern und Radiergummi ordentlich einsortiert waren. Ein kleiner Tageskalender mit Sprüchen war schon für den morgigen Tag abgerissen. Sie hielt ihn ans Fenster. *Viel kann verlieren, wer gewinnt*. Der Unterschrank hatte fünf Schubfächer unterschiedlicher Höhe. Sie zog die unterste Schublade auf, die die größte war. Sie enthielt eine Hängeregistratur. Die Hängeordner waren sortiert in Methoden, Lösungen und Medien, welche jeweils mit Reitern weiter unterteilt waren. In der nächsten Schublade befanden sich ein Stapel Druckerpapier und dahinter ein Parfümfläschchen. Stella hielt es an die Nase, roch eine süßliche Maiglöckchennote. In den anderen Schubfächern fand sie Karteikästen, Taschentücher, Klarsichthüllen, Teebeutel und einen Taschenrechner. Persönliche Unterlagen oder gar einen Hinweis auf ein besonderes Verhältnis von Helma zu Victor suchte sie vergeblich. Auch die oberste Schublade offenbarte lediglich ein braun gebundenes Schreibheft, mit dem sie sich ans Fenster stellte. Es war Helmas Laborbuch. Das Laborbuch enthielt auf jeder rechten Seite, versehen mit dem Tagesdatum, Einträge in einer engen, säuberlichen Handschrift. Auf den linken Seiten waren oft Aufnahmen oder Messstreifen eingeklebt. Sie blätterte alle Seiten durch und glaubte zu erkennen, dass die Untersuchungen sich wiederholten. Der letzte Eintrag hatte das heutige Datum.

Kontrolle und Mediumwechsel Klon II, III, IV
III evtl. def.

Stella erinnerte sich, dass das Wort »Klon« in der molekulargenetischen Fachsprache »identische Kopie« bedeutete. Das sagte nichts darüber aus, was kopiert worden war. Auf der linken Seite war eine mikroskopische Schwarz-Weiß-Aufnahme einer einzelnen runden Zelle eingeklebt. Sie blätterte eine Seite zurück.

3 x FbHM1+ Zk Transfer – normaler Verlauf
Protokoll:
- Vorbereitung EZ (frisch) nach Protokoll (10)
- Mikroinjektion nach Protokoll (5) bei Raumtemperatur
- Vorbehandlung Donor Zellen G0-Phase nach Protokoll (2)

Sie schrieb die Seiten auf einen Notizzettel ab. Dann legte sie das Laborbuch zurück, verließ das Büro und verschloss die Tür. Auch das Büro von Paul Green ließ sich mit dem Schlüssel öffnen. Es bestand zwar ebenfalls aus Computertisch, Schreibtisch und Stuhl, machte aber einen völlig anderen Eindruck. Stapelweise türmten sich Kopien von Veröffentlichungen, karierte Blöcke und einzelne Zettel, die mit Stiften, Schere, getragenen Laborhandschuhen und einer Kaffeetasse mit eingetrocknetem Rest ein Stillleben bildeten. Auf der Fensterbank entdeckte sie ein aus einer Zeitschrift ausgerissenes Foto des Sängers Morrissey. Sie zog sofort die oberste Schublade auf. Pauls Laborbuch mit dem blauen Einband lag an der gleichen Stelle wie bei Helma, darauf musste Victor seine Assistenten eingeschworen haben. Sie blätterte zur letzten der beschriebenen Seiten. Unter dem Datum von heute stand in krakeliger, fast kindlicher Schrift:

check + change medium clone VII, VIII, IX, X, XI

Fünf mit den jeweiligen Nummern beschriftete Fotos waren daneben eingeklebt. Für sie sahen die abgebildeten Zellen alle gleich aus, kugelige Gebilde eben. Sie schlug die gestrige Seite auf.

5 x fbVD1+ nt – protocol as usual, transfer successful

Diese beiden Zeilen schrieb sie ebenfalls ab. Helma Lohse und Paul Green schienen etwas Ähnliches zu machen, wenn sie Helmas deutsche und Pauls englische Eintragungen verglich. Sie verließ das Büro.

»Ich konnte keine Fotos machen«, winkte Chris sie auf die andere Seite.

In Victors Büro hatte ihre Schwester verschiedene Papiere auf dem Tisch ausgebreitet. Stella sah sich um. Ihre Augen hatten sich inzwischen so an die Dunkelheit gewöhnt, dass ihr das schwache Licht von außen fast hell vorkam. Sie ging zu der Regalwand voller Ordner, die genauso aussah wie jene, die in seinem Kölner Büro gestanden hatte. Hier und da zog sie einen Ordner heraus und blätterte darin. Überwiegend enthielten die Ordner internationale Veröffentlichungen. Victor hatte offenbar jede einzelne gelesen, denn es fanden sich stets handschriftliche Kommentare am Rand. Ansonsten gab es noch Versuchsmethoden, vergleichbar jenen in Helmas Hängeregistratur. Das Regal an der anderen Seitenwand war mit wissenschaftlichen Büchern gefüllt. Auch von diesen zog sie willkürlich das eine oder andere heraus, doch sie fand weder versteckt einliegende Blätter noch hinter den Buchreihen Verborgenes. Victors Büro war auf jedem Millimeter sachlich.

»Wie hast du denn den Stahlschrank aufbekommen?«, wollte sie wissen.

»Ich habe ewig gesucht«, erklärte Chris stolz, »bis ich kapiert habe, dass sich die Tischplatte ausziehen lässt und da ein Fach mit dem Schlüssel drin ist.«

Stella wandte sich dem Stahlschrank zu, der erstaunlich leer war. Victors eigene Veröffentlichungen lagen dort als Originale mit Fotos. Den Rest hatte Chris ausgeräumt.

Stella beleuchtete die auf dem Tisch liegenden Schriftstücke von oben, und Chris fotografierte nacheinander mit jeweils mehreren Einstellungen die Papiere. Das Blitzlicht hatte sie ausgeschaltet, so wurden die Aufnahmen erstaunlich scharf. Am Ende räumte Chris die Unterlagen an ihren Platz zurück.

Stella wusste, dass sie jetzt keine Zeit verlieren durften, wenn sie noch vor Victor zu Hause sein wollten. Sie warf einen Blick den Gang hinunter zu Helma Lohses Labor. Plötzlich kam es ihr absurd vor, hier herumzuschleichen. Was suchte sie eigentlich? Was hatte sie erwartet zu finden?

Sie gingen durchs Treppenhaus wieder hinunter, bewegten sich fast schon vertraut. Stella wollte gerade ihren Fuß auf den letzten Treppenabsatz setzen, als sie in der Bewegung erstarrte. Neben sich spürte sie eher, als dass sie sah, wie sich Chris die Hand vor den Mund hielt. Durch den unteren Spalt der Tür zum Atrium drang Licht. Jemand musste die volle Beleuchtung in der Halle eingeschaltet haben. Sie packte Chris, zog sie am Ärmel zurück in die Richtung, aus der sie gekommen waren. Sie hasteten die Treppe wieder hinauf und verharrten vor der Tür zum obersten Stockwerk. Stella wartete auf das Geräusch der sich öffnenden Fahrstuhltür auf der anderen Seite. Doch zu ihrem Entsetzen hörte sie stattdessen, wie tief unter ihnen die Durchgangstür aufgestoßen wurde. Licht flammte auf im Treppenhaus und blendete sie in entlarvender Helligkeit. Stella öffnete rasch die Tür zum Gang. So leise wie möglich schlüpften sie und Chris erneut auf den Flur zwischen Fahrstuhl und Victors Büro, und sachte, ganz sachte ließ Stella die Tür wieder ins Schloss gleiten. Sie konnte kaum atmen und glaubte, nichts anderes hören zu können als ihr eigenes pochendes Herz. Doch dem war nicht so, denn ehe sie die Tür noch ganz geschlossen hatte, vernahm sie Schritte auf der Treppe, die näher kamen.

Sie griff nach der Hand ihrer Schwester. Der Gang war für ihr Auge durch den Wechsel von hell zu dunkel nun undurchdringlich schwarz. Für das Ausleuchten mit Infrarot blieb ihnen keine Zeit. Sie tastete sich aus der Erinnerung voran. Linke Seite, Fahrstuhl, Pauls Büro. Noch vor der Teeküche und der Herrentoilette musste die erste der folgenden Türen die Damentoilette sein. Die Tür ging nach innen auf, sie schob Chris hinein und quetschte sich hinterher. Ein winziger Raum, das Waschbecken drückte gegen ihre Hüfte, Chris musste sich in die zweite Tür stellen, hinter der sich das Klo befand. Das Licht im Gang sprang an, und sie saßen in der Falle. Stella meinte Schritte zu hören. Sie legte ihre Hände flach an Wand und Türrahmen, lehnte den Oberkörper ganz nach vorne und legte ein Ohr an den Türspalt. Täuschte sie sich, oder drang tatsächlich ein ganz leicht quietschender Ton, wie von einem Schuh, zu ihr? Und wenn ja, warum war dann da noch das Geräusch eines Schrittes dazwischen? Handelte es sich um mehr als eine Person, obgleich kein Wort fiel? Wer kam so spät, und ohne dass Victor anwesend war, in dieses Stockwerk? Stella biss sich auf die Unterlippe vor Angst, aber sie *musste* es wissen. Als sie glaubte, dass sich die Schritte etwas entfernt hatten, drückte sie vorsichtig die Klinke herunter und begann, die Tür sachte aufzuziehen. Dafür musste sie zurückweichen und Chris erneut nach hinten drängen. Die zerrte wild an Stellas T-Shirt, offenbar um sie aufzuhalten, doch Stella öffnete die Tür. In dem plötzlich grellen Licht kam sie sich vollkommen entblößt vor. Trotzdem schob sie sich nach vorne und streckte den Kopf vorsichtig in den Gang hinaus. Zwei Gestalten bewegten sich den Flur entlang, ein Mann und eine Frau. Der Mann war groß und breitschultrig, die Frau erkannte sie selbst von hinten. Während Helma Lohse zielstrebig voranschritt, blickte der Riese neben ihr neugierig um sich. Stella wich wieder zurück und schloss die Tür. Erneut standen sie in dem engen Dunkel. Wie sollten sie ungesehen entkommen? Etwa, indem sie durch den erleuchteten Gang liefen wie Hasen auf freier Flur? Sie wischte ihre schweißnassen Hände an der Hose ab, starrte ins Dunkel. Ihre Beine fühlten sich taub an. Chris stieß sie an. Stella legte ihr beruhigend die Hand auf den Arm. Sie wollte abwarten, was geschah.

Seltsam, wie sich im Dunkeln jedes Zeitgefühl verlor, dachte Stella. Sie stand einfach nur da, rührte sich nicht, atmete die stickige, warme Luft ihres kleinen Gefängnisses und fühlte, wie der Schweiß ihren Körper bedeckte, sich in kleinen Rinnsalen sammelte und an ihren Schläfen, unter ihren Achseln und zwischen ihren Brüsten hinabrann. Sie zuckte erschrocken zusammen, als sie plötzlich Helmas Stimme hörte.

»Da hinten rechts.«

Schritte kamen in ihre Richtung, das leichte Quietschen war wieder da. Stella stockte das Blut in den Adern. Der Mann ging zur Toilette! Sie war sich auf einmal nicht mehr sicher, welches nun genau die Herren- und welches die Damentoilette gewesen war und ob das für den Mann mitten in der Nacht überhaupt eine Rolle spielen würde. Sie hörte eine Tür, dann einen Moment Stille. Und dann näherten sich andere, leichtere Schritte. Wie in Trance tastete Stella nach der Tür, hatte den Impuls, sie zuzuhalten. Ihr Daumen berührte einen Schlüssel. Sie drehte ihn mit angehaltenem Atem in Zeitlupentempo herum. Als sie es geschafft hatte, begann sie zu zittern. Ihr ganzer Körper war bis zur Schädeldecke vom rasenden Rhythmus ihres Herzens angefüllt. Die Klinke wurde von außen heruntergedrückt. Helma rüttelte an der Tür.

»Das gibt's doch gar nicht …«, hörte Stella sie dicht an

ihrem Ohr fluchen. »Wieso hat dieser Idiot von Hausmeister denn schon wieder abgeschlossen?«

Helma stand nur Zentimeter von ihr entfernt. Stella spürte ein furchtbares Kribbeln in der Nase.

»Los komm, wir gehen …«, drang Helmas Stimme durch die Tür.

Stella drückte sich die Naseflügel zu, presste die andere Hand vor den Mund. Jetzt nicht, bitte jetzt nicht. Sie konnte nichts anderes denken.

»Wo bleibst du denn?«

Die Stimme entfernte sich. Schritte passierten ihre verschlossene Tür. Der durch den Türspalt eindringende Lichtschimmer erlosch, die Gangtür fiel zu. Der Juckreiz in ihrer Nase ließ nach.

Sie warteten noch lange, bis sie sich schließlich hinaustrauten in die erneute Stille und Dunkelheit. Mit wackeligen Knien machten sie sich auf den Rückweg, tasteten sich hinunter in die Halle. Unten turnte Chris noch einmal in die Loge, hängte die Schlüssel in den Kasten zurück. Sie hievte sich dabei so rasch über die Glaswand, als hätten sich ihre Kräfte vervielfacht. Stella hielt die Chipkarte vor das Lesegerät an der Innentür. Die Tür entriegelte. Beim Öffnen der Außentür spähten sie sorgsam zu allen Seiten. Niemand war zu sehen. So schnell sie konnten, rannten sie zum Auto. Sekunden später raste Stella mit dem Wagen durch die Nacht, schweigend. Erst als sie vor ihrer Haustür parkte und registrierte, dass Victor noch nicht wieder da war, ließ ihre Anspannung nach. Sie gab einen Laut von sich, eigentlich hatte sie nur Aufseufzen wollen, doch es wurde lauter.

Chris fiel sofort ein. »Haaa …!«, brüllte sie. »Haaa …!«

Sie schrien und lachten wie die Verrückten.

»Hast du jemanden erkennen können?«, wollte Chris schließlich wissen, nachdem sie sich wieder beruhigt hatten.

»Einen Schrank von einem Mann – und Helma Lohse!«

»Sicher? Warum sollte sie so spät abends noch mal wieder kommen?«

»Vermutlich, weil der Mann nicht zum Institut gehört – und schon gar nicht auf Victors Stockwerk. Sie wollte ihm etwas zeigen, ohne dass Victor es merkt. Diese Frau ist gefährlich!« Ihre Hand lag auf der Hosentasche ihrer Jeans, die gefalteten Notizzettel waren als kleine Erhebung spürbar.

»Nicht auszudenken, wenn Helma uns erwischt hätte. Wir müssen Victor unbedingt vor ihr warnen!«

11

Der spitze Schrei ihrer Hausangestellten bohrte sich Stella wie ein Messer in den Magen. Sie sprang von ihrem Computerarbeitsplatz auf und rannte die Treppe hinunter. Deepavati stand vor der offenen Esszimmertür. Sie hielt sich einen Handrücken vor den Mund und gestikulierte mit der anderen Hand wild in Richtung des Zimmers. Ihre Armreifen klirrten laut. Stella betrat das Esszimmer, Deepavati blieb zurück. Der große Esstisch war noch nicht gedeckt, da Chris noch schlief und Victor das Haus morgens immer ohne Frühstück verließ. In der Mitte des leeren Tisches lag ein toter Vogel. Vom Kopf bis zur Schwanzspitze nahm er mehr als die halbe Tischbreite ein. Stella näherte sich dem Tier. Es war ein Falke, der seitlich auf einem Flügel lag. Beide Flügel waren eng angelegt und die Beine starr nach hinten gestreckt, als wäre er mitten im Sturzflug gestorben. Das Tier war schwerer als erwartet; um es hochzuheben, brauchte sie beide Hände. Der Vogel fühlte sich hart und steif an, nur die Federn an Bauch und Hals waren weich. Sie betrachtete den Falken von allen Seiten. Seine Augen waren offen und dunkel, die Krallenfüße eingerollt. Verletzungen konnte sie keine feststellen. Sie rief nach Deepavati, die sich aber weigerte, das Zimmer zu betreten. Stella legte den Falken wieder auf den Tisch und ging in die Eingangshalle.

Chris kam die Treppe hinunter. »Hört sich an, als ob hier was los ist …«

»Jemand hat uns einen toten Falken auf den Esstisch gelegt«, sagte Stella, während sie die Haustür überprüfte. Sie war abgeschlossen. Sie war sich sicher, dass sie das auch gewesen war, als sie vorhin Deepavati ins Haus gelassen hatte. Und dass sie hinter der Angestellten wieder zugeschlossen hatte. »Warst du noch mal draußen, Deepa?«

Die Inderin schüttelte den Kopf, gab einen klagenden Ton von sich, während sie die Hände faltete und hochriss, um dann wegzulaufen in Richtung Küche.

Stella ging zur Terrassentür und prüfte auch diese. Sie war fest verschlossen.

Chris trug inzwischen den Falken auf beiden Händen vor sich her. »Was für ein Schnabel! Da hätte man Angst, seine Finger reinzustecken. Ist der ausgestopft?«

»Nein, der ist einfach nur tot.«

Deepavati kam mit ihrer Handtasche zurück. »Ich gehe!« Sie hatte Tränen in den Augen.

»Was heißt das? Willst du kündigen?«

»Ich bleibe keine Sekunde! Mamsahib schulden mir noch achtzig Dirham!«

Stella gab ihr das Geld. »Wenn du es dir anders überlegst, kannst du gerne zurückkommen«, sagte sie und begleitete die Angestellte zur Tür.

»Was ist denn so schlimm an dem Tier?«, wollte Chris wissen.

»Der Falke ist das Symbol der Scheichfamilie.«

Stella spürte, wie plötzlich auch in ihr Panik aufstieg, ihre Kehle wurde eng. Rasch schluckte sie mehrmals.

»Es ist eine Drohung. Der Geheimdienst muss das Tier hier hereingebracht haben. Wie, weiß ich nicht.«

Chris streckte den Falken noch weiter von sich und brachte ihn zum Mülleimer. Dann lief sie im ganzen Haus herum, um alle Eingänge und Fenster zu kontrollieren. »Nichts ist offen oder defekt«, berichtete sie Stella, »und einen Keller gibt es nicht. Ich würde mal sagen, die Herrschaften vom Geheimdienst sind ganz profan mit einem Schlüssel hereingekommen.«

»Victor muss sofort erfahren, was hier vor sich geht!«

Chris kam zu ihr. »Victor ist heimlich hinten durch den Garten abgehauen«, flüsterte sie ihr ins Ohr. »Ich wollte früh zur Toilette und bin zufällig ans Fenster gegangen. Es war noch dunkel, aber ich habe unser Nachtsichtokular benutzt.«

Victor war gezwungen, sich aus dem Haus zu schleichen! Stella dachte an sein plötzliches Lächeln bei ihrer Bitte, Dubai zu verlassen. Es war offensichtlich, dass längst nicht mehr alles so in Ordnung war, wie er ihr gegenüber vorgab. Wie konnten sie überhaupt noch kommunizieren? In ihrem Haus traute sie sich nicht mehr, laut zu sprechen, ihr Telefon wurde vermutlich abgehört, Victors Institutsleitungen ebenso. In ihrem Arbeitszimmer hatte sie bis zu Deepavatis Schrei im Internet gesurft, jetzt fiel ihr ein, dass natürlich auch die Spur der Seitenaufrufe verfolgt werden konnte. Jede Verbindung ins Internet lief letztlich über den staatlichen Emirate-Server, von dem sie gehört hatte, dass manche Seiten, wie etwa Rezepte für Schweinefleisch, blockiert wurden. Auf einmal schien ihre Privatsphäre durchdrungen wie von radioaktiven Strahlen – unsichtbar, aber toxisch. Sie musste hier raus. »Hol deine Kamera«, sagte sie zu Chris, »wir fahren in die Stadt.«

»Wenn Victor hinten raus ist, ist ja der Roadster noch da!« Chris sah sie erwartungsvoll an. »Bitte, bitte …«

»Für einen Privatwagen brauchst du ein Visum als *Resident*«, entgegnete Stella zerstreut. Sie war mit ihren Gedanken bei der Frage, ob Victor seine Geheimdienstbeschützer, wie er sie nannte, wohl abgehängt hatte und warum.

»Du willst mich nur nicht fahren lassen!« Mit zutiefst enttäuschtem Gesichtsausdruck wandte Chris sich ab.

»Wir nehmen uns ein Leihauto«, versicherte sie ihrer Schwester, »das fährst du dann!« Stella war eingefallen, dass Victor oder sie vielleicht ein neutrales Fahrzeug benötigen könnten.

Sie waren kaum zur Ausfahrt hinaus, als Stella bemerkte,

dass der weiße BMW sich hinter ihnen in Bewegung setzte. Sie bog sofort rechts ab. Der BMW tauchte hinter ihr in der Kurve auf. Sie konnte die Augen kaum vom Rückspiegel nehmen. Ihre Kopfhaut fühlte sich auf einmal an, als sei sie zu straff über ihren Schädel gespannt. Stella bremste scharf und stieß ihre Schwester an. »Die standen gar nicht wegen Victor da, die meinen uns. Los, wir tauschen Plätze.«

»Doch nur mit *Resident Visa*«, entgegnete Chris schnippisch.

»Ist bloß ein öder Chrysler Kompaktvan, aber immerhin fast 200 PS …« Ihre Schwester war eine manische Fahrerin, ihr würde es gelingen, diese widerlichen Geheimdienst-Stalker abzuschütteln wie lästige Insekten.

Sie krabbelten im Wageninneren übereinander hinweg.

»Zeig's ihnen!«, feuerte sie Chris an. »Sheikh Zayed Road in Richtung Creek …«

Kaum berührte das erste Vorderrad des Wagens die Schnellstraße, drückte Chris das Gaspedal durch. Sie nutzte alle Spuren, überholte rechts und links und gab Anlass zu wildem Gehupe. Der weiße BMW E 60 blieb ihnen unverdrossen auf den Fersen.

»Interchange Nummer 2, hier raus, da auf die 313«, dirigierte Stella ihre Schwester, »links in die 310, geradeaus, weiter, weiter, Richtung Madinat Jumeirah, jetzt links und wieder auf die Sheikh Zayed zurück, dann haben wir eine Schleife rückwärts gemacht. Wieso sind die denn noch da?«

»Ist das GPS aus? Damit kann man uns orten!«

»Ist aus«, bestätigte Stella.

»Dein Handy!«, rief Chris, deren Blicke beständig zwischen Straße und Rückspiegel wechselten.

»Was ist damit?«

»Handyortung – ein angemeldetes Vertragshandy hat dauernd Kontakt mit Funkmasten. Intensität und Winkel von Station und Sender ergibt den Ort.«

Stella dachte an Victor, er musste sie erreichen können, jederzeit. Sie tat nur so, als ob sie das Handy ausschaltete.

Erneut rasten sie die Schnellstraße entlang. »Shit«, fluchte Chris, »die sind gut.«

»Rechts auf die 303!« Sie saß ganz nach vorne gebeugt und gestikulierte jede Anweisung mit den Händen, als würde sie dirigieren. »Und jetzt Achtung: Hier raus, auf die Querstraße drauf, sofort wieder raus, über die Kreuzung, raus, rauf, raus, rauf ...«

Chris hielt das Lenkrad fest mit beiden Händen umklammert. Die Reifen quietschten, sie fuhren eine Schleife nach der anderen.

»Das war einmal Kleeblatt«, rief Stella, »hier wieder raus, rauf, nächste raus. Da ist die Wafi Mall, fahr ins Parkhaus!«

Nachdem Chris endlich in einer Bucht des Parkhauses den Motor abgeschaltet hatte, saßen sie reglos im Wagen. Ein weißer BMW E 60 rollte hinter ihnen vorbei. Zwei Männer mit Sonnenbrillen saßen darin, mehr ließ das Neonlicht durch die dunkel getönten Scheiben nicht erkennen.

»Vielleicht haben sie einen Sender an dein Auto geklebt«, mutmaßte Chris.

Die Angst, die Stellas Haut spannte wie auf einer Folterbank, wandelte sich von einer Sekunde zur anderen in glühende Wut über die Verachtung, mit der diese Männer es wagten, sie zu verfolgen und unter Druck zu setzen, um genau jene Angst in ihr zu erzeugen. »Wir hängen sie in der Mall ab.« Ihr wochenlanges Herumstromern in den Shopping Malls sollte nicht umsonst gewesen sein. »Bleib dicht bei mir!«

Die beiden stürmten durch die Gänge der vierstöckigen Mall. Es war nicht besonders voll, was an der frühen Stunde liegen konnte, aber auch an der Exklusivität der Geschäfte. Zielstrebig führte Stella sie durch die Stockwerke von Marks & Spencers, in dem zum Glück das übliche Gedränge herrschte. Durch die Dessousabteilung verließen sie das Kaufhaus kurz darauf wieder. Sie schlüpften durch den nahe gelegenen Ausgang der Mall. Stella schaute zu den ägyptischen Statuen hinauf, als könnten die schönen Frauen ihr Beistand geben. Eines der unlizenzierten, zählerlosen Taxis brauste in dem Moment heran. Sie war gerne bereit, einen überhöhten Preis zu zahlen, und ohne zu handeln, gab sie ihre Anweisung. »Zum Dubai Museum, aber schnell!« Sie winkte mit einigen großen Dirhamscheinen.

Der Taxifahrer fuhr wie ein Irrer. Als er zwei Autos überholte, indem er auf dem Mittelstreifen zwischen ihnen hindurchraste, musste Stella kurz die Hände vors Gesicht halten. Chris pfiff durch die Zähne. Stella ließ den Fahrer das Museum umrunden und gab ihm das Geld. Raschen Schrittes liefen sie durch die Sträßchen des alten Viertels Bur Dubai. Es war geschäftig, laut und roch überall nach Curry. Chris gelang es, sich trotz des Gewühls dicht an ihrer Seite zu halten.

Stella blieb stehen. »Da, die Al Fahidi!«

Zu beiden Seiten der Al Fahidi quetschten sich Elektronikläden aneinander, alle vollgestopft bis unter die Decke. Die Schaufenster waren kaum einsehbar, dermaßen viele Kisten, Satellitenschüsseln und Videospiele waren davor auf den Bürgersteigen gestapelt.

Chris deutete auf die gegenüberliegende Straßenseite. »*Bin Laden* Electronics.«

»Ein Name wie bei uns Müller, die Bin Ladens, die du meinst, bauen hier die höchsten Hochhäuser und werden reich damit. Und jetzt drucken wir die Fotos aus.«

Kam es ihr nur so vor, oder verfolgten sie die Blicke der tief verschleierten Frau an der Ecke, von deren Gesicht sie nichts sah als eine riesige unmoderne Brille?

»Das Paradies!«, rief Chris angesichts der unzähligen

Elektronikläden. »*Do buy!* Mach du das mit den Fotos, ich besorge uns derweil etwas …« Sie stürmte in einen Shop.

Stella fand einen Fotoladen, in dem sie die SD-Karte der Kamera überspielen und die Fotos ausdrucken konnte. Sie sortierte die Aufnahmen, die allesamt von recht guter Qualität waren. Chris stieß wieder zu ihr. Sie hatte sich mit einem arabischen Notebook amüsiert, das von rechts nach links schrieb.

»Wir trennen uns«, entschied Stella. »Du steckst die Fotos ein und nimmst dir ein Leihauto. Fahr ein bisschen hin und her, damit du weißt, ob sie auch dir alleine folgen. Ich gehe zurück, nehme meinen Wagen und mache die normale Tour zur Gynpraxis. Von dort rufe ich dich an, damit wir überlegen, wo wir uns treffen.« Stella merkte, wie getrieben sie sich anhörte. Sie wollte am liebsten schnell und möglichst oft den Aufenthaltsort wechseln, andererseits hatte eine nervöse Orientierungslosigkeit sie erfasst, die jede Idee und jede Richtung umgehend wieder infrage stellte. Gemeinsam mit Chris schob sie sich durch die Menschenmenge in den Gassen. Chris hantierte die ganze Zeit mit einem Handy, das im Wechsel piepsende und trällernde Melodien von sich gab.

»Was um aller Welt machst du da?«, fauchte Stella gereizt.

»Klingeltöne checken. Ruf mich mal an, dann kann ich testen, ob die Gruppenzuordnung funktioniert.«

»Wir haben keine Zeit für Spielereien!«

»Das ist keine Spielerei«, gab Chris beleidigt zurück. »Das ist mein neues Handy mit Prepaidkarte – extra für dich, damit wir abhörsicher telefonieren können.«

Stella nahm ihrer Schwester sofort das Handy aus der Hand und rief Victor an. Es war ihr in dem Moment egal, ob sein Telefon abgehört wurde. Sie musste ihm einfach von dem Falken und der Verfolgung erzählen. Betroffen lauschte sie seiner Sprachlosigkeit. Mühsam quälte er sich ein paar Beruhigungsfloskeln ab. Keine Sorge, nur ein Scherz, bitte nicht am Telefon. Mit eiskalten Händen gab sie Chris das Handy zurück.

Chris brauste unverfolgt mit dem geliehenen Toyota durch die Stadt. Um ein Ziel zu haben und weil sie den Weg kannte, fuhr sie zum Institut. Sie stellte das Auto wieder neben den Bauzaun. Victors ständige Begleiter vermutete sie auf dem Parkplatz, auf dem sie getarnt zwischen anderen Autos standen. Sie wusste nicht, worauf sie in brütender Hitze wartete, nur dass sie unbedingt etwas tun wollte. Sie dachte an ihre disziplinierte, erfolgreiche große Schwester, die hier in Dubai in dieser chaotischen Situation so anders wirkte als sonst, so desolat. Chris war sicher, dass sie Stella mehr helfen konnte, als diese ihr zutrauen würde, sie wusste nur noch nicht recht, wie. Doch im Gegensatz zu Stella verließ sie sich darauf, dass auch im Chaos Struktur steckte. Inbrünstig starrte sie auf die Eingangstür des Instituts und glaubte, die Tür müsse sich durch die schiere Kraft ihrer Vorstellung öffnen. Im Auto war es selbst im Schatten ohne Klimaanlage kaum auszuhalten, durch die geöffneten Scheiben drang kein Luftzug. Unverhofft tauchte der Kühler eines Wagens aus der Tiefgarage auf. Chris erkannte Paul Green. Er schaute die Straße hinauf und blinkte. Nur Paul und Helma durften auf Victors Stockwerk arbeiten. Setzte Victor ihn ein, um ohne den Geheimdienst im Nacken etwas zu erledigen? Sollte sie Paul folgen? Sie wischte sich die Schweißtropfen von der Oberlippe. Paul gab Gas. Chris startete den Wagen. Sie rief Stella an und sprach laut die Wegstrecke mit. Richtung Innenstadt, Sheikh Zayed Road, Richtung Wafi, zum Creek, über die Al-Garhoud-Brücke, Casablanca Road, links, Welcare Hospital, jetzt wird er langsam, Parkplatzsuche.

»Ich bin aus der Praxis raus, bin schon beim Auto …«

»Shit!« Chris warf das Handy auf den Beifahrersitz und

bremste scharf. »Er hat einen Parkplatz gefunden«, rief sie laut, »und ich nicht.« Sie musste wohl oder übel weiterfahren, an ihm vorbei. In einiger Entfernung steuerte sie rechts ran und verfolgte im Rückspiegel, wie er ausstieg. Sie schaltete die Warnblinkanlage ein, ließ das Auto einfach auf der Straße stehen und rannte ihm hinterher, gerade schnell genug, um ihn in einem hinter dem riesigen Supermarkt verborgen liegenden Café verschwinden zu sehen.

Nur wenig später traf Stella ein. Sie betraten das Café. Paul saß am anderen Ende des Raumes an einem kleinen Tisch.

»Ist das nicht Paul?«, rief Stella in gekonnt überraschter Stimmlage. »Tatsächlich! Paul Green aus dem Institut!«

Paul blickte ziemlich erschrocken auf.

»So ein Zufall«, Stella lächelte gewinnend, »wir sind gerade beim Stadtbummel, und hier soll der Kaffee so besonders gut sein. Stimmt das?«

»Weiß nicht, ich war noch nie hier«, stammelte er und schüttelte ungläubig den Kopf, als sie sich einfach an seinen Tisch setzten. Der Tisch war eigentlich nur für zwei gedacht.

Chris und Paul saßen an der Wand mit Blick in den Raum, Stella ihnen gegenüber. Es war ein Café, das sich von dem schicken, schnellen Konsum der Malls angenehm abhob. Der ehemals industriehallenartige Charakter des Raumes war verwandelt durch den witzigen und mit viel Liebe zum Detail gestalteten Innenausbau und war zu einem Geheimtipp mit zeitloser Atmosphäre geworden.

»Machst du Mittagspause?«, fragte Chris.

»Ich bin verabredet ...«, erwiderte er vorwurfsvoll.

Chris musterte die Gäste. Ein einzelner Mann hatte an einem mit Barhockern ausgestatteten erhöhten Tisch Platz genommen und las Zeitung. Er saß mit dem Gesicht zu ihnen und mit dem Rücken zum Raum. Die Bedienung kam, und sie bestellten Getränke.

»Mit meinem Mann?«, fragte Stella.

»Mit einer Dame, die eine Laudatio auf Victor halten will.«

»Heißt sie Annett Lugmayr?«, riet Stella.

Chris glaubte zu erkennen, dass der Mann mit der Zeitung sie verstohlen beobachtete. Wenn er schon schaute, was andere taten, warum interessierte er sich nicht für das schrille Mädchen mit grünen Haaren, das mit ausladenden Gesten auf einen weiß gewandeten Araber einredete? Oder für die Touristen mit dem kreischenden Kind, das der Mann in dem Versuch, seiner Vaterrolle gerecht zu werden, in wilden Bewegungen schaukelte?

Chris machte Stella mit einer Augenbewegung auf den einsamen Mann am Tisch aufmerksam. Als die Bedienung gerade versuchte, sämtliche Getränke auf dem kleinen Tisch unterzubringen, wandte Stella sich möglichst unauffällig um. Chris merkte, dass der Mann die Bewegung durchschaute.

»Vielleicht findet sie mich jetzt nicht«, jammerte Paul, »weil ich nicht alleine hier sitze.«

»Wie wolltest du sie denn erkennen?«, fragte Stella.

»Ich sollte mich an diesen Tisch setzen, er war auf meinen Namen reserviert. Aber jetzt sitzt ihr auch hier.«

»Sie wird sich von uns nicht abschrecken lassen.« Stella schenkte Paul erneut ein Lächeln. »Sie ist keine Wissenschaftlerin, sondern eine Finanzfrau. Die Geschichte mit der Laudatio ist wahrscheinlich nur ein Vorwand.«

Paul richtete sich auf, und sein Gesicht veränderte sich dabei, wurde sanft wie von weiser Gewissheit. »Jede Geschichte stimmt auf ihre Art«, sagte er leise, »auf die Fakten kommt es nicht an. Nur auf die Intention – und die spürt man. Ich spüre jede Intention, ich habe sie erfahren in vorvergangenen Leben, mir macht keiner etwas vor!« Er nickte wie zu sich selbst, erhob sich und entfernte sich grußlos.

Stella drehte sich um. »Der Typ mit der Zeitung ist weg. Von der Gestalt her könnte er der Begleiter von Helma Lohse gewesen sein.« Sie sah sich ausführlich in dem Café um. Es konnte ebenso gut alles wie gar nichts verdächtig sein, sie hatte keinen anderen Anhaltspunkt für die Unterscheidung als ein vages Gefühl. »Wir schauen uns die Fotos gleich hier an«, beschloss sie.

Chris legte die Aufnahmen auf den Tisch und schob zwei der Fotos in die Mitte. »Die hier sind von handschriftlichen Aufzeichnungen aus einer Mappe ganz unten im Schrank.«

»Victors Schrift«, erkannte Stella. Sie besah sich die Notizen genauer. *age-Gen* stand als Überschrift über dem einen Blatt. »Von *age* habe ich noch nie etwas gehört. Bei den Veröffentlichungen von Victor, die ich gegoogelt habe, war es jedenfalls nicht dabei.«

Die erste Zeile des Blattes lautete:

AGE-Protein + ?? Kofaktor

»Warum schreibt er *age* mal in Groß- und mal in Kleinbuchstaben«, fragte Chris. »Sind das verschiedene Dinge?«

»Klein und kursiv meint ein Gen, während Großbuchstaben das entsprechende Protein kennzeichnen.« Stella war froh, dass sie zu den Peniblen gehörte, die in der Recherche zu einem Thema tatsächlich Wissen generierten, nicht nur Interviewphrasen. Die Peniblen gehörten aufgrund sinkender Zeilenhonorare allerdings zu einer aussterbenden Spezies. »Das Protein des *age*-Gens braucht offenbar einen Kofaktor, um wirken zu können«, sagte sie.

Victor hatte »like a tortoise« darunter geschrieben. Er hat sich beharrlich seinen Weg über jedes Hindernis gesucht, dachte sie, bis er jene Substanz identifiziert hatte, die das AGE-Protein als Kofaktor für seine Wirkung benötigte.

Molybdän!!!

»Ein Mineral, ein lebenswichtiges Spurenelement.« Stella war unentschieden, ob die Erinnerung an ihre Oberstufenschwärmerei für ihren Chemielehrer ihr peinlich war oder nicht, nützlich war sie jetzt jedenfalls. Sie hatte einst das Periodensystem als Poster in ihr Zimmer gehängt und die Elemente auswendig gelernt wie Gedichtzeilen. Zirkonium, Niob, Molybdän, Technetium. Ihre Favoriten waren die Ordnungszahlen 3 und 4 gewesen: Li Be.

Chris griff nach der Speisekarte. »Hast du gesehen, dass dieses *healthy food café* neben den Kalorien auch die Vitamine und Mineralien auflistet? So könnte man sich seine Ernährung gegen das Altern zusammenstellen – ohne Molybdän.«

»Es hat aber nicht funktioniert.«

Molybdän-arme Diät für 3 Wochen
= Herzrasen, Durchfall, akuter Schub – ha,ha!

»Ein akuter Schub bedeutet eine Verschlimmerung seiner rheumatischen Beschwerden.« Das »ha, ha«, das er dahinter eingefügt hatte, interpretierte Stella als für Victor typisch. Er verachtete Scheitern. Es hieß für ihn nur, noch härter zu arbeiten. Die Aufnahme des zweiten Blattes zeigte eine Skizze.

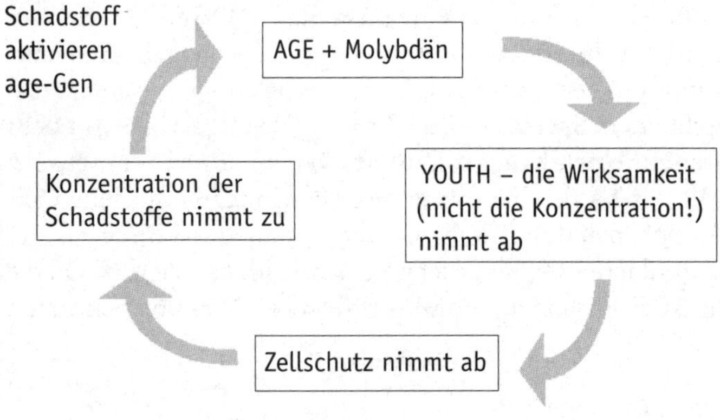

»Das YOUTH-Protein«, begann Stella die Interpretation nach langem Blick auf die Kästchen, »dessen Gen Victor in Amerika entdeckt hat, schützt die Zellen des Körpers vor zerstörerischen Substanzen, die ihn altern lassen. Das AGE-Protein macht YOUTH unwirksam. Schaltet AGE YOUTH aus, können Schadstoffe im Körper die schutzlosen Zellen zerstören. Um dem Ganzen noch die Krone aufzusetzen, regen die schädlichen Stoffe die Produktion von noch mehr AGE an, womit das Ganze, wie hier dargestellt, einen Teufelskreis ergibt.«

»Aber was fängt einer wie Victor mit dem *age*-Gen an?« Chris sah sehr angestrengt aus.

»Er muss versuchen, es außer Kraft zu setzen. Über den Molybdänhebel geht es nicht, also muss er an das Gen selbst ran. Hier unten ist noch eine Notiz ...«

age 1+

»Nehmen wir mal an, Victor hat das *age*-Gen verändert«, Stella beugte sich weit zu ihrer Schwester hinüber und sprach gedämpft, »sodass sich die Struktur des AGE-Proteins verändert und dadurch Molybdän nicht mehr richtig binden kann ... dann nimmt die Kraft von AGE ab, und YOUTH kann seine Wirkung wieder voll entfalten.«

»Aber wie wird daraus eine Therapie?« Chris schüttelte verständnislos den Kopf.

Das war definitiv die richtige Frage, auf die Stella aber keine Antwort hatte. Sie vertiefte sich in Aufnahmen von zwei Artikeln, die Victor mit vielen Ausrufezeichen am Rand versehen hatte.

Chris sah ihr stumm zu.

»Embryonale Stammzellen«, sagte Stella schließlich. »Ich glaube, das ist es!«

»Wie bei einer Knochenmarkspende?«

»Nein, wenn ein Mensch einem anderen Knochenmark spendet, werden zwar auch Stammzellen übertragen, aber das sind erwachsene Stammzellen, und außerdem sind

Spender und Empfänger immunologisch verschieden. Bei der Methode, die hier beschrieben wird, werden Stammzellen durch therapeutisches Klonen hergestellt. Das ist, als ob jemand einen Klon von sich selbst erzeugt, den aber nicht zum Fötus wachsen lässt, sondern nach ein paar Teilungen zerstört.« Sie blätterte in den Fotos, las noch einmal ganze Passagen nach. »Ernten nennen die es, wenn man den Embryo zerstört und seine Zellen in einem künstlichen Medium weiterwachsen lässt. Man kann dann nach Belieben Nerven-, Muskel-, Haut- oder Herzzellen daraus reifen lassen.«

»Gruselig«, fand Chris. »Und dann kann man sich damit verjüngen?«

»Wenn Victor seine eigenen Zellen oder die von einem Scheich oder von sonst wem *age*-verändert, also verjüngt hat, müsste das möglich sein.« Ihr fielen die Laborbücher ein. Sie suchte in ihrer Handtasche die Notizzettel, berührte dabei den glatten, weißen Kieselstein und hielt ihn kurz fest. »Ich kann nur Helmas Aufzeichnungen finden, die von Paul stecken wohl noch in meiner Jeans.«

3 x FbHM1+ Zk Transfer – normaler Verlauf
Protokoll:
- Vorbereitung EZ (frisch) nach Protokoll (10)
- Mikroinjektion nach Protokoll (5) bei Raumtemperatur
- Vorbehandlung Donor Zellen G0-Phase nach Protokoll (2)

Stella verglich Buchstabe für Buchstabe mit den Kürzeln und Beschreibungen der in den Artikeln unter »Methods« aufgelisteten Verfahren. »Fb muss Fibroblasten bedeuten, also Hautzellen, Zk steht für Zellkern, Transfer ist die Übertragung von einem Zellkern. Und EZ –«, sie stockte verblüfft, »sind offenbar Eizellen. Humane Eizellen, so steht das hier. Na, das bedeutet ja wohl von Frauen!«

»Und woher kommen die Eizellen? Ich meine: die Frauen?«

»Die Artikel hier sprechen von ›Spenden‹, aber ich habe mal gelesen, dass man in Amerika Eizellen ganz legal kaufen und verkaufen kann, vielleicht ist das in Dubai auch so.« Stella musste unwillkürlich an die unangenehme Prozedur ihrer IVF denken, die jener der Eizellspende vergleichbar sein musste. Wie viel Geld musste man einer Frau bieten, damit sie das aushielt? Kaufte Victor Frauen dafür, oder gab es Händler, bei denen man einfach aus einem Eizellkatalog bestellte?

»Hier ist noch ein Artikel«, unterbrach Chris ihre Gedanken, »bei dem er den ganzen Rand vollgeschrieben hat.«

Erneut vertiefte sich Stella in die Lektüre. »In dem Artikel berichtet ein Team von Wissenschaftlern«, sagte sie schließlich, »wie es ihnen gelungen ist, aus Hautzellen eines Erwachsenen Stammzellen herzustellen ...«

»Davon habe sogar ich schon gehört«, unterbrach Chris, »das stand in den Zeitungen.«

»Weil es eine sagenhafte Alternative wäre zu dem Verfahren mit den Eizellen«, fuhr Stella fort. »Diese Forscher konnten Hautzellen so zurückprogrammieren, dass sie fast dieselben Eigenschaften hatten wie embryonale Stammzellen. Man könnte sich das schreckliche therapeutische Klonen sparen. Kein Wunder, dass das gerade in Deutschland Schlagzeilen gemacht hat, dort ist das therapeutische Klonen ja sogar verboten. Ich lese dir vor, was Victor an den Rand geschrieben hat: ›Schöne Idee – in der Praxis leider über Jahre hinaus nicht verfügbar! Die Reprogrammierung von Hautzellen zu Stammzellen erfordert *zusätzliche* Gene oder Proteine, deren Wirkmechanismus völlig unverstanden ist. Viel Forschung ist nötig, um sicherzustellen, dass diese Zusätze in den Zellen keine Zeitbomben sind.«

»Es geht also nur so, wie Victor es macht«, folgerte Chris. »Und alle wollen sein Elixier der ewigen Jugend …«

»Aber was hat er ins oder aus dem Institut geschmuggelt? Mit wem arbeitet er zusammen? Wem vertraut er? Und wem nicht?«

»Sein Laptop«, sagte Chris so laut, dass Stella aufschreckte und ihr beinahe die Hand vor den Mund gehalten hätte. Sie schaute sich um, niemand schien sie zu beachten.

»Sorry«, flüsterte Chris. »Gib mir seinen Laptop, und ich schwöre dir, er wird ein gläserner Mensch.«

»Den Laptop bringt er normalerweise gar nicht mit nach Hause, und noch mal möchte ich nicht ins Institut einsteigen. Ich müsste ihm einen Grund nennen …«

»Ich könnte euch meine selbst programmierten Grafiken zeigen«, schlug Chris vor, »3D vom USB-Stick. Einen Beamer soll er auch mitbringen, dann werfe ich die Bilder auf die Hauswand. Deine Hardware dafür runterzuschleppen, wäre viel zu aufwendig, das wird er einsehen, und dass ich mein eigenes Notebook dabei habe, weiß er ja nicht.«

Stella hatte keinen besseren Vorschlag. Sie atmete tief durch und rief Victor an. Sie hatte das Gefühl, sich auf einer abschüssigen Rampe zu befinden. Kontrollierte sie noch die Geschwindigkeit, mit der sie voranrollte, oder war sie längst ins Rutschen gekommen?

Als sie das Café schließlich verließen, konnten sie den Geheimdienst nirgendwo mehr entdecken. Allerdings beruhigte sie dies keineswegs, im Gegenteil: die Unsichtbarkeit war ihr plötzlich noch unheimlicher als die aggressive Verfolgung. Stella orderte für den Abend ein mehrgängiges Menü bei einem Premium-Caterer und deckte den Terrassentisch festlich. Sie löschte die Gartenlampen, stellte Kerzenleuchter auf und übersäte die ganze Terrasse mit kleinen Windlichtern. Victor erschien pünktlich, und Chris projizierte ihre Grafiken, sich im Raum drehende spindelförmige Skulpturen in verschiedensten Farbschattierungen, auf die Hauswand.

»Auf euch«, Chris hob ihr Glas. »Ist echt superschön hier … danke, dass ihr mich eingeladen habt.«

»So schön ist es natürlich nur, weil du da bist«, entgegnete Victor galant.

Stellas Blick schweifte über den mit Blütenblättern dekorierten Tisch zum Pool, in dem sich die unzähligen leise flackernden Lichter spiegelten. Sie kam sich losgelöst vor, wie schwebend über einem unwirklichen Szenario, eine Zuschauerin bei der Aufführung ihres eigenen Lebens. Sie wartete darauf, dass Chris wie abgesprochen eine unverfängliche Unterhaltung führte, während sie dafür sorgte, dass Victors Weinglas stets voll war.

»Glaubst du eigentlich tatsächlich, Victor«, fragte Chris, »dass es besser wäre, ohne Altern und Sterben zu leben?«

Stella musste an Tante Ada denken. Wie gerne hätte sie sie noch bei sich gehabt. Victors Forschung war so wichtig für die Menschen. Sie wollte ihm helfen! Warum vertraute er stattdessen lieber auf diese Helma?

»Im humanistischen Sinne«, erwiderte Victor, »also bei Gebrauch der Vernunft anstelle bloßen Glaubens, bedeutet Sterben Scheitern, da sind wir uns doch wohl einig. Es muss das oberste Ziel sein, den Tod zu besiegen.«

»Aber ist es nicht unnatürlich, ewig zu leben? Der Tod sorgt doch für die Erneuerung der Natur.«

»Aber nein, die Technik, die ich einsetze, ist ein Teil der Natur, wie ich ein Teil der Natur bin. Nicht zu altern, würde gegen kein Naturgesetz verstoßen. Es ist einfach nur eine genetische Krankheit, die man heilen kann.«

»Wann ist es denn so weit, dass du das möglich machst?«

Victor lächelte. »Womöglich erlebe ich es noch …«

Stella trug die gelieferten Platten mit Perlhuhn in Granatapfelsoße aus der Küche in den Garten. Die Abendluft war warm und klebrig. Victor war viel zu gewandt, als dass sie jemals ohne direkte Konfrontation etwas von ihm erfahren würde. Als sie zum Nachtisch Kaffee und Grappa servierte, strich sie ihm zärtlich über den Arm.

»Chris und ich haben zufällig Helma gesehen, als wir in der Bar vom Hilton etwas trinken wollten.« Sie fürchtete, dass ihre Stimme blechern klang. »Wir sind wieder gegangen, ehe sie uns bemerkt hat, aber wir haben beobachtet, dass sie einem großen, breitschultrigen Mann etwas gezeigt hat …«

»Und?«, sagte er nur.

»Victor, ich fürchte, diese Frau ist nicht auf deiner Seite.«

»Hauptsache, du bist es!« Seine Miene zeigte keinerlei Regung.

»Warum verfolgt uns der Geheimdienst?«

»Also, das ist wirklich eine unsinnige Frage, Stella, der Geheimdienst ist eine Vorsichtsmaßnahme zu meiner und auch zu deiner Sicherheit, das habe ich dir nun schon mehrfach erklärt!«

»Und der Falke?«

»Da hat sich ein Mitarbeiter einen Scherz erlaubt. Ich spreche mit dem Scheich, er wird hart bestraft werden! Die Damen entschuldigen mich jetzt bitte – ich gehe ins Bett.« Er erhob sich abrupt, schaltete die Präsentation der Grafiken ab, nahm den Laptop und ging ins Haus.

Stella und Chris sahen sich an. Chris streckte ihr Glas über den Tisch in Richtung Grappaflasche.

»Ist das nicht schon dein zweiter?«, fragte Stella mit tadelndem Unterton. Sie hatten schließlich noch eine Aufgabe zu erledigen.

»Ich glaube nicht«, sagte Chris und wippte unmissverständlich mit dem Glas, »dass ich erst so wenig getrunken habe.«

Stella gab nach und schenkte ihrer kleinen Schwester ein. Dann folgte sie Victor, um sich neben ihn zu legen und zu warten, bis sein Atem ruhig und tief wurde.

Als Stella die Terrasse wieder betrat, waren die Windlichter bis auf einzelne schwach flackernde Wachsreste verglüht. Es war, als ob sie mit ihrem Verlöschen auch die Geräusche mitgenommen hätten. Eine matte Stille hatte sich über dem Haus ausgebreitet. Sie hatte lange mit weit offenen Augen dagelegen und gelauscht, wie Victor sich ungewohnt unruhig von einer Seite auf die andere wälzte. Jetzt ging sie zu Chris, die auf dem Rücken im Gras schlief, und weckte sie. Sie trug den Laptop unter dem einen und ein festes Kissen unter dem anderen Arm und winkte Chris in die hinterste Ecke des Gartens, wo sie sich auf dem Rasen niederließen und den Laptop auf das Kissen stellten. Chris machte sich sofort an die Arbeit. Mit der Administrator-Kennung legte sie die Schätze des Notebooks frei. Es war nichts zu hören als das Tastenklicken, mit dem Chris die Suche begann.

»Weiter«, drängte Stella bei jedem Dokument, das sich vor ihren Augen öffnete. Sie sahen Datensätze, Zahlenwerte, Vergleichsanalysen und seitenlange ACGT-Sequenzen, jene Buchstaben, die den genetischen Code beschrieben. »Weiter!« Sie hatte weder die Zeit noch die Kenntnisse, die einen längeren Blick gerechtfertigt hätten. Was Stella finden wollte, waren Anhaltspunkte persönlicher Natur.

»E-Mail«, brummte Chris nach langer Suche. Sie klickte erfolglos auf dem Laptop herum. Die Meldung *Für diese Zone kann zur Zeit kein Verzeichnis angelegt werden* erschien. »Was willst du uns damit sagen?«, raunzte sie und hackte auf die Tasten. »Na also!«

»Da ist aber nicht viel drin«, wunderte sich Stella.

»Krass, er räumt ständig auf!«

»Was heißt das? Löscht er alles?«

»Wenn man sehr akkurat ist, zieht man einmal pro Woche eine Sicherung auf eine externe Festplatte, die an einem anderen Ort aufbewahrt wird. Dann kann man löschen und hat wieder Platz.«

»Das heißt, wir sehen vielleicht nur, was nach der letzten Sicherung eingegangen ist, die womöglich heute war?«

»Genau, typischerweise freitags, deshalb ist nichts bei ›Postausgang‹ und nichts bei ›Gelöschte Objekte‹ und leider auch nichts im ›Posteingang‹.«

»Na gut, dann ist es eben so.« In Stellas Enttäuschung mischte sich zu ihrem Erstaunen auch Erleichterung. Sie nahm ihren Blick vom Laptop und sah zu Chris. »Du kannst dann ausschalten.« Ihre Schwester saß weit nach vorne gelehnt. Im Widerschein des Bildschirms zeigte ihr Gesicht eine freudig-fiebrige Konzentration, als sei sie mitten in einem Spiel und setze gerade zum entscheidenden Schlag gegen den mächtigen Gegner an.

»Noch nicht …«, krächzte Chris mit einer Stimme, die heiser war vor Aufregung, »… ich bin gleich wieder da.« Sie sprang auf und rannte durch den dunklen Garten.

Stella starrte ihr nach. Durch den Straßenlampenschimmer, der über ihrem Wohngebiet den Himmel um Nuancen erhellte, konnte sie die schemenhaften Bewegungen ihrer Schwester verfolgen, bis diese in der Terrassentür des Hauses verschwand. Sie wartete, lauschte in die Nacht. Irgendwo gab eine Katze einen lang gezogenen, klagenden Laut von sich, dann war es wieder still. Wo blieb Chris? Was machte sie so lange? Der Laptopscreen war längst in den Sparmodus erloschen. Sollte sie Chris ins Haus folgen? Hier vor dem inaktiven Laptop kauernd kam sie sich jedenfalls nutzlos und deplatziert vor. Seitlich von ihr raschelte eine Echse oder eine Maus unter den Oleanderbüschen. Sie erhob sich, spähte zur Terrassentür. Was um aller Welt war mit Chris geschehen? Stella machte zwei Schritte, verharrte erneut. Sie war nass geschwitzt, es ging kein Luftzug. Aus einem der Nachbargärten drang ein Schnarren zu ihr, dessen tierischen Ursprung sie nicht deuten konnte. Sie hörte, wie in der Ferne ein Wagen gestartet wurde. Von Chris kein Anzeichen. Sie beschloss, den Laptop auszuschalten, und wandte sich um. Hinter ihr tschirpte es in den Büschen. In dem Moment begriff sie, dass die Geräusche sich veränderten. Der Klang der Dämmerung hatte bereits begonnen, sich in die Nachtstille zu schleichen. Nicht mehr lange, und der Himmel würde die Anzeichen des neuen Morgens als Streifen am Horizont aufweisen. Ein letztes Mal blickte sie zur Terrassentür, und tatsächlich nahm sie den Schatten einer Bewegung wahr.

Chris kam raschen Schrittes auf Stella zu. »Sorry«, flüsterte sie, »ich musste ewig nach dem Überspielkabel suchen, ich konnte doch kein Licht anmachen.« Sie hatte ihr Notebook mitgebracht, das sie auf den Rasen legte. Chris ging in die Hocke und verband die beiden Geräte mit dem Kabel.

»Was machst du?« Stella kniete sich ins Gras, sprang wieder auf und schaute nach oben. »Wir haben keine Zeit mehr!«

»Ich zieh mir seine Daten rüber, das geht schnell, zwanzig Minuten höchstens.«

»Unmöglich! Es wird gleich hell.« Nervös suchte ihr Blick den Himmel ab. Die ohnehin durch den Widerschein der nie schlafenden Stadt nur blass und vereinzelt erkennbaren Sterne waren verschwunden. Es konnte sich nur noch um Minuten handeln, bis der Tag seine ersten Strahlen sandte. Und kaum war dies geschehen, würde der Wandel rasend schnell gehen. Es gab hier kaum einen Übergang zwischen Nacht und Tag. »Chris, ich muss zurück! Er wacht jeden Moment auf!« Dies hier würde Victor nicht verzeihen. Er würde sie hassen.

»Nur noch fünf Minuten, nur noch vier …«

»Chris!« Sie kauerte sich neben ihre Schwester.

»Gleich … warte … ich muss nur noch ein kleines Programm installieren …«

»BEEIL DICH!« Sie erschrak über die Lautstärke ihrer Stimme.

»Shit, ich glaub, mein Akku macht schlapp …«

Stella hob den Kopf. Kein Zweifel, das Nachtschwarz war durchbrochen und infiltriert von sekündlich heller werdendem Morgengrau. Sie legte ihrer Schwester die Hand auf den Arm. »Schluss jetzt!«

»Bin so weit …«, Chris tippte rasend schnell weiter, »… nur noch …«

Vielleicht war es ohnehin schon zu spät, und sie hatte alles zerstört.

»Hier!« Chris hatte alle Einstellungen zurückgesetzt und hielt ihr den ausgeschalteten Laptop hin.

Stella holte tief Luft, lief ins Haus und hastete so leise wie möglich die Treppe hinauf. Sie schlich sich durch die Schlafzimmertür auf Victors Seite des Bettes. Er lag mit dem Rücken zu ihr. Gerade als sie den Laptop auf seinen Nachttisch zurücklegen wollte, rollte er sich zu ihr herum. In einer fließenden Bewegung sank sie auf seine Bettkante, beugte sich zu ihm und bedeckte sein Gesicht, indem sie ihr Haar wie einen Vorhang nach vorne fallen ließ, als habe sie ihn just in diesem Moment wecken wollen mit dieser vertrauten Geste aus vergangenen, spielerischen Zeiten. »Guten Morgen«, sagte sie, als die Finger ihrer seitlich weggestreckten Arme den Marmor der Nachttischplatte berührten und sie den Laptop endlich loslassen konnte.

12

Diesmal ließ er Paul bloß assistieren, erlaubte ihm lediglich, die Schalen andächtig auf einem Tablett vom Brutschrank zu ihm herüberzutransportieren. In jeder Schale hatte sich der jeweilige Klon zu einem Embryo entwickelt, der von reichlich Nährmedium umgeben war.

Es war die entscheidende Bewertung der Qualität, kein Fehler durfte passieren beim Blastozysten-Grading. Deshalb überließ Victor diese Prüfung niemand anderem, er hatte immer noch die meiste Erfahrung und den besten Blick. Wobei er sich bei diesem Blick natürlich nicht nur auf seine Augen verließ, sondern eine digitale Kamera einsetzte und ein Softwareprogramm zur Mustererkennung, welches eigens nach seinen Angaben entwickelt worden war. Er zog ein Etui aus der Brusttasche seines Laborkittels und entnahm ihm seine Lesebrille, eine halbe Brille nur, winzig klein und klappbar. Nachdem er die Werte in der Grading-Tabelle notiert hatte, ließ er die Brille wieder in Etui und Brusttasche verschwinden. Auf die handschriftliche Auswertung mochte er einfach nicht verzichten, obgleich der Computer die Daten auch aufzeichnete.

Victor wollte nur über seine Arbeit nachdenken, über nichts anderes, mit seiner Arbeit hatte er wahrhaftig genug zu tun. Wichtige Gedanken zudem, nicht so ein Unsinn wie Stellas eifersüchtige Anschuldigungen gegen Helma. Selbst wenn sie die Wahrheit sagte und Drew sich tatsächlich in Dubai aufhielt, war doch der Kern der Geschichte ein anderer. Stella wollte Victor »nur für sich«, das hatte sie gesagt, und dafür versuchte sie, einen Keil zwischen ihn, Paul und Helma zu treiben. Sie benutzte dazu diese Finanzfrau und die Verlockungen schnellen Patentgeldes. Paul hatte ihm alles von dem Treffen in dem Café erzählt, und Helma war ja auch schon angerufen worden. Es hatte aber bei Helma nicht funktioniert, daher sollte sie jetzt in seinen Augen schlechtgemacht werden. Was stellte sich seine schöne junge Frau eigentlich vor, wie es wäre, mit ihm anderswo zu leben? Ohne seine Forschung war er nichts.

Embryo IX genügte den Qualitätsanforderungen nicht, Victor stellte die Schale beiseite. Die mit einem VD1+ Zellkern »befruchteten« Eizellen von Stella hatten umgehend begonnen, sich zu teilen. Aus einer Zelle wurden zwei, dann vier, dann acht. Ab dem Acht-Zell-Stadium übernahm der Embryo seine eigene Steuerung, teilte sich weiter und veränderte seine Gestalt dabei. Aus den acht Zellen wurden sechzehn, und heute lag das zweiunddreißigzellige Blastozystenstadium vor.

Ein Blastozyst war kleiner als ein Sandkorn, doch unter dem Mikroskop konnte man gut die äußere Zellmasse, die den Mutterkuchen bilden würde, von der inneren Zellmasse, den zweiunddreißig Zellen, die den eigentlichen Embryo ausmachten, unterscheiden. Jetzt war eine genaue Aussage zu treffen, bei welchem VD1+-Embryo die Entwicklung nicht konform verlief. Das war das Grading von A bis D. Nur Zellen mit Grade A, B und C wurden weiterverwendet. A bedeutete, die Morphologie zeigte keine Fragmente, innere und äußere Zellmasse sahen tadellos aus. Grade A war der perfekte Embryo. Das waren die Nummern VIII und X. Die Nummern VII und XI waren B- bzw. C-Grade und eigneten sich damit trotzdem für die Aufarbeitung zu embryonalen Stammzellen. Für die Schale IX mit Grade D, die er beiseitegeschoben hatte, machte er eine Handbewegung, und Paul nahm sie und warf sie zum Labormüll. Wie einfach manche Dinge hier waren.

Dennoch stand Victor vor einem riesigen Problem. Wie stets hatte er am Morgen als Erstes das Internet auf Publikationen seines Forschungsgebiets durchsucht. Er ahnte, dass auch seine Konkurrenten kurz vor dem Erfolg standen; der Wettkampf um die Entwicklung einer Stammzelltherapie war in seiner entscheidenden Phase. Jeden Tag konnte eine Neuigkeit eintreffen, Victor musste mit allem rechnen. Der Stammzellexperte in Singapur umgab sich wie er selbst mit eisernem Schweigen, während die amerikanische Firma, die gerade in die Welt posaunt hatte, das Klonen von menschlichen Hautzellen sei ihr gelungen, bei der Herstellung von embryonalen Stammzellen grandios gescheitert war. Die Diskussionen neugieriger, halbinformierter Kollegen in den Forschungsforen flirrten wie heiße Luft über Wüstensand. Da der Kollege aus Singapur sich bedeckt hielt, waren zum jetzigen Zeitpunkt sensationelle Ergebnisse nur aus Amerika zu erwarten, und diese wurden in der Regel am Ende eines langen Arbeitstages ins Netz gestellt, was für ihn aufgrund der Zeitverschiebung früher Morgen war. Wie immer war Victor, der sich zeitlebens auf Neuland bewegt hatte, auf Überraschungen gefasst. Allerdings nicht auf eine solche.

Rasch war er bei seiner Recherche auf einen Artikel amerikanischer Kollegen gestoßen, der als Online-Eilausgabe im wichtigsten Wissenschaftsmagazin der Welt veröffentlicht worden war. Der Artikel hatte bereits das weltweite Aufsehen der Forschergemeinde erregt, wie an zahlreichen Forenbeiträgen zu erkennen war. Die Publikation bestand nur aus einer einzigen Seite und beschrieb ein Experiment mit erschreckendem Ergebnis. Victor kannte jeden der an der Untersuchung beteiligten Wissenschaftler persönlich. Alle waren Stammzellforscher, gehörten aber nicht zur internationalen Spitzenklasse, sondern vertraten eher den Typus aggressive Mittelfeldspieler. Ohne Aussicht darauf, mit ihrer eigenen Forschung jemals zu Ruhm zu gelangen, hatten die Vier nun denen, die ganz vorne agierten, einen Knüppel zwischen die Beine geworfen. Das war ihnen gelungen, indem sie den möglichen Erfolg der Spitzenforscher vorweggenommen hatten. Sie hatten eine Therapie mit embryonalen Stammzellen in künstlicher Umgebung simuliert.

Victor hatte den Artikel wieder und wieder gelesen, während sich seine Gedanken überschlugen. Er hatte sich nicht mehr gespürt dabei, hatte nur noch Experimente vor seinem geistigen Auge ablaufen sehen. Er konnte die geschilderten Ergebnisse nicht ignorieren, musste wissen, ob die verheerende Simulation für sein Vorhaben relevant war. Besser gesagt, er musste beweisen, dass dem nicht so war! Kaskaden verschiedenster Versuchsabfolgen rauschten durch seinen Kopf, Test um Test türmte sich vor seinem inneren Auge auf, um aus lichter Höhe hinabzustürzen und auszuplätschern in dem großen Becken offener Fragen. Es gab nur eine einzige Möglichkeit, schnell und effizient zu einer Antwort zu kommen. Er hatte den Artikel ausgedruckt und »Kontrollversuch!« an den Rand geschrieben.

Victor wählte Embryo X Grade A für ebenjenen Kontrollversuch aus und gab Paul die restlichen drei Schalen.

Paul erntete die Embryonen, was hieß, jeder Embryo wurde in zweiunddreißig einzelne Zellen zerlegt, welche in ein spezielles Wachstumsmedium überführt wurden. Die Hoffnung war, dass eine der Zellen begann, sich in der Kulturschale zu teilen, und damit zu einer Masse an Stammzellen wurde, mit der man therapieren konnte. Doch diese embryonalen Zellen waren ihres Schutzraums beraubt und daher extrem empfindlich. Dennoch vertraute Victor fest darauf, dass dieses Mal einige überleben würden.

Als Paul seine Arbeiten abgeschlossen hatte, wechselte Victor das Labor und setzte sich bei Helma Lohse ans Mikroskop. Helma hatte die drei Blastozysten, die aus jenen Eizellen entstanden waren, die Victor ihr überlassen hatte, bereits sortiert. Er ignorierte ihre Ordnung, schob die Schalen wieder zusammen und begann mit dem Grading.

»Nummer III sieht nicht gut aus, das Nucleolimuster gefällt mir nicht«, sagte er. »Die anderen kannst du ernten.«

»Ich weiß!« Helma klang beleidigt. »Und ist dann wieder alles umsonst, wie die letzten beiden Male?«

»Umsonst? Nichts ist umsonst!«

»Wenn H. M. die Zellen nicht bald bekommt, ist *alles* umsonst! Es geht ihm schlecht, die Ärzte wissen nicht, wie lange er noch durchhält.«

»Mit wem hast du gesprochen?«

»Drew ist Tag und Nacht bei ihm.«

Allein der Gedanke an Helmas Ziehsohn Drew bewirkte, dass Victor sich augenblicklich verspannte. Er musste den Stift aus der Hand legen, so stach der Schmerz in seinen Mittelfingergelenken. Stets hatte Helma versucht, sich bei H. M. einzuschmeicheln, nicht zuletzt dadurch, dass sie einen schwierigen Jugendlichen aus einem Heim in Australien vorübergehend zu sich nach Deutschland geholt und im Sinne der Organisation erzogen hatte. H. M. hatte die aus Victors Sicht lachhafte Aufregung um den tumben Jungen jahrelang massiv mit Geld unterstützt. Und jetzt? Ertrug er wirklich diesen Dummkopf Tag und Nacht um sich? Welche Rückschlüsse ließ das auf H. M.s geistige Potenz zu? Victor würde es bald erfahren, denn er musste ohnehin dringend mit seinem ehemaligen Mentor sprechen.

»Wahrscheinlich sind die Eizellen einfach zu alt!« Helma warf sich ihre Haare mit einer ruckartigen Kopfbewegung aus dem Gesicht.

»Du weißt doch, dass das therapeutische Klonen bisher noch niemandem gelungen ist. Wir werden die Ersten sein. Diesmal gelingt es!« Er hatte es anders sagen wollen, überzeugender und nicht so rechtfertigend, aber zwei erfolglose Runden waren natürlich auch an ihm nicht spurlos vorübergegangen.

»Das hoffe ich.« Helma sah auf die Wand, als lese sie dort einen Text ab. »Für dich!«

Victor hatte einen bitteren Geschmack im Mund. Er tat, als hätte er Helmas unverschämte Bemerkung nicht gehört, und verließ ihr Labor, ohne ein weiteres Wort zu verlieren. Es hatte keinen Sinn, mit ihr zu diskutieren, er musste H. M. erreichen. Sie hatten schon lange nicht mehr miteinander telefoniert. Da Victor davon ausging, dass seine Telefone abgehört wurden, lieh er sich Pauls Handy und zog sich damit in sein Labor zurück. Er setzte sich auf einen Laborhocker und stützte sich mit beiden Ellbogen auf die unbenutzten blanken Laborfliesen. Mit kleinen Pausen dazwischen drückte er eine Ziffer nach der anderen. H. M. war zwar rasch am Apparat, doch Victor erschrak über die schwache, stockende Stimme, die an sein Ohr drang. Wo war der prophetisch donnernde Klang, der jahrzehntelang charakteristisch für H. M.s Reden gewesen war?

Unwillkürlich sprach Victor lauter, als müsse er eine große Distanz überbrücken. »Wir haben gerade die Blastozysten geerntet«, rief er. »Morgen sehen wir, ob es geklappt hat – ich gehe aber davon aus, dass wir dieses Mal embryonale Stammzellen erhalten werden.«

»Buch dir sofort einen Flug!«

»Ein wenig musst du noch warten ... es gibt ein unvorhergesehenes Forschungsergebnis. Vor einigen Stunden ist bekannt geworden, dass embryonale Stammzellen Teratome induzieren können.« Victor hörte kurze, schnaufende Atemzüge, als müsse H. M. mit offenem Mund gegen Luftnot kämpfen. Wie lange hatten sie sich nicht mehr gesehen? Er rechnete in Gedanken nach. Etwa ein Jahr. Dabei fiel ihm auf, dass längst der Termin für die nächste Vollversammlung der Organisation hätte bekannt gegeben werden müssen.

»Komm mit den Zellen, Victor!« H. M. hatte die Worte

heftig hervorgestoßen und brach danach in einen erstickenden Husten aus.

Victor hielt das Handy ein wenig von seinem Ohr entfernt und wartete, bis H. M.s Hustenanfall abklang. »Ich *muss* einen Kontrollversuch durchführen«, sagte er. »Teratome sind ein wildes Durcheinander von verschiedenen Geweben. Das ist zwar nicht gleich ein Tumor, aber eine Gefahr. Du weißt, du musst dir vorstellen, dass dir Stammzellen ins Herz implantiert werden, und daraus würden neben Herzzellen auch noch Leber- und Darmzellen entstehen.«

»Komm mit den Zellen ...« H. M.s Stimme war nur mehr ein Röcheln.

Victor wurde traurig. H. M., dieser grandiose Zukunftsphilosoph, war nicht mehr derselbe wie früher. Im letzten Jahr war er zu einem dieser altersstarren Greise geworden, die nichts anderes mehr wahrnehmen konnten als die eigene Schwäche. »Was wir vorhaben, ist eine *Therapie*! Dazu muss ich jedes Risiko ausschließen. Ich brauche zwei bis drei Wochen für den Kontrollversuch! Das ist keine zusätzliche Zeit – du weißt doch, dass die Stammzellen so ohnehin nicht einsatzfähig sind. Ich muss sie erst noch ausdifferenzieren lassen zu spezifischen Gewebezellen.«

»Ich weiß alles, Victor! Helma hat mich informiert!« H. M. hustete lange. »Du hast bewusst schlechtes Material eingesetzt, du wolltest alles verzögern ...« H. M.s Atem klang rasselnd.

»Die Frau hat doch keine Ahnung von Wissenschaft.«

»Ich entziehe dir mein Vertrauen ... Helma übernimmt die Zellen!«

Victor war sprachlos. Er versuchte, sich den über Achtzigjährigen vorzustellen, der früher die Mitglieder durch die Geschmeidigkeit seiner Gedanken zu Begeisterungsstürmen hingerissen hatte, und jetzt offenbar ein von Angst besessener Greis war, der seine letzte Energie gegen seinen jahrelangen Kronprinzen richtete. Victor merkte, dass er zornig wurde. Weder H. M. noch sich selbst würde er behandeln, wenn er nicht hundertprozentig sicher war, dass kein Risiko bestand. Er war kein blinder Gläubiger seiner eigenen Prognosen, er war Wissenschaftler! Er würde den Nachweis führen, dass er den richtigen Weg ging. Alles andere wäre grob fahrlässig und würde ihn für immer als Wissenschaftler disqualifizieren.

»Der Artikel und damit die Erkenntnis einer möglichen Teratombildung sind nun einmal in der Welt«, sagte er möglichst sachlich, »und ich *muss* darauf wissenschaftlich reagieren. Ich werde den Kontrollversuch durchführen, ehe ich einen Therapiebeginn verantworte!«

»Ich schließe dich aus der Organisation aus und …« H. M.s Stimme versagte, die Verbindung war unterbrochen.

Victor blickte in seinem Labor umher und schüttelte ungläubig den Kopf, als seien die verwaisten Reagenzglasständer surreale Objekte aus einer fernen Welt. Er war es doch gewesen, der die zwei Gene entdeckt hatte, die verantwortlich dafür waren, dass Blut- und Zuckerwerte anstiegen, die Haut erschlaffte und die Gefäße verkalkten. Sein Leben, seine Energie, seinen Geist hatte er eingesetzt für die Entwicklung einer Therapie des Alterns. Wie konnte H. M. ausgerechnet ihm solch absurde Vorwürfe machen? Er schaltete die Klimaanlage zwei Stufen höher und dachte an die alten Aufzeichnungen, die jetzt in einer Mappe ganz unten im Stahlschrank seines Büros lagen. Wie hatten sie sich berauscht an ihren eigenen Ideen … Victor Degan und H. M. unsterblich. Die Zeit hatte ihren Traum überholt, nicht aber ihre Vision.

Victor rief Marleen an, um sein Kommen anzukündigen, und entnahm dem Brutschrank die letzte verbliebene Schale. Unter sterilen Bedingungen arbeitete er gegen den Schmerz und die Steifigkeit seiner Finger, transferierte eigenhändig Embryo X von der Schale in ein Plastikröhrchen. Das Röhrchen enthielt ein Medium, das dem Sekret des weiblichen Eileiters entsprach. Für Embryo X nahte genau wie bei einer natürlichen Befruchtung der Moment des *hatching*, des Schlüpfens, bei dem er seine Eizellhülle verlassen würde, um in die Gebärmutterhöhle zu wandern, die ihre Schleimhaut exakt zu diesem Zeitpunkt für die Einnistung öffnete.

Er musste Stella das zumuten, es ging nicht anders. So, wie sie sich verhielt, konnte er ihr leider den ungeheuren Nutzen nicht verständlich machen, der dieser schwierigen Entscheidung zugrunde lag. Die medizinische Bedeutung dieses Sicherheitschecks konnte gar nicht überschätzt werden, weil ja nicht nur gesunde Menschen seine Heilungsmethode in Anspruch nehmen würden, sondern vor allem Kranke. Millionen ohnehin geschwächter Alzheimer- und Parkinsonpatienten könnten durch das therapeutische Klonen gerettet werden, aber dazu musste man sicherstellen, dass nicht das Gegenteil eintrat und sie gar kränker wurden als zuvor. Er hatte gar keine andere Wahl, als diesen Kontrollversuch durchzuführen. Er würde Embryo X, der seinen eigenen, *age*-veränderten Hautzellen entstammte, zwei bis drei Wochen Zeit geben, sich zu entwickeln. Anschließend würde Victor sämtliche Gewebe sauber in histologischen Schnitten untersuchen. Nur so konnte er zeigen, dass das sensible Zusammenspiel der Gene tatsächlich verlief, wie von ihm vorhergesagt. Er würde beweisen, dass seine Theorie der Komplexität der Natur gewachsen war, dass er jeden einzelnen der vielen variablen Parameter richtig kalkuliert hatte! Allerdings musste dafür Marleen Joengsen mitspielen.

Victor versuchte, den fest verschließbaren Deckel auf das undurchsichtig beigegraue Plastik zu schrauben. Er fiel ihm durch die behandschuhten Finger auf das Bodenblech der Sterilwerkbank. Die Anspannung machte seine Hände noch ungelenker. Er nahm einen frischen, sterilen Schraubdeckel, drehte ihn, dass die Gewindeseite zwischen Zeigefinger und Daumen hervorlugte, und bewegte ihn langsam auf das Röhrchen zu. Er hatte nur diese Chance, musste weitermachen, musste den Versuch durchführen. Jetzt. Er musste zeigen, dass er recht hatte. Die Banalität des Alterns wurde einem Leben wie seinem einfach nicht gerecht. Er würde die Menschheit auf eine höhere Stufe führen, würde den evolutionären Sprung schaffen. Das rechtfertigte im Extremfall jede Maßnahme. Trotz des leichten Zitterns seiner Finger gelang es Victor, den Deckel auf das Röhrchen zu schrauben. Kaum saß der Deckel fest, stieg eine ungeheure Wut in ihm auf. Sein Körper krümmte sich unter der Macht des Zornes, er presste die Kiefer so hart aufeinander, dass die Wangenmuskeln schmerzten, sein Gesichtsfeld verengte sich zu einem Tunnel. Victor zog seine Hände aus dem Inneren der Sterilwerkbank und klammerte sich an deren Außenkante. Er atmete heftig und lehnte den Kopf an die Plastikscheibe der Werkbank. Nie würde er von seinem Weg des Erfolgs abweichen, niemals sein Ziel aufgeben. Ihn würde niemand vernichten!

Langsam und mit wackeligen Knien erhob er sich und wechselte in sein Büro. Er zog die verdeckte Schreibtischschublade auf. Dort lag das Resultat seines gestrigen heimlichen Frühmorgenausflugs. Über die Organisation hatte er sich zwei neue Pässe besorgt. Mit ihnen wurde aus Stella Bartholdy eine gewisse Elisabeth Kaltenbach, Ehefrau von ihm, Werner Kaltenbach. Irgendwie würde er ihr das erklären müssen. Die Pässe waren als reine Sicherheitsmaßnahme gedacht, falls es dem Scheich einfallen sollte, Victor nicht mit einem Koffer voller Laborröhrchen ausreisen zu lassen. Er hatte nicht damit gerechnet, dass der Geheimdienst auf sein kurzzeitiges Verschwinden umgehend mit einer wütenden Drohgebärde gegen Stella reagieren würde. Er steckte die Pässe mit feuchten Händen in die Innentasche seiner Jacke. Plötzlich meldete sich sein Darm so dringlich, dass er sich beeilen musste. Aus der Kloschüssel stieg ihm der Geruch von Angst entgegen.

Victor ging in sein Labor zurück. Das dumpfe Brummen, mit dem der Motor der Sterilwerkbank Umluft im Inneren durch einen Keimfilter saugte, hatte eine beruhigende Wirkung auf ihn. Er griff nach dem kleinen Plastikröhrchen mit Embryo X, dem Kontrollversuch. Er steckte das Röhrchen in die Jackentasche zu den Pässen. Wie praktisch es doch für den unauffälligen Transport eines Röhrchens war, dass in diesem Land die Außentemperatur nahezu der physiologischen Innentemperatur entsprach.

Victor lag versteckt auf dem Rücksitz von Pauls Auto, bis sie in sicherer Entfernung von dem vor dem Institut postierten Geheimdienstwagen waren. Paul fuhr ihn quer durch die Stadt, würde dann auf ihn warten und ihn wieder zurückbringen, damit er im Anschluss an diese kleine Exkursion das Gebäude offiziell mit seinem eigenen Wagen verlassen konnte.

Fatma öffnete Victor, führte ihn stumm in den Behandlungsraum und schloss leise hinter ihm die Tür. Marleen stand auf halbem Weg zwischen Schreibtisch und Patientenliege und hatte die Arme in die Hüften gestemmt.

Er ging als Erstes zum Wärmeschrank und stellte das Röhrchen hinein. »Diesmal bringe ich dir eine Eizelle zum Einspülen zurück.«

»Dann hättest du sie mir ja auch gleich dalassen können …«

»Eine transformierte Eizelle!«

»Oh … das ist aber heikel …«

Victor wandte sich ihr zu. »Aber notwendig! Ich habe erfahren, dass embryonale Stammzellen zu Teratomen führen können. Mit dieser Ungewissheit kann und werde ich keine Therapie beginnen.« Er merkte, dass er mit jedem

Wort lauter geworden war, und dämpfte seine Stimme wieder. »Was wir unbedingt brauchen, ist ein Kontrollversuch. Ich muss den Beweis haben, dass bei meiner Methode die Entwicklung normal verläuft und es keine verheerenden Nebenwirkungen gibt, sondern nur die erwünschten Wirkungen.«

»Und wie willst du das beweisen? Es hat doch noch nie jemand ein solches Experiment gemacht, es gibt gar keine Erfahrungen.«

»Eben! Deshalb muss ich absolut sicher sein können, dass keine Gefahr besteht. Genetisch veränderte Stammzellen sollen ohne jedes Risiko alte und kranke Körperzellen ersetzen.«

»Was erwartest du von mir?«

Er bewegte sich langsam auf sie zu, atmete tief, entspannte die Wangenmuskeln. Wie immer, wenn er kam, trug Marleen einen frisch gestärkten Kittel, der mit Druckknöpfen bis oben hin verschlossen war. Er griff nach dem Kittel und öffnete die gesamte Reihe Knöpfe mit einer einzigen, ruckartigen Bewegung. Wie stets trug Marleen unter dem Kittel nichts.

»Wir müssen einen Kontrollversuch machen«, wiederholte er und nahm mit einem leicht übersättigten Gefühl ihre Brüste in seine Hände.

Marleen gab ein leises Seufzen von sich. »Du kannst nicht zu viel von mir verlangen.« Ihre Hände glitten über seine Brust und seinen Bauch abwärts.

Ihre Gesichter waren nah beieinander. »Es ist ein Kontrollversuch nur unter uns, ich werde das Ergebnis weder aufzeichnen noch irgendwo erwähnen. Meiner Meinung nach haben wir andere Versuchsbedingungen, weshalb die Teratome bei uns nicht entstehen sollten. Aber eine Meinung reicht nicht – ich muss wirklich sicher sein, ehe ich die Behandlung eines Menschen mit embryonalen Stammzellen beginne!«

»Ich muss meiner ärztlichen Verantwortung gerecht werden …«, sagte sie und öffnete den Gürtel seiner Hose.

»Natürlich! Du musst an die unzähligen Menschen mit schweren Leiden denken, die wir bald heilen können, indem wir ihre defekten Zellen durch junge, gesunde ersetzen. Das hier ist doch erst der Beginn einer gigantischen, Heil bringenden Entwicklung.«

»Ich will ja nur wissen …«, sagte sie gepresst, ihr Atem ging schnell, »… was meine Aufgabe ist.« Sie zog den Reißverschluss seiner Hose auf.

»Wir müssen einen Abort induzieren und dann das Gewebe des Fötus untersuchen.« Er beugte sich hinunter und wollte eine ihrer Brustwarzen lecken.

Aber Marleen wich einen Schritt zurück. »Weiß sie das?«

Victor zog Marleen erneut zu sich heran. Sie bog ihren Oberkörper nach hinten.

»Noch nicht, aber ich sage es ihr gleich danach. Marleen, wir betreiben wichtigste medizinische Forschung, eine Forschung, die heilen wird … und verjüngen! Wenn ich zeigen kann, dass die Methode steht, geht es sofort mit der Warteliste weiter – da stehst du ziemlich weit oben …«

Ihr Körper wurde wieder weicher. »Na ja, es ist eine besondere Situation …«

»Eine Ausnahmesituation!«

»… und man muss auch in die Überlegungen einbeziehen, dass bei In-vitro-Fertilisationen weltweit viel mehr Eizellen künstlich befruchtet werden, als man den behandelten Frauen einsetzen kann. Das heißt, Hunderttausende von lebensfähigen, schlicht überzähligen Embryonen werden einfach weggeworfen …«

»Eine völlig willkürliche Definition von Leben.«

»Auch eine Spirale tötet einen Embryo bis zu Tag 14. Und legal bis zum dritten Monat abgetriebene Föten werden heutzutage problemlos zu Stammzellen für Parkinsonkranke verarbeitet …«

»Wir dagegen wollen kein Leben gefährden, wir nutzen alles gewinnbringend für die Forschung.«

»Was soll ich machen?«

Er umfasste ihren Hintern. »Du spülst heute noch ein! Dann packst du sofort deine Sachen und verschwindest von hier. Wir machen in zwei Wochen in Valencia weiter. Ich kenne dort einen Kollegen, der uns aufnehmen wird, wenn ich ihm sage, was ich mitbringe. Er hat ein Forschungslabor und eine angeschlossene IVF-Klinik, und Spanien ist sehr liberal und fortschrittlich in diesen Dingen. Ich spreche heute noch mit ihm.«

»Wann kommst du nach?« Sie fuhr mit einer Hand in seine Unterhose.

»Morgen ernte ich die embryonalen Stammzellen, und dann nichts wie weg hier. Wenn Stella kommt, spülst du ein! Wir dürfen keine Zeit verlieren! Es muss gelingen!«

»Das wird es», sagte Marleen, und ihre Stimme rutschte ab, als er sein Knie zwischen ihre Beine schob, »ganz bestimmt …«

13

Kein fremder Wagen stand vor dem Haus, dennoch entschied Stella, mit zwei Autos auf getrennten Wegen zu dem Internetcafé zu fahren. Sie überließ Chris den Chrysler und beschrieb ihr den direkten Weg, während sie selbst sich in den Toyota setzte und einen Umweg nahm. Offenbar folgte ihr niemand. So dilettantisch und lächerlich diese Maßnahmen auch sein mochten, gaben sie ihr doch das erträgliche Gefühl, aktiv und kontrolliert vorzugehen, statt nur hilflos und ausgeliefert zu sein.

Chris hatte bereits einen Rechnerplatz belegt.

Sie setzte sich neben sie. »Wonach suchen wir?« Ihre Schwester hatte ihr zu Hause nur etwas von einem E-Mail-Check zugeflüstert, und Stella hatte daraufhin auf der anonymen PC-Kennung eines Internetcafés bestanden.

»Als Administrator habe ich auf Victors Laptop ein kleines Programm installiert, das von jeder E-Mail, die bei ihm eingeht, eine Kopie an meinen Account weiterleitet.«

Stella bemerkte die Aufforderung im Blick ihrer Schwester. »Sieht Victor das nicht?«

»Nein, das ist keine gewöhnliche Weiterleitung«, Chris konnte den Stolz in ihrer Stimme nicht verbergen, »das ist *spyware*, ein Überwachungsprogramm.«

»Ist das dein Ernst? Woher hast du denn so was?«

»Von einem russischen Forum, da gibt's massenhaft SMTP-Schadprogramme.«

»Und wofür brauchst du solche Programme? Ich meine, normalerweise. Das ist doch gefährlich wie eine Waffe und außerdem verboten.«

Chris grinste. »Man *braucht* kein Programm, man *hat* es. Nur deshalb habe ich mein Notebook dabei; ich dachte, bei euch gibt's vielleicht etwas Interessantes, das ich kopieren kann …«

Der mitleidige Seitenblick, den Chris ihr zuwarf, machte Stella deutlich, wie weit sie davon entfernt war, auch nur zu ahnen, was »etwas Interessantes« sein könnte. Sie kam sich alt und tantig vor, ihre mahnenden Worte schienen einer anderen Zeit zu entstammen, einer Dinosaurierzeit.

»Der absolute Hit ist natürlich«, sagte Chris mit einem Aber-das-verstehst-du-sowieso-nicht-Ausdruck, »dass ich zudem noch seinen Virenscan inaktiviert habe.«

»Sehr gut«, murmelte Stella, um nicht zuzugeben, dass sie die Aktion ihrer Schwester tatsächlich nicht verständig zu würdigen wusste.

Chris hatte ihre Eingaben beendet und klickte die erste an Victor adressierte Mail dieses Tages an. Es war eine Anfrage eines Studenten auf der Suche nach einem Laborplatz für seine Doktorarbeit. Die nächste Mail kam von einer amerikanischen Uni und bat Victor um den Eröffnungsvortrag für einen internationalen Kongress. Bei der letzten Mail, die ohne Anrede war, beugte Stella sich weit zu Chris hinüber:

> Du hast mit schlechtem Material gearbeitet und deine persönlichen Ziele verfolgt.
> Übergib die 1+-Zellen an Helma, sie wird heute Abend ausreisen.
> Ich bin über jeden Schritt informiert!
> H. M.

»Helma!« Der Name fühlte sich in Stellas Mund an wie faules Obst.

»Absenderadresse ist HM1+@gmail.com«, Chris deutete auf den Monitor, »der Mailservice von Google, keine weitere Länderzuordnung möglich. Ich drucke uns die Mail am besten aus.«

Stella lief zum Drucker und zog das herauskommende Papier sofort an sich. »Hast du wirklich Victors Daten?«

Chris klopfte auf ihren Rucksack. »Alles auf meinem Notebook.«

Sie verließen das Internetcafé, und Stella führte sie in ein benachbartes Bistro. Sie bat Chris, erneut Victors Dateien zu durchstöbern, diesmal jedoch mit gezielten Anweisungen.

»Okay, ich durchsuche sein Laufwerk nach ›Helma‹.« Chris gab den Arbeitsauftrag ein.

Ergebnisse: 0 Dateien gefunden

»Und was ist mit ›H. M.‹?«, fragte Stella.

Ergebnisse: 1 Dateien gefunden

Pfad: C:\Dokumente und Einstellungen\Data\TH.pdf

Mit einem Doppelklick öffnete Chris das Dokument.

MANIFEST

Ein neues Zeitalter beginnt. Die biologische Konstitution des Menschen wird nicht länger als unveränderlich hingenommen. Programmierer, Neurowissenschaftler, Nanotechnologen und vor allem Bioforscher überwinden biologische Grenzen und leiten eine optimierte Zukunft ein. Von jeher strebt der Mensch nach Verbesserung. Heute stehen wir an der Schwelle zur radikalen Umgestaltung der menschlichen Art.
Die Bewegung an der Spitze dieser Evolution ist der Transhumanismus!
Unsere Organisation hat die unermesslichen Chancen erkannt. Die transhumanistische Organisation hat die Überwindung der Grenzen zum Ziel. Verschiedene Etappen sind vorrangig zu nennen:

- **Unsterblichkeit.** Höchste Priorität haben die Blockade der üblichen Alterungsvorgänge und die Verjüngung. Bald werden wir in der Lage sein, unsere Lebensspanne um ein Vielfaches zu verlängern.
- **Persönlichkeitsdoping.** Emotionale Tiefe und Erfahrungen, z. B. spiritueller Art, werden jederzeit zugänglich.
- **Kapazitätserweiterung.** Mit Chipimplantaten wird die Hirnkapazität ohne Limit erweiterbar.
- **Reanimation kryonischer Patienten.** Sobald die technischen Möglichkeiten geschaffen sind, werden alle kryonisch Suspendierten wieder erweckt.

Gegen technische Verbesserungen des Menschen sprechen keine rationalen Argumente. Religiöse Vorurteile sind inadäquat angesichts des immensen Potenzials. Der Fortschritt ist unaufhaltsam.
Die geschilderten Entwicklungen werden den Menschen grundlegend verändern. Eine neue Spezies entsteht. Jeder muss sich fragen, ob er genügend darauf vorbereitet ist.

Transhumanisten gehört die Zukunft!
H. M.

»Glaubst du, Victor ist so ein …«, Chris deutete mit dem Finger auf den Bildschirm des zwischen ihnen aufgeklappten Laptops.

»Undenkbar!«, rief Stella sofort. »Er ist offenbar in etwas Schlimmes hineingeraten! Eine Sekte? Ja, eine Sekte! Die haben herausgefunden, dass Victor genau das erforscht, was sie unbedingt haben wollen. Sie haben Helma bei ihm eingeschleust, und nun setzen sie ihn unter Druck.«

»Aber wenn er redet, klingt es exakt so, wie es hier steht«, widersprach Chris. »Victor ist bestimmt einer von denen!«

»Victor ist Wissenschaftler …« Etwas bäumte sich verzweifelt auf in Stellas Innerem. Es konnte einfach nicht sein. Wenn sie alles anhielt, was wie wild in ihr kreiselte, wenn sie sich ganz leer machte, dann mussten doch irgendwann Gedanken auftauchen, die Erklärungen waren. Ihr Blick ging an Chris vorbei. Im offenen Zeitungsregal lag die »Herald Tribune«. *»In Europe's terror fight«*, las sie, dann knickte die Seite um. Waren es Terroristen, die hinter seinen Ergebnissen her waren?

»Wissenschaftler – na und? Er kann trotzdem krumme Sachen machen. Vielleicht hat er etwas von Deutschland nach Dubai geschmuggelt«, ereiferte sich Chris, »und der Geheimdienst ist ihm auf der Spur …«

»Vollkommener Unsinn, was du dir da zusammenspinnst!« Stellas Gesicht brannte vor Hitze, während sie Stimme und Haltung in abweisende Kühle rettete.

»Oder er wollte das Jugendelixier, diese 1+-Zellen, aus Dubai rausschaffen«, fuhr ihre Schwester unbeeindruckt fort, »und das hat nicht geklappt, weil der Geheimdienst hinter ihm her ist.« Chris sprach noch schneller als sonst, ihre Worte überschlugen sich fast. »Und nun muss Helma ran, und dann wollen sie das Zeug verticken oder Regierungen damit erpressen oder …«

»Hör sofort auf mit deinen lächerlichen James-Bond-Phantasien!« Stella erschrak über ihren hässlich beißenden Tonfall. Sie wollte um Verzeihung bitten und war doch wie gelähmt. Warum verstand Chris sie denn nicht? Warum gab sie ihr keine Sekunde Zeit, horchte nicht auf Stellas Entsetzen? Warum hatte sich ihre Schwester noch nie die Mühe gemacht, sie wahrzunehmen und zu verstehen, statt sich immer nur gegen den achtjährigen Vorsprung aufzubäumen?

»Er gehört bestimmt dazu!«, beharrte Chris und nickte bekräftigend. »Ein Transhumaner!« Ihr Gesicht schien zu leuchten. »Roadster, Angestellte, Pool – das muss ja irgendwoher kommen!«

Stella fühlte sich am Abgrund stehen, mit einer Schwester im Rücken, die begierig bereit war, ihr den letzten Stoß zu geben. Ein Teil von ihr ging zu Boden und krümmte sich, der andere Teil warf einen dichten, schwarzen Vorhang über die Erbärmlichkeit und sagte mit komischer Stimme: »Du bist bloß neidisch!«

Sie sahen sich an.

Chris machte ein verblüfftes Gesicht, ihr rechter Mundwinkel zuckte.

Stella hatte das kehlige Gefühl aufsteigender Übelkeit, als wäre ihr Körper kurz davor, eine schwere Vergiftung auszuspeien. Sie atmete heftig und bekam trotzdem kaum Luft. Sie musste hier raus, sofort. »Bin spät dran für meinen Termin«, stieß sie im Aufstehen heiser hervor, »ich ruf dich an.«

Sie stürzte aus dem Lokal, lief über das Gelände zu dem überdachten Parkplatz und fand ihr Auto nicht. Unter den ungläubigen Blicken des in der Nähe postierten Hotelportiers stolperte sie ohne jede Erinnerung die Reihen entlang. Sie erschrak, als ihr Handy klingelte.

»Ich warte auf Sie!« Marleen Joengsen klang vorwurfsvoll. »Haben Sie Ihren Termin vergessen?«

Stella hatte gar nicht vorgehabt, tatsächlich zur Kontrolluntersuchung zu fahren, es war nur die erste Ausrede gewesen, die ihr in den Sinn gekommen war, um einer weiteren Kollision mit Chris auszuweichen. Aber mit der vertrauten Stimme der Ärztin im Ohr wusste sie plötzlich nicht nur, wo ihr Wagen stand, sondern auch, dass sie eine Entscheidung treffen musste. Morgen sollte eingespült werden. Doch zu viele verwirrende Fragen wanden sich in ihrem Kopf umeinander wie Schlangen. Wer war H. M.? Um welches »Material« ging es? Welche Rolle spielte Helma? Und vor allem – auf welche Weise war Victor in all das verstrickt? Gab es angesichts ihrer Situation überhaupt eine andere Möglichkeit, als diesen Zyklus abzubrechen? Waren die ganzen Qualen umsonst gewesen? Sollte sie ihre Hoffnung besser endgültig begraben? Mit dem zutiefst trostlosen Gefühl, dass sie es nur falsch machen konnte, fuhr sie zur Praxis.

Als Stella das Behandlungszimmer betrat, war Marleen Joengsen nicht anwesend. Die Arzthelferin bedeutete ihr, sich wie immer für die Untersuchung vorzubereiten. Es waren die üblichen Handgriffe, der Umkleidevorhang, die fünf Schritte zum Gynäkologenstuhl von der Hüfte bis zu den Füßen nackt, die nach vielen Wochen keine Konzentration mehr verlangten. Stattdessen überlegte sie, ob ihr künstlich aufgeblasener Hormonstatus medizinische Konsequenzen hatte, ob sie so etwas wie Gegenhormone benötigen würde, wenn sie den Zyklus nicht mit dem Einspülen beendete. Sie saß so aufrecht wie möglich auf der äußersten Kante des Stuhls, die Knie fest aneinandergepresst. Nie begab sie sich auch nur eine Sekunde früher als nötig in die Liegeposition, in der sie sich mit gespreizten Beinen hilflos vorkam wie eine Schildkröte auf dem Rücken.

Die Ärztin näherte sich mit geschäftig schnellem Schritt. Etwas in ihrem modellierten Gesicht wirkte anders als sonst. Ein verhaltener, betretener Ausdruck, den Stella nicht zu deuten wusste.

»Ich muss mit Ihnen sprechen!«, sagte Stella ernst und erhob sich.

Die Gynäkologin schaute zu dem schwenkbaren Instrumententisch und rückte eine der metallenen Gerätschaften zurecht. »Ja, gerne«, erwiderte sie und sah dabei so bestürzt aus, als habe sie inmitten des sterilen Bestecks gerade ein Insekt entdeckt. »Geht es um die Narkose? Möchten Sie dieses Mal keine?«

»Narkose? Wozu denn?«

»Na, zum Einspülen!« Marleen deutete auf die Instrumente. »Alles ist bereit.« Sie nahm eine Spritze in die Hand.

Stella stand der Ärztin vor dem Gynäkologenstuhl gegenüber. »Heute? Das kann nicht sein!«

»Der Embryo macht halt, was er will …«, Marleen lächelte etwas gezwungen, »… das wird bestimmt ein eigensinniges Kind.«

»NEIN!«

Erschrocken trat die Ärztin einen Schritt zurück.

»Unmöglich … ich kann jetzt nicht weitermachen … wir müssen den Zyklus abbrechen …« Stella merkte, dass Marleen das Schwanken in ihrer Stimme sehr wohl registrierte.

»Sie haben sicher sehr wichtige Gründe für Ihre plötzliche Verweigerung«, sagte die Gynäkologin mit leise enttäuschtem Unterton, während sie sich abwandte und zu einem silbernen Wärmeschrank ging, der in der Ecke an der Wand hing und der Stella bislang noch gar nicht aufgefallen war. Marleen kam mit einem beigen Plastikröhrchen zurück, das sie vorsichtig in einen Halter auf dem Instrumententisch setzte. »Da drin«, sie hielt eine Fingerkuppe auf den Röhrchendeckel, »ist ein Embryo. Erst einige Zellteilungen alt, aber schon der Beginn eines Menschen.« Sie sah Stella durchdringend an. »Ihr Kind wird sterben, wenn wir nicht einspülen!«

Stella war, als sei die dünne Schutzschicht ihrer Lebenswunde durchstochen worden von Marleens Worten. So bohrend scharf war der Schmerz, so hellrot wie frisches Blut, dass sie einen Moment lang glaubte, es nicht aushalten zu können, ohne zu schreien. Schon einmal hatte sie nur an sich und ihre Situation gedacht. Hatte einen Fötus sterben lassen und trug damit auch die Schuld an Benjamins Tod. Sie hob die Hände, suchte etwas, wonach sie greifen, woran sie sich festhalten konnte, aber es gab nichts in ihrer Nähe. Der Embryo hatte sein eigenes Recht zu bestehen. Sein Werden oder Vergehen lag nicht in ihrer Macht. Sie schloss die Augen und spürte, wie Marleen ihre Hände ergriff und beruhigend drückte.

»Keine Narkose«, sagte Stella. »Nur ein Schmerzmittel.«

Chris klappte das Notebook mit heftigem Schwung zu, nachdem sie weiter in Victors Dateien gestöbert hatte, ohne allerdings zusätzliche Hinweise auf Helma, H. M. oder die Transhumanisten aufzuspüren. Sie war wütend auf sich selbst, weil sie es mal wieder nicht geschafft hatte, sich gegen die typischen Maßregelungen von Stella zur Wehr zu setzen. Sie war eben nicht so eloquent wie ihre studierte, ach so erfolgreiche große Schwester. Das hieß noch lange nicht, dass sie eine Versagerin war, auch wenn sie sich gemeinerweise gerade so fühlte. Sie trommelte mit den Fingern auf den Notebookdeckel, suchte einen Rhythmus, um sich zu beruhigen. Stellas Herablassung war unfair, das würde sie ihr beweisen! Chris spielte mit dem Gedanken, zum Institut zu fahren und Victor einfach mit ihrem Wissen zu konfrontieren. Sie starrte auf die feinen, weißen Krusten, die die Kokosmilch in ihrem geleerten Glas hinterlassen hatte. Aber dann wäre Stella ihr vermutlich ewig böse. Chris hob die Augen, weil sie meinte, einen Blick auf sich zu spüren. Von einem der Nachbartische erhob sich Toni und kam auf sie zu.

»Ich wollte mich eben setzen, da habe ich dich gesehen«, begrüßte die Cake-Designerin sie strahlend. »Bist du alleine?«

»Stella muss kurz etwas erledigen ...« Chris fürchtete, dass ihr Lächeln eher verkrampft und schüchtern wirkte statt lässig und cool. Hatte sie alles verlernt?

»Und?«, fragte Toni. »Hast du dir jetzt überlegt, ob du dein Glück in Dubai suchen willst?«

»Meinst du beruflich ... oder ...?«

»Im Märchenland ist alles möglich.« Toni lehnte sich nach vorne und schob dabei eine Hand über den Tisch, bis diese direkt neben dem Kokosmilchglas von Chris lag. Sie trug einen Ring am Zeigefinger.

»Schöner Ring.« Chris berührte den Ring, nicht die Haut.

»Komm!« Toni stand auf. »Ich habe noch Zeit bis zu meinem nächsten Termin; wenn du willst, zeige ich dir etwas Schönes ...«

Chris stopfte hastig ihr Notebook in den Rucksack und folgte Toni. »Gehört das alles hier zusammen zu einer Anlage?«, wollte sie wissen, während sie durch holzgetäfelte, spitzgiebelige Säulengänge liefen, in denen die offenen Geschäfte ihre Waren auf Orientteppichen bis weit in die Gänge hinein ausgebreitet hatten.

»Ja, zum Madinat Jumeirah, das ist ein Urlaubsressort mit Hotel, Sportklub, Wellnessbereich und dieser Shopping Mall.« Toni erklärte ihr, dass die Mall einen arabischen Marktplatz nachstellte, bei dem aber aus Rücksicht auf die Touristen das Handeln verboten war.

Chris folgte Tonis Finger, der sie auf dieses und jenes Ornament hinwies. »Hast du hier einen Auftrag?«, fragte sie.

»Ja, die Tochter vom Besitzer des Orient Spirit heiratet.

Europäische und amerikanisch kitschige Hochzeitstorten werden immer beliebter. Ich gestalte alles nach Wunsch, rund, quadratisch, pyramidenförmig, in jeder Farbe, in Kolumnen übereinander, mit Federn und Blumen, was auch immer – ich liefere es. Alle Träume werden wahr. Mein schönster Auftrag waren einmal fünfzehn Torten, jede ein anderer Fisch, für das Jubiläum eines Aquariumherstellers. Wenn wir auf dieser Seite der Mall rausgehen, sind wir gleich am Strand … komm …«

Sie rannten zum Strand hinunter. Toni verhandelte kurz auf Arabisch mit einem Bootsverleiher. Er deutete auf eine Art Motorrad auf einem Surfbrett.

»Los!«, rief Toni und schwang sich breitbeinig über den Sitz, als wäre sie beim Rodeo. Sie drehte am Griff, und schon brauste sie aufs offene Meer hinaus.

Der Verleiher deutete auf ein zweites Gerät. »Jetski«, sagte er, »yours!«

Chris setzte sich auf das Geschoss und stellte erschrocken fest, dass es keine Bremse gab. »Shit!« Sie gab Gas. Sofort wirbelte der Motor Schaumberge auf, zerriss das Wasser, das wild zurückschlug. Einem Schwimmer, der hier eigentlich nicht hingehörte, konnte sie gerade noch ausweichen. Sie sah, wie Toni einen weiten Bogen ins Meer schrieb. »Jipeeh!«, schrie sie in den kreischenden Motorenlärm und gab mehr Gas. Der Wind riss an ihrem kurzen Haar. Sie flog in harten Schlägen über die Wasserkanten, in ihrem Inneren wirbelten die Wellen weiter. Toni drehte eine weitere Runde, Chris setzte ihr nach, holte sie ein. Alles war möglich, Wunder nicht ausgeschlossen.

Wieder am Strand, fielen sie sich lachend um den Hals. Chris war erhitzt, ihre ganze Haut pochte im Takt ihres Herzens. »Sag mal, ist hier eigentlich alles ganz locker? Gestern habe ich zwei Händchen haltende Inder gesehen. Oder kann man jederzeit verhaftet werden dafür?«

Toni grinste. »Das ist normal – aber nicht, was du denkst!

Inder, Jemeniten, Somalier, Araber, du kannst jede Menge Händchen haltende Männer sehen, aber Homos werden wegen Sittenwidrigkeit eingesperrt. Und jetzt zu deinem Auto, ich zeig dir noch etwas ...«

Toni dirigierte Chris zu einem Café am Creek, das aus einer riesigen Dachterrasse bestand und sehr voll war. Sie fanden einen Tisch in der Nähe der Brüstung mit herrlichem Blick auf die Glas- und Chrom-Skyline am anderen Ufer des Meeresarms.

»Und jetzt will ich wissen, was ihr bisher unternommen habt. Erzähl!«, forderte Toni.

»Na ja, noch nicht so viel.«

»Deine Schwester ist keine gute Fremdenführerin, was?«

»Ach, die muss sich um andere Sachen kümmern ...«

»Stella hat Sorgen, nicht wahr? Das habe ich ihr angesehen. Dubai kann ein schwieriges Land sein, sogar gefährlich, wenn man sich nicht gut auskennt. Man braucht unbedingt Kontakte, muss die richtigen Leute kennen ...«

»Krass! Vielleicht sollte sie dich mal fragen?«

»Das sollte sie unbedingt tun, mein Onkel sitzt in der Verwaltung; wenn es Probleme gibt, kann er fast alles richten.«

»Yes, please?«, fragte der Kellner.

»Shisha«, orderte Toni.

»Hubble bubble«, erwiderte der Kellner. »One together or one each?«

Toni entschied für sie, und schon bald stand neben ihnen beiden je eine tischhohe Wasserpfeife auf dem Boden. Toni lehnte sich in ihren Stuhl zurück, der eher ein Gartensessel war, streifte ihre Schuhe ab und legte einen nackten Fuß auf einen beschuhten Fuß von Chris. »Schon mal gemacht?« Sie deutete auf die Wasserpfeife.

Chris schüttelte den Kopf.

»Dann will ich sehen, wie du dich anstellst! Ich habe Honigmelone ausgesucht.«

Chris war keine Raucherin, weshalb ihr die Koordination von Atmen und Rauchen zunächst nicht leicht fiel. Sie biss auf dem Mundstück herum, während Toni lässig zurückgelehnt in ihrem Sessel hing, die Pfeife in einem Mundwinkel festgeklemmt, ihr Gesicht von sanft aufsteigendem Rauch umgeben. Das Honigmelonenaroma verbreitete einen herb-süßlichen Geruch.

»Du hältst die Shisha wie eine Flöte«, lachte Toni. Dann rückte sie ihren Sessel ein bisschen näher. »Ich habe meinen Onkel sowieso schon mal nach Victor und Stella gefragt. Er hat mir erzählt, dass Victor ziemlich Ärger hat.«

»Kann man so sagen, ständig fährt ein Auto hinter ihm her.«

»Das ist logisch! So macht das der Geheimdienst hier, die beschatten ihn aber nicht, sondern zeigen sich.«

»Du meinst, die wollen gesehen werden?« Chris hatte ein fruchtiges Gefühl im Mund, das sanft Zunge und Gaumen umspielte.

»Unbedingt wollen die gesehen werden – als Warnung! Victor ist in irgendetwas verwickelt …«

Chris fragte sich, ob Toni wohl in der Lage war, das Geflecht um Victor von der anderen Seite her aufzuwickeln.

Toni richtete sich auf, wobei sie ihren Fuß zu sich heranzog. »Du weißt es vielleicht nicht«, sagte sie mit gedämpfter Stimme, »aber vor Kurzem ist Dubais Herrscher, Scheich Omar Nadiem, gestorben.« Sie winkte Chris näher zu sich heran. Beide Frauen neigten sich nach vorne und senkten die Köpfe, ihre Haarspitzen berührten sich.

»Er starb sehr plötzlich und ohne, dass es zuvor Anzeichen für eine Krankheit gegeben hätte. Und er war im westlichen Ausland zu der Zeit!«

Chris wollte am liebsten ewig den zarten Strom von Tonis Honigmelonenatem auf ihrer Haut spüren. »Was hat das mit Victor zu tun?«, fragte sie flüsternd.

»Die Stimmung ist nervös seitdem. Der Tod wird insgeheim untersucht. Victor ist kurz zuvor nach Dubai gekommen, und er hatte für einen Westler ungewöhnlich direkten Zugang zu Scheich Omar Nadiem. Das macht ihn verdächtig. Ich glaube, dass er außerdem einer Vereinigung angehört, die als anti-islamisch eingestuft ist … mein Onkel hat so etwas gesagt.«

»Anti-islamisch?« Chris war wie elektrisiert. Die Geschichte um Victor nahm eine völlig neue Dimension an. Ihre Gedanken zu ihm und seinen Taten waren auf einmal nicht mehr so klar und eindeutig wie zuvor.

Tonis Unterarme lagen auf ihren Oberschenkeln, sie hatte die Handflächen dicht aneinander gelegt, sodass sie in die Richtung von Chris zeigten. Chris legte ebenfalls ihre Hände zusammen, richtete ihre Fingerkuppen an Toni aus. Ihrer beider Fingerspitzen stießen aneinander.

»Es kann aber sein«, fuhr Toni fort, »dass er unschuldig in Verdacht geraten ist. Zum Beispiel, weil er einer Organisation angehört, deren Postulate als anti-islamisch eingestuft werden, obgleich die Organisation sich selbst vielleicht gar nicht so versteht.«

»Du meinst, Victor könnte als gefährlich gelten, ohne dass er selbst etwas davon weiß?«

»Das halte ich sogar für wahrscheinlich. Es wäre allerdings eine äußerst ungünstige Situation für ihn und vor allem auch für Stella. Als seine Frau ist sie automatisch im Visier, und wenn sie nicht weiß, was vor sich geht und worauf sie achten muss, kann sie sich leicht verstricken. Das kann soweit gehen, dass sie inhaftiert wird, ohne dass sie jemanden benachrichtigen kann.«

Aufgeschreckt von dieser Vorstellung, richtete Chris sich auf und zog den Rauch tief ein. Sie musste husten, und ihr wurde schwindelig. Ihre verstockte Schwester musste unbedingt aufwachen, ehe es zu spät war. Statt weiter blind zu Victor zu halten und ihren Frust an Chris auszulassen, musste sie endlich kapieren, was wirklich los war.

»Wenn ich nur wüsste, ob meine Vermutung richtig ist, und wie diese Vereinigung heißt«, Tonis Tonfall war unruhig, ihr Gesicht hatte den angespannten Ausdruck mühsam unterdrückter Aufregung, »dann könnte ich von meinem Onkel etwas über den Stand der Ermittlungen herausbekommen. Damit lässt sich einschätzen, wie dringend es ist, euch in Sicherheit zu bringen ...«

»In Sicherheit?«

»Natürlich – raus hier, raus aus Dubai.«

Chris hatte keinen Zweifel, was zu tun war. Dies war kein Play Game, es war real, und sie brauchten Hilfe. Das würde selbst Stella einsehen müssen, wenn Toni ihre Insiderinformationen präsentierte. »Hör zu«, sie beugte sich noch weiter zu Toni, »es gibt die Transhumanisten. Stella glaubt aber nicht, dass Victor selber einer ist, sondern dass die seine Ergebnisse wollen ...«

Toni lauschte gespannt, nickte zustimmend. »Ich werde in aller Vorsicht bei meinem Onkel nachhaken, was da los ist. Aber erzähl Stella noch nichts davon, warte, bis ich mich melde! Und versprich mir, dass du mich anrufst, wenn irgendetwas passiert!« Toni zog Chris kurz so dicht zu sich heran, dass ihre Lippen sich fast berührten.

Stella wälzte sich auf der Liege von einer Seite auf die andere und versuchte, das Geräusch zu vergessen, das von innen her an ihr Ohr gedrungen war. Das Kratzen beim Einführen des Schlauches hatte schlimme Erinnerungen geweckt. Aber es hatte sie auch in ihrer Entscheidung bestätigt, die zarte embryonale Existenz nicht zu vernichten. Auch wenn sie sich im Moment nicht vorstellen konnte, wie ihr eigenes Leben weitergehen sollte. Sie erhob sich vor der Zeit. In diesem Ruheraum hielt sie es einfach nicht mehr aus. Im Gegensatz zu sonst war ihr Kreislauf stabil, hatte keine Narkose abzuschütteln. Dennoch ging sie langsam, tastete sich geradezu aus der Praxis hinaus. Sollte sie direkt zu Victor fahren? Die eine Hand auf der Klinke der Praxistür, die andere zum Gruß an die Arzthelferin erhoben, streifte ihr Blick das leere Wartezimmer. Das Erschrecken vor einer ungeheuerlichen Ahnung durchschüttelte sie wie ein Beben, und sie konnte ein leises Aufstöhnen nicht zurückhalten. Die Arzthelferin wollte zu ihr eilen, doch Stella winkte ab, hatte ihre Balance bereits wieder gefunden. Rasch verließ sie das Gebäude, lief die Straße hinunter. Sie war in der kühlen Praxis noch nie einer anderen Patientin begegnet. Stets hatte sie die exklusive Privatbehandlung und eine gute Terminplanung vorausgesetzt, doch heute war sie weit außerhalb jedes Terminrahmens eingetroffen. Sie wusste sofort, wer ihr Gewissheit verschaffen konnte. Stella rief Annett Lugmayr an und nannte eine Summe. Annett Lugmayr versprach, die gewünschte Information umgehend zu besorgen. Im Schatten einer Palme am Straßenrand wartete sie auf Annett Lugmayrs Rückruf.

»Dr. Marleen Joengsen war als Gynäkologin in Amsterdam niedergelassen«, meldete sich die Finanzfrau geraume Zeit später, »und vor allem bekannt für In-vitro-Fertilisation. Sie kam zeitgleich mit Victor Degan hier an. Eine ärztliche Zulassung in Dubai kann ich auf den Namen Joengsen nicht finden, weder beantragt noch erteilt. Die Praxisräume wurden, kurz bevor Dr. Joengsen kam, gegen eine hohe Ablösesumme verkauft an eine Gesellschaft, die aber nur eine Briefkastenfirma ist. Wer dahintersteckt, konnte ich noch nicht herausbekommen.«

Stella fühlte sich leer und von allen verlassen. Noch während sie mit Annett Lugmayr telefoniert hatte, hatte ihr Handy durch einen Klopfton einen weiteren Anruf angezeigt. Die Liste wies ihre Schwester als Anruferin aus. Stella hatte sich noch nie so sehr nach Chris gesehnt, wie genau in diesem Moment. »Bitte komm zur Praxis«, rief sie, kaum dass Chris ihren Rückruf angenommen hatte. »Ich brauche dich!«

Sie näherten sich der Praxistür vorsichtig, Chris schlüpfte unter der Kamera hindurch, Stella lief frontal auf die Klingel zu. Die Ärztin öffnete persönlich, und Stella schob schnell einen Fuß in die Tür. Von links drängte sogleich Chris hinein.

»Was soll das?« Marleen wich zurück.

Stella blickte den Flur hinunter zum Behandlungszimmer. Alle Türen standen offen, die Arzthelferin war nirgends zu sehen. Die Praxis machte einen verlassenen Eindruck.

»Ich habe ein interessantes Telefonat geführt«, sagte Stella. »Kurz bevor ich in Dubai eintraf, sind Sie aus Holland hergekommen und haben bis heute keine Zulassung!«

Marleen warf rasche Blicke um sich, als suche sie nach einem Fluchtweg. »Wussten Sie nicht, dass mich Professor Degan geholt hat? Er wollte eben eine IVF-Spezialistin, und in Dubai gibt es keine. Meine ärztliche Kompetenz ist unbestritten.«

»Warum haben Sie heute schon eingespült? Etwa, damit Sie schneller abreisen können?« Stella hielt drohend ihr Handy hoch. »Jemand wartet auf meinen Anruf, ein kleiner Hinweis genügt – soll sehr unangenehm sein, der Strafvollzug in Dubai.«

»Was wollen Sie von mir? Ich habe das doch nur für Sie und Professor Degan getan.«

»Na, ein bisschen Geld wird wohl auch im Spiel gewesen sein. Aber das interessiert mich nicht. Ich will wissen, was in dem Küchenmaschinen-Karton war, den Victor am Tag der Absaugung von hier fortgetragen hat.«

Als sie es aussprach, wusste sie es.

Die Augen der Gynäkologin glänzten feucht. »Ich habe Professor Degan vertraut, er ist ein ausgewiesener Wissenschaftler«, jammerte sie, »er hat die Methodenkompetenz ... glauben Sie mir, ich bin eine seriöse Ärztin, ich will nur das Beste für Sie.«

»Meine Eizellen waren es, stimmt's?«

Marleen schwieg und knetete ihre Hände.

»Hat Victor die ICSI gemacht? Wie haben Sie nachgeprüft, ob alles in Ordnung war?«

»Ich kann nichts dazu sagen, ich weiß gar nichts. Professor Degan hat die Verantwortung, ich habe immer nur getan, was er wollte, er hat behauptet, alles sei abgesprochen, er hat die Order zum Einspülen für heute gegeben. Bitte, lassen Sie mich gehen …« Ihre Stimme war mit jedem Wort nasaler und dünner geworden, versiegte schließlich in Atemlosigkeit.

Marleen machte einen Schritt seitwärts zum Behandlungszimmer hin, dann noch einen und tastete sich, da sie nicht gehindert wurde, zur Tür vor, hinter der sie eine Tasche hervorzog, die sie sich umhängte. So stand sie da und schielte zum Ausgang, vor dem sich Chris aufgebaut hatte.

Stella fragte sich, woher Victor die Frauenärztin kannte, wenn er sie tatsächlich selbst aus Holland geholt hatte.

»Wie lange kennen Sie Victor schon?«, fragte sie. Eigentlich hatte sie »wie gut« sagen wollen.

Marleen kaute auf ihrer Unterlippe. Sie sah Stella mit schuldbewusstem, um Vergebung bittendem Blick an.

Stella kam sich vor wie ein Versuchstier, das in einem Labyrinth umherrennt, immer nur den nächsten Gang, die nächste Sackgasse vor Augen. Sie beendete das Verhör mit einer abfälligen Handbewegung, lief zur Toilette und übergab sich so oft, dass ihre Speiseröhre vor Magensäure zur brennenden Wunde wurde. Auf dem Weg nach draußen bat sie Chris um das Prepaid-Handy.

»Victor«, sagte sie mit so wenig Zittern in der Stimme wie möglich, »ich muss dich sehen! Sofort!«

14

Victor war besorgt über Stellas Anruf. Sie hatte gequält geklungen, dabei hatte Marleen ihm doch kurz zuvor versichert, dass alles gut verlaufen war. Er ging zu seinem Wagen in der Institutsgarage. Wenn der Verkehr nicht gerade kollabierte, konnte er in zehn Minuten bei sich zu Hause sein. Er hatte es vorgezogen, Stella dorthin zu bestellen anstatt ins Institut, sonst wollte sie womöglich wieder mit Helma oder Paul sprechen.

Als Victor die Tiefgaragenausfahrt hochfuhr, musste er kurz vor Erreichen des Tageslichts scharf bremsen. Ein weißer BMW stand quer vor der Ausfahrt. In dem Auto war niemand zu sehen. Victor zog die Handbremse an und stieg aus. Als er den BMW erreicht hatte, entdeckte er seitlich vor dem Institut stehend einen Jeep.

Zwei Polizisten in khakifarbenen Uniformen kamen auf ihn zu. »Professor Degan? Folgen Sie uns bitte mit Ihrem Wagen!«

»Warum?«

»Scheich Bashir bittet darum.«

»Wohin?«

»Sie haben eine private Audienz beim Ibn al-Quadir, Sufi-Gelehrter und Weiser des Tasawwuf.«

Der weiße BMW rollte langsam beiseite und gab die Ausfahrt frei. Victor hatte nicht gesehen, dass die Sicherheitsleute eingestiegen waren. Er überlegte, welche Möglichkeiten er hatte, und kam schnell zu dem Schluss, dass ihm nichts anderes übrig blieb, als dem Jeep zu folgen. Eine Zuwiderhandlung konnte er jetzt nicht riskieren. Widerwillig fuhr er hinter dem Jeep her, steuerte seinen Wagen an den äußersten Rand der Stadt und noch darüber hinaus auf einer zwar angelegten, aber offensichtlich kaum genutzten Straße. Der Sand quoll über die Ränder des Asphalts, als wäre die Wüste dabei, sich die Zivilisation wieder einzuverleiben. Außer ihrer Zweierkolonne war kein Auto zu sehen. Er dachte an Stella und den Kontrollversuch und dass er die Audienz so knapp wie möglich halten würde. Sie stoppten weitab von Dubai-Stadt vor einer einsamen kleinen Hütte. Als er ausstieg, trieb ihm der Wind, der hier ohne Hindernisse umherwirbelte, körnige Sandpartikel in die Augen. Die Tür der Hütte bestand aus einem schweren Vorhang, den Victor zur Seite schob. Er zog den Kopf ein, bis er merkte, dass er trotz der niedrigen Decke bequem aufrecht stehen konnte. Als er die Sonnenbrille absetzte, konnte er auch gut sehen in dem von bunten Tüchern gedämpften Licht, das durch ein schmales Fenster drang. Er war irritiert, weil eine Art Glockenton in der Luft schwang und ein durchdringender Räucherstäbchengeruch ihn belästigte. Auf einem Stein saß reglos und ohne ihn zu beachten ein dürres Männlein, ganz in weiß gewandet und mit schlohweißem Vollbart.

»Ehrwürdiger Ibn al-Quadir, ich komme, weil der Scheich mich zu dir gesandt hat. Weißt du, wer ich bin?«

»Weißt du es?«

»Ich bin Victor Degan.«

»Das ist dein Name. Du bist ein Suchender. Setz dich, mein Sohn.« Der alte Mann deutete auf ein Kissen am Boden.

Victor zögerte. Was sollte er hier? Offenbar handelte es sich bei dem Hokuspokus um eine Art Prüfung. Er setzte sich auf das Kissen.

»Welches dein Weg ist, wirst du mir durch diese Karten weisen.« Der Ibn gab ihm einen Packen Karten, die er mischen und mit der Rückseite nach oben vor sich auffächern musste.

»Schließe deine Augen, mein Sohn, und halte deine linke Hand über die Karten. Ich werde dir eine Frage stellen. Lass dein Herz antworten, und mit der Antwort in deinem Herzen ziehst du eine Karte und reichst sie mir.«

Victor senkte die Lider, was ihn sofort nervös machte. Er spürte seine am Gaumen klebende Zunge, seinen angespannten Nacken, spürte schmerzhaft deutlich jede Faser, die von der tönenden heißen Luft in Schwingung versetzt wurde.

»Wer hat dich in deinem Leben am meisten geliebt?«

Er hörte den Ibn wie aus weiter Ferne. Dann kam die Stimme näher, als würde er die kleine, magere Gestalt heranzoomen, nur dass sie jetzt viel jünger war und bartlos. Er musste ihn um jeden Preis erreichen, den *Lichtkegel der Zukunft*. Unerwartet und überdeutlich stand die Werkstatt vor ihm in jenem winzigen Schuppen, der Victor als Kind riesig erschienen war. Und sein Vater mit der unweigerlichen Schnapsflasche. Sein Vater, der eine Theorie über kosmische Strahlung, Körperbau und Persönlichkeit hatte, für deren Beweis er Daten sammeln musste. Victor verbrachte Stunden mit einem vom Vater konstruierten Elektrodenhelm, dem Isotrop, auf dem Kopf oder saß bei unterschiedlichen Tages- und Wetterzuständen in einem mit Drähten umwickelten Kasten, dem Omega-Kollektor. Da der Vater Zeit anhand von Denkgeschwindigkeit maß, musste Victor dabei schon früh Rechenaufgaben lösen, während der Kosmograf die himmlischen Energieströme aufzeichnete und der Vater stoisch, als erfülle er einen Auftrag, die Flasche leerte.

»Die Karte.«

Victor zog eine Karte und öffnete die Augen. Die Karte lag nun mit der Rückseite nach oben vor ihm. »Und?«

»Ich danke dir für dein Kommen, mein Sohn.«

»Willst du nicht aufdecken und mir deine Interpretation geben?«

»Ich bin nicht befugt, dir die Karte zu deuten, aber ich kann dein Verlangen verstehen.« Ibn al-Quadir lehnte sich nach vorne, wobei sich nur sein Oberkörper beugte, als säße er frei drehbar auf einem Kugelgelenk, während der Unterkörper fest fixiert im Yogasitz verharrte. Er wendete die Karte.

Die Karte war im Untergrund schwarz mit dunkelgrauen Schattierungen, die zum Teil reliefartige Strukturen aufwarfen. In der Mitte befanden sich drei hellgraue Zeichen, die an arabische Buchstaben erinnerten, welche allerdings kalligrafisch verändert, vergrößert und zu einem künstlerischen Ausdruck verfremdet waren.

»Diese Karte zeigt deine Vergangenheit und deine Gegenwart und weist damit in deine Zukunft.« Er deutete auf das unterste der Zeichen. »Zuerst war die Vernichtung, darauf folgte die Angst vor der Vernichtung und dann«, der Ibn war beim obersten Zeichen angekommen, »die Angst vor der Angst.«

Victor schüttelt leicht den Kopf, um zu zeigen, dass das Unsinn war. Die Stimme des Ibn kam ihm hundert Jahre alt vor. Ihm war nicht gut, die Dämpfe der ätherischen Öle, die er inzwischen kaum noch wahrnehmen konnte, entfalteten vermutlich eine betäubende Wirkung. »Meine Zukunft gründet sich auf meiner Arbeit, ich schaffe mir die Zukunft selbst. Ich habe keine Angst vor dem Tod!«

»Deine Aufmerksamkeit ist bei den Dingen, mein Sohn. Vergiss nicht, dass du von der Welt der Illusionen zu einer Welt der Wirklichkeit reist. Fürchte dich nicht, deine Existenz zu opfern … du bist unsterblich.«

Victor wischte sich über den Arm, als säße dort ein Insekt. Er stand auf, was ihm schwer fiel, weil es seinen Gelenken nicht gut bekam, am Boden zu hocken. Förmlich verneigte er sich und verließ die Hütte.

Draußen musste er blinzeln gegen das gleißende Licht. Und weil er nicht fassen konnte, was er sah. Sein Roadster war verschwunden, stattdessen stand ein weißer BMW im Staub. Die beiden Khakimänner führten ihn unmissverständlich zu dem BMW mit getönten Scheiben, und einer von ihnen öffnete die rückwärtige Tür. Victor stieg ein, der Polizist schloss die Tür von außen und blieb neben dem Auto stehen. Victor saß in der Stille des Wagens, neben ihm ein bärtiger Araber in traditioneller Dischdascha.

»Victor Degan, wir geben Ihnen zwei Stunden, unser Land zu verlassen.«

»Das kann nicht sein! Was wollen Sie von mir? Was wird mir vorgeworfen?«

»Ende Dezember waren Sie bei seiner Hoheit Scheich Omar Nadiem, seine Hoheit hat Sie empfangen. Alleine! Seine Hoheit war sicher, dass Sie ihm etwas geben, was ihn jünger macht. Sie …«, die dunklen Augen musterten ihn unbarmherzig, »… haben eine transhumane Organisation in Australien. Seine Hoheit Scheich Omar Nadiem fliegt kurz nach dem Gespräch nach Australien – und stirbt dort überraschend unter bis heute ungeklärten Umständen.«

»Ich habe nichts damit zu tun, glauben Sie mir, das Experiment ist noch nicht so weit, es gibt nichts, was ich dem Scheich hätte geben können. Scheich Omar Nadiem hat mich als Wissenschaftler hierher geholt. Ich habe ihn verehrt! Was in Australien passiert ist, weiß ich nicht, aber es hat nichts mit der Organisation zu tun …«

»Haben Sie Beweise, dass Seine Hoheit kein Mittel zur Verjüngung bekommen hat?«

»Haben *Sie* etwa Beweise, dass es so war?«

»Könnten wir das nachweisen, würden wir sicher nicht so freundlich mit Ihnen umgehen!«

Victor schüttelte den Kopf. Ein Missverständnis.

Der Araber schüttelte ebenfalls den Kopf. Kein Missverständnis. »Sie sind der anti-islamischen Konspiration verdächtigt. Sie verlassen das Land, oder wir werden dieses Problem anderweitig lösen.«

»Transhumanismus ist nicht anti-islamisch! Wer sind Sie überhaupt? Weisen Sie sich gefälligst aus!«

»Was anti-islamisch ist«, sagte der Araber ungerührt, »bestimmen wir.«

»Der Scheich«, sagte Victor, »Scheich Bashir, ich muss ihn sprechen!«

»Ihre Zeit läuft, Sie vergeuden sie nur. Sie sind hier an der Staatsgrenze, die Wüste steht Ihnen offen. Wenn Sie aber nach Dubai zurückkehren, ist das ein Akt bewusster Zuwiderhandlung gegen die Staatsmacht. Wir werden dann entsprechend reagieren.«

Victor glaubte, etwas in ihm müsse zerspringen, müsse jeden Augenblick platzen wie eine Bombe, in deren Detonation und aufwirbelndem Staub er sich einfach umdrehen und weglaufen konnte wie aus einem Albtraum.

Der Araber klopfte an die Scheibe, und der Polizist riss die Tür auf. Er machte den Eindruck, als ob er Victor aus dem Wagen zerren wollte. Victor zog es vor, freiwillig auszusteigen. Und war entsetzt, als beide Polizisten sich auf ihn stürzten, ihn packten und gegen das Auto warfen. Wie ein Verbrecher musste er Arme und Beine spreizen. Er hielt die Hände in die Luft, versuchte, mit den Handflächen möglichst nicht das heiße Blech zu berühren. Sie nahmen ihm sein Mobiltelefon ab, sein Geld steckten sie in die Hosentasche zurück. Dann fanden sie die beiden Kaltenbach-Pässe, die sie sich murmelnd hin und her reichten. Sie gaben alle Papiere ins Auto weiter. Gedemütigt und ohnmächtig stand Victor da. Nach einer Weile wurde sein Victor-Degan-Pass aus dem Auto zurückgegeben und ihm in die Tasche gesteckt. Die Männer rissen ihn herum, stießen ihn in den Sand. Dann sprangen sie in ihre Autos, und BMW und Jeep brausten davon. Er musste die Hände vors Gesicht halten, um sich vor den Staubschwaden zu schützen. Sofort lief er in die Hütte zurück. Sie war leer. Victor war fassungslos. Der ganze Zauber war offenbar nur ein

Manöver gewesen, damit er sich freiwillig und ohne im Institut Alarm auszulösen in die Wüste schleppen ließ. Und was war mit Stella? War sie gezwungen worden, ihn anzurufen? Um ihn besonders perfide aus dem Institut zu locken? Jeden anderen Anruf, jedes andere Signal hätte er richtig gedeutet und Maßnahmen ergriffen. So war er einfach hinausgestürmt, ohne etwas zu sichern oder zu verstecken.

Wellen rauschten durch seinen Körper und schüttelten ihn wie elektrische Schläge. Die Zellen! VD1+, HM1+, die embryonalen Stammzellen! Ohne sein Werk war er nichts. Wenn er die Zellen verlor, verlor er sein Leben.

Er lief aus der Hütte, rannte, stolperte, rannte immer weiter in Richtung Stadt, die Wüste im Rücken. Sein Blut hämmerte siedend gegen die Schädeldecke, seine Schuhe waren voller Sand und schwer wie Betonklötze. Zum ersten Mal in seinem Leben sehnte er sich nach einer expressiven Ausdrucksmöglichkeit, etwas wie Schreien. Der Schweiß lief ihm in Strömen das Gesicht hinunter und in die Augen, er war bis auf die Knochen von Schweiß durchnässt und keuchte laut durch den offenen Mund. Er lief weiter, durfte nicht aufgeben, nicht zusammenbrechen. Nach einer Ewigkeit ahnte er eine erste Weggabelung in der Ferne und sah ein Auto, das langsam suchend die Wüstenstraße entlangfuhr. Er vermutete anhand der Silhouette, dass es kein deutsches Fabrikat war, dennoch zögerte er zu winken. Der silberne Chevrolet kam trotzdem auf ihn zu. Als der Wagen vor ihm hielt, erkannte er Drew. Helmas Ziehsohn Drew!

Drew lehnte sich zur Seite und öffnete einladend die Beifahrertür. »*G'day mate!*«, warf er Victor grinsend den australischen Gruß entgegen. »Gehst du mit den Fliegen spazieren?«

Victor stieg ein. »Fahr los, schnell!« In der Eiseskälte des Wagens schien das Wasser auf seiner Haut zu gefrieren. Es schüttelte Victor, er konnte sein Zittern nicht kontrollieren. »Wie … kommst du … hierher?«

»Bin euch gefolgt, musste aber auf Abstand gehen und hab euch verloren.« In kurzen Hosen und kariertem Hemd füllte der junge Australier seinen Sitz so massig aus, dass selbst der riesige Chevrolet klein wirkte.

»Warum bist du in Dubai?«

»Als du über die Organisation zwei gefälschte Pässe geordert hast, dachte H. M., du bist in Schwierigkeiten.«

»Und warum schickt er dich?«

»Um auf dich aufzupassen – und um Helma zu helfen.«

»Das war sehr dumm! Weil du hier bist und der Geheimdienst davon erfahren hat, sind wir nun alle in Verdacht geraten.« Es war Victor egal, ob diese Theorie stimmte oder nicht. »Transhumanismus ist jetzt als anti-islamisch eingestuft.«

»Und du auch?«

»Wenn sie uns beide zusammen erwischen, wird es richtig brenzlig, der Geheimdienst wird denken, du bist der Agent einer Organisation, die den verstorbenen Scheich auf dem Gewissen hat. Und jetzt gib mir schnell dein Handy!« Victor streckte die Hand zu ihm hinüber. »Ich muss Helma erreichen.«

Drew ignorierte die Aufforderung. »Helma weiß Bescheid. Sie hat alles mitbekommen, von Anfang an, obwohl du versucht hast, das zu verhindern. Immer hat H. M. dich gefördert, und trotzdem denkst du nur an dich. Ja, Helma weiß alles! Dass du immer nur ganz wenige Eizellen eingesetzt hast, weil du die Sache extra verzögern wolltest …«

»Das ist unglaublicher Unsinn! Das Material muss hundertprozentig in Ordnung sein.«

Drew verzog den Mund. »Du hast extra langsam gemacht …«

»So etwas würde ich nie tun!« Victor bemerkte auf einmal, dass die Sonne auf Drews Seite war statt auf seiner.

Folglich mussten sie in Richtung Abu Dhabi fahren. »Halt! Du bist falsch, dreh um!«, rief er.

Drew fuhr unbeirrt weiter. »... weil du auf den Tod von H. M. wartest ...«

»Er ist für mich wie ein Vater!«

»... um selbst Chef zu werden ...«

»Sag mal ... wie steht es eigentlich um H. M.?«

Drew zuckte die Schultern, aber Victor bemerkte, dass er etwas Gas gab. Ihn beschlich ein unbehagliches Gefühl.

»Helma hat herausgefunden, dass du Paul Green immer mehr Eizellen gegeben hast als ihr«, sagte Drew. »Und zwar nur die für VD1+, das weiß ich sicher, sie hat es mir sogar gezeigt! H. M. hat dich nicht mehr interessiert!«

»Drew, du fährst verkehrt!«

»Dir kann man nicht vertrauen, du willst bloß viel Geld für ein Patent haben. Helma übernimmt heute die Zellen!«

»Drew, was ist, wenn der Geheimdienst jetzt im Institut ist? Wir müssen die Zellen retten!« Victor musterte den Hünen von der Seite. »Vielleicht ist auch Helma in Gefahr ...«

Der Wagen wurde langsamer. Drew holte sein Handy aus der Tasche und drückte eine Taste. »Helma ...?«, sagte er dünn in die Freizeichen hinein. Er ließ den Arm sinken.

Victor hatte immer stärker den Eindruck, dass Drew gar nicht wusste, was er mit der Order, die er offenbar von Helma bekommen hatte, anfangen sollte. »Kehr um, Drew, und bring uns sofort zum Institut! Du und Helma, ihr müsst so schnell wie möglich aus Dubai verschwinden.«

»Du willst uns bloß loswerden.«

»Das stimmt nicht – ihr könnt ja die Zellen für H. M. mitnehmen ...«

Drew warf ihm einen zweifelnden Blick zu, zögerte und trat erneut aufs Gas. Sie rasten schneller als zuvor, die Sanddünen flogen nur so an ihnen vorbei. Etwas an der Art, wie Drew das Lenkrad umklammerte und seine

Fingerknöchel an der schweren Hand hervorstachen, bestärkte einen Verdacht in Victor.

»Lebt H. M. noch, Drew?«

»Er ist vor zwei Stunden gestorben.«

»Warum weiß ich das nicht?«

»Hab's verboten.«

»Du? Bist du der Nachfolger?«

»Natürlich ich!«

Victor hatte auf einmal einen unsäglichen Nervenschmerz am ganzen Körper, als sei ihm seine Haut zu klein geworden. »Sicher, du bist der nächste Chef.« Die Worte quollen mühsam aus seinem Mund. »Das ist in H. M.s Sinne. Du wirst unsere Organisation in die Zukunft führen.« Schüsse drangen an sein Ohr, vermutlich vom Jebel Ali Shooting Club, doch er konnte weder Entfernung noch Richtung abschätzen, die Geräusche trugen weit in der flachen Landschaft.

»Du bist schuld, du hast H. M. verrecken lassen, statt zu helfen! Helma weiß alles, sie hat alles von dir gelernt und alles abgeschrieben ...«

»Helma ist schlau, aber sie ist bloß eine Laborantin, ich bin der Einzige, der das Experiment beenden kann.«

»Pass bloß auf, was du sagst, du ... du Mörder! Du störst nur noch!«

Victor begriff, dass es Helmas unerfüllter Ehrgeiz war, der Drew gefährlich machte. Er schaute zum Türgriff. Sich hinauszuwerfen, war sinnlos, sie waren inzwischen sicher weiter von der Stadt entfernt als zuvor.

»Drew, die Formel, die hinter meinem Experiment steckt und die nirgendwo aufgeschrieben ist, sondern nur hier drin existiert«, Victor tippte sich an den Kopf, »die ist mehr wert als alle Schätze dieser Welt. Du und ich, wir werden etwas daraus machen, wir werden ...«

Drew trat so hart auf die Bremse, dass Victor nach vorne geschleudert wurde und reflexhaft die Hände gegen die

Armaturen stemmte, was ihn vor Schmerz fast aufheulen ließ. Drew wendete den Wagen. Doch statt umzukehren, hielt er endgültig. Vor ihnen, hinter ihnen, rechts und links von ihnen nur Wüste, keine Menschenseele, nur staubiges Nichts. Drew zog den Schlüssel ab, stieg aus, umrundete das Auto und öffnete die Beifahrertür.

»Ich!«, sagte er. »Und Helma!«

Victor rührte sich nicht. »Mach jetzt keinen Fehler, Drew. Du stehst kurz vor dem Ziel, du kannst der mächtigste …«

»Der Einzige, der uns hindert, bist du!« Hinter seinem Rücken zog Drew plötzlich eine Pistole hervor und winkte ihn damit aus dem Wagen.

Victor kletterte so langsam und schwerfällig hinaus wie nur möglich. Ihm musste sofort etwas einfallen! Doch sein Hirn schien wie unter dem Druck der enormen Hitze kollabiert.

»Warte, Drew! Es gibt noch ein gravierendes Hindernis bei dem Experiment, das ihr nicht kennt«, log Victor, »es ist ein Mechanismus, der die Genveränderung tödlich werden lässt, wenn man ihn nicht ausschaltet. Auch ich habe das lange nicht gewusst, erst bei den Versuchen hier in Dubai habe ich es entdeckt. *Deshalb* sind die ersten beiden Runden misslungen!«

Drew schien überrascht und sogar beeindruckt zu sein, doch er war kein Mensch, dem flexibles Denken Gewohnheit war. Für eine veränderte Sachlage besaß er auf die Schnelle keine adäquaten Mechanismen. »Egal«, sagte er verärgert. Ein Entschluss war ein Entschluss, und sein Entschluss stand offenbar fest. »Du redest zu viel, *old bloke*! Helma hat gesagt, ich muss was machen …«

Victor hatte die Sonne im Gesicht, er hob die Hand vor die Augen, konnte Drew aber trotzdem nicht gut erkennen. Der massige Umriss kam ihm vor wie ein aufgerichteter Bär. Die Waffe passte überhaupt nicht dazu, das schien

Drew selbst zu spüren, er wirkte erschrockener, als Victor es war.

»Verschwinde!« Drew nickte mit dem Kinn in Richtung der Sanddünen.

Sie standen sich gegenüber, umgeben von einer lauten Stille. Es war eine Stille, die aus ihm selbst kam, die Victor ausfüllte und die aus ihm herausströmte, die sein Inneres mit der Stille der Wüste verband. Nie hätte er vermutet, dass es einmal so still in ihm werden würde. Es hatte keinen Sinn, sich in der Wüste aussetzen zu lassen, während entweder Helma oder der Geheimdienst sein Lebenswerk zerstörte. Er *musste* ins Institut! Jetzt! Am stechend blauen Himmel tauchte eine kleine Wolke auf, die aussah wie auf einer unschuldigen Kinderzeichnung – ein gerader Strich unten und darüber drei weiße Häufchen. Er hatte die Worte des alten Sufis im Ohr. *Fürchte dich nicht … du bist unsterblich.* Die Wolke begann, sich vor die Sonne zu schieben. Victor setzte einen Fuß unauffällig etwas nach vorne, ging ein winziges Stück in die Knie und verlagerte sein Gewicht. »Okay«, sagte er, »ich gehe …« Er stieß sich mit aller Kraft ab und sprang Drew an.

15

Als sie in Emirates Hills ankamen, blockierte ein weißer Mercedes der S-Klasse die Garagenauffahrt. Stella fragte sich, warum der arabische Geheimdienst ausgerechnet deutsche Autos fahren musste. Victors Roadster war nirgends zu sehen. Sie fröstelte trotz der Hitze, als sie auf die Eingangstür ihres Hauses zuging. Die Tür war unverschlossen. Sie und Chris bewegten sich vorsichtig und dicht beieinander durch den Eingangsbereich. Nur ihre eigenen Schritte waren zu hören. Sie erreichten die offene Wohnzimmertür. Stella wollte nicht glauben, was sie sah. Das konnte, das durfte nicht wahr sein. Auf dem hellen Sofa saß eine in traditioneller Abaya von Kopf bis Fuß schwarz gewandete Frau, lediglich ihr Gesicht war unverhüllt.

Tonis Gesicht!

Toni rührte sich nicht, nicht einmal mit einem Wimpernzucken, als wären sie durchsichtig. Erst jetzt wurde Stella der Bodyguards gewahr, die sich seitlich an der Wand postiert hatten. Neben sich hörte sie einen fisteligen Ton, sah Chris mit hilflos aufgeklapptem Unterkiefer vergeblich um Worte ringen. Unvermittelt stürmten zwei der Bodyguards auf ihre Schwester zu und drängten sie zur Tür hinaus. Die Schritte entfernten sich, und eine Tür wurde geschlossen.

Stella starrte zu dem Sofa hinüber. Sie hatte noch nie einen Menschen so gehasst wie in diesem Augenblick Toni. Sie wollte etwas tun, irgendetwas, das diese Frau vernichtete. Sie öffnete den Mund, doch statt Feuer zu speien, zitterten ihre Stimmbänder. »Du gehörst zum Geheimdienst … du miese Lügnerin, du hast dich bei mir eingeschlichen …«

»Ich muss Sie bitten, sich für eventuelle Untersuchungen in den nächsten Tagen bereitzuhalten«, sagte Toni, als wären sie sich nie zuvor begegnet. »Danach können Sie das Land vermutlich verlassen. Ihre Schwester darf jederzeit ausreisen.«

Stella ballte die Fäuste. »Wo ist Victor? Ich verlange sofort einen Anwalt! Ich will die Deutsche Botschaft sprechen!« Sie wurde lauter mit jedem Wort.

»Sie werden der Mittäterschaft bei einem anti-islamischen Komplott beschuldigt.«

»Du bist ja verrückt …« Ihre Stimme überschlug sich.

»Halten Sie sich zu unserer Verfügung.«

»Ich werde da sein, wo mein Mann ist! Ich will zu ihm!«

»Geben Sie uns Ihren Pass.«

Der dritte Bodyguard baute sich vor Stella auf. Ein kalter Tropfen rann ihre Achsel hinunter, sie bewegte sich nicht.

»Sie zwingen mich, sehr deutlich zu werden, Frau Bartholdy. Victor Degan hat das Land bereits verlassen, und Sie werden nicht ausreisen, bis wir es Ihnen erlauben – dann aber sofort. Verstehen Sie? Wenn Sie nicht mit uns kooperieren, nehmen wir uns, was wir haben wollen. Ihren Pass!«

Der Bodyguard packte sie am Arm.

»Fassen Sie mich nicht an!«, schrie sie. »Das ist ja widerlich! Der Pass ist im Arbeitszimmer.« Der Bodyguard blieb bei ihr auf ihrem Weg zum Arbeitszimmer und zurück, wobei er sich so dicht an sie drängte, dass er sie immer wieder an verschiedenen Stellen berührte. Es kostete Stella ihre ganze Kraft, sich zusammenzureißen und ihm keine Ohrfeige zu geben.

Toni erhob sich, als sie das Wohnzimmer wieder betrat. »Wir werden Ihnen mitteilen, wann Sie wo zu erscheinen haben.«

Stella wollte dieser Frau das Gesicht zerkratzen, wollte

ihr einen Makel zufügen, damit sie sich nie wieder hinter einem harmlosen Lächeln verbergen konnte. Sie legte so viel Verachtung in ihren Blick wie nur möglich.

Toni nahm ihren Blick scheinbar amüsiert auf, drehte sich wie beiläufig um und spuckte auf das Sofa. Der Bodyguard schubste Stella beiseite. Toni rauschte durch die Tür. Ihre bodenlange Abaya streifte Stellas Fuß. Stella rührte sich nicht, sondern stand einfach nur da und blickte fassungslos auf das, was noch so aussah wie ihr Wohnzimmer, aber fremd wirkte und unberührbar, wie mit einem Fluch belegt. Das helle Sofa stach heraus, diese vergessene Bühnenrequisite nach dem Auftritt der großen Schauspielerin. Chris kam zu ihr gelaufen, sie sah verstört aus und hatte den Mund geöffnet wie zu einem stummen Schrei. Stella nestelte mit klammen Fingern ihr Handy aus der Tasche und drückte die Kurzwahl für Victors Nummer.

This number is not connected.

Die nüchterne weibliche Ansagestimme befreite sie aus ihrer Betäubung. Mit aller Wucht schleuderte sie das Handy auf den Platz, an dem Toni gesessen hatte. Es prallte zurück und zersplitterte krachend auf den Fliesen. Stella lief nach oben zum Flurfenster. Es war niemand zu sehen. Sie kehrte zu Chris zurück. »Komm schnell«, rief sie ihrer Schwester zu, doch Chris hielt sie fest, umklammerte mit aufgerissenen Augen ihren Arm.

»Komm schon! Die kann mir gar nichts«, flüsterte sie ihrer Schwester beruhigend ins Ohr, »ich hab einen zweiten Pass.« Sie schnappte sich den Rucksack ihrer Schwester und zog Chris mit sich hinaus.

Das Institut lag unverändert vor ihnen, dennoch meinte Stella eine Verwandlung zu spüren. Nichts äußerlich Erkennbares, eher eine bedrückende Schwingung, wie ein Seufzen des Gebäudes selbst. Das Fingerprint-Terminal war aus der Wand geschlagen, die Eingangstür ließ sich einfach aufdrücken. Die Alarmanlage musste zentral abgeschaltet worden sein.

Chris, die immer noch still und verschreckt an ihrem Arm hing, zuckte zurück. Da erblickte auch Stella den reglosen Körper von Paul Green. Er lag lang hingestreckt mitten im Atrium. Sie ging einige Schritte weiter. »Paul?« Es kostete sie Überwindung, weiterzugehen und sich neben ihm niederzuknien. Paul lag auf dem Rücken. Sie tastete seinen Puls an der Halsschlagader. »Er ist nicht tot«, rief sie Chris zu.

Paul hatte die Augen geöffnet und starrte ins Nichts. Gelegentlich blinzelte er, ab und zu schluckte er, Atmung und Puls waren normal, er schien unverletzt, seine Haut war warm und durchblutet. Auf ihre Versuche, mit ihm zu sprechen, zeigte er jedoch keinerlei Reaktion. Er schien nicht direkt in Lebensgefahr zu sein, aber offenbar unter Schock. Es gab ein Notruftelefon, das deutlich sichtbar neben der verlassenen Portierloge hing. Stella rief einen Krankenwagen. Während sie den Standort durchgab, fragte sie sich, ob überhaupt jemand hierher kommen würde, um ihnen zu helfen.

»Lass uns weitersuchen!« Sie zog Chris zurück, die bereits wieder in Richtung Ausgang strebte. Sie wollte nicht glauben, dass Victor Dubai verlassen haben sollte.

»Hoffentlich sind die nicht mehr da«, flüsterte Chris.

Sie bewegten sich vorsichtig durch das Atrium, blickten sich fortwährend nach allen Seiten um. Der Fahrstuhl war in Normalbetrieb und stand bereit, sie stiegen ein, aber als Stella unbehaglich verfolgte, wie die Anzeige nach oben wanderte, fragte sie sich doch, ob sie nicht besser die Treppe hätten nehmen sollen. Sie kamen ohne Probleme oben an, und die Tür wich mit einem leisen Ruckeln zurück. Keine von ihnen tat einen Schritt, sie standen einfach nur da und versuchten, die Lage zu erfassen. Stella erschrak, als die Tür plötzlich wieder zuging. Sie drückte den

Öffnen-Knopf, und erneut bot sich ihr das traurige Bild der Zerstörung.

Die Türen der Büros standen weit aufgerissen, die schweren Sicherheitstüren der Labore dagegen waren automatisch in ihre Schlösser zurückgefallen. Auf den ersten Blick machte es beinahe einen harmlosen Eindruck, den Flur hinunterzuschauen, doch der Fußboden war überzogen von einer rotbräunlichen Lache, von der ein durchdringender chemischer Geruch ausging. Ein dumpfes Brummen erfüllte die Luft, in das ein ferner, spitzer Ton eindrang.

Chris stellte sich vor den Lichtkontakt der Fahrstuhltür, als sich diese wieder zu schließen begann. »Hörst du das Kreischen?«, flüsterte sie.

Stella lief los. Schon bei den ersten Schritten rutschte sie fast aus. Die Flüssigkeit, die den Boden bedeckte, stand höher, als sie vermutet hatte. Chris folgte ihr, und gemeinsam wateten sie auf Victors Labor zu. Kein Mensch war zu sehen. Sie zog die Tür auf. Obgleich in seinem Labor nicht gearbeitet worden war, waren Brutschrank, Kühlschrank und Zentrifugen sperrangelweit aufgerissen, waren Flaschen umgekippt und Gefäße zertreten. Gebannt wie von einem bösen Zauber betrachtete Stella das Inferno.

»Meine Füße!«, schrie Chris plötzlich und deutete auf ihre Stoffturnschuhe. An den Stellen, an denen sie nass geworden waren, war die Farbe verschwunden. »Das kribbelt an den Füßen! Hilfe! Was ist das für ein Zeug?«

»Besser, du gehst zurück.« Stella wies zur Notausgangsleuchte am Treppenhaus. Um eine panische Schwester konnte sie sich jetzt nicht auch noch kümmern. Zielstrebig bewegte sie sich auf das nächste Labor zu. Die Tür ließ sich nicht öffnen, sie zerrte an dem Knauf gegen einen deutlichen Widerstand. Endlich schaffte sie es mit einem Ruck. Wolken von weißem Nebel schwappten auf sie zu, als wollten sie sie verschlingen. Erschrocken ließ sie die Tür wieder zufallen. Sie hatte auf einmal ein seltsames Gefühl im

Kopf, so leicht. Sie wich ein paar Schritte zurück, wartete. Das Gefühl verschwand. Der weiße Nebel war offenbar ein Gas. Aber welches?

Kältegase!

Natürlich, das war es. Jemand hatte die Gefriertanks aufgemacht. Sie hatte noch deutlich Pauls Worte – »Alles Wichtige ist da eingefroren« – im Ohr. Das meinte Victors sämtliche biologische Proben, ohne die er nirgendwohin gehen würde.

Kohlendioxid und Stickstoff waren die Kältegase in den Tanks. Freigelassen verdrängten sie die normale Luft – man konnte daran ersticken. Trotzdem musste sie unbedingt wissen, was wirklich los war.

Stella holte tief Luft, stellte sich etwas seitlich und öffnete die Labortür mit aller Kraft ein zweites Mal. Sofort waberten weiße Nebelschwaden in den Gang. Mit angehaltenem Atem wagte sie den Blick ins Labor. Der Boden war übersät mit Scherben von zerborstenen Lösungsmittelflaschen, aufgeplatzten Röhrchen, ausgekippten Reagenzien und zertretenen Kulturschalen. Die Scherbenfracht, die in der braunen Flüssigkeit schwamm, kam ihr entgegen. Vom Fußboden stiegen Schwaden auf. Die Sicherheitskräfte hatten offenbar auch die Nachfülltanks mit Stickstoff ausgekippt. Sie verstand auf einmal, was es mit dem dumpfen Brummen auf sich hatte. Jemand hatte den in der Wand eingelassenen Abzug, der zum Hantieren mit giftigen Chemikalien diente, eingeschaltet und dabei den Frontschieber voll geöffnet. Das beabsichtigte Absaugen der Dämpfe durch den Abzug war allerdings überlagert worden von aufgetretenen Gasströmungen. Soweit sie sehen konnte, war in diesem Labor nichts mehr an seinem Platz. Sie atmete aus, ging noch einen Schritt weiter hinein und schaute sich um, ohne jedoch einen Atemschutz oder Schutzkleidung zu entdecken. Der Drang nach Luft füllte sie wie Überdruck, sie machte einen Japser. Sofort war das

Gefühl wieder da, war ihr Kopf wieder ein mit Gas gefüllter Ballon, der abheben wollte. Sie zog sich rasch zurück, ließ die Tür ins Schloss fallen. Das Gefühl in ihrem Kopf ließ nicht nach, auch im Gang gab es offenbar kaum noch Sauerstoff. Sie wusste um die größte Gefahr dieser Gase – man merkte nicht, wenn man ohnmächtig wurde. Stella trat den Rückzug in Richtung Treppenhaus an, da hörte sie ihn wieder, den hohen Klagelaut. Sie stellte sich vor, wie Helma an Victors Leichnam stand. Stella holte noch einmal tief Luft und lief auf die letzte Tür zu.

Das Erste, was sie in Helmas Labor sah, war die am Boden kauernde Gestalt, doch ihr Blick irrte in verzweifelter Suche weiter und fand die Erlösung. Sie kämpfte sich durch das Labor zu dem zertrümmerten Fensterschacht. Helma musste das dicke Fensterglas mit einem schweren Gegenstand zerschlagen haben. Die Glassplitter hingen in einem inneren Netz noch weitgehend zusammen, nur an einigen Stellen waren kleine Stücke herausgebrochen, an die sie die Lippen legen und gierig nach Luft schnappen konnte. Stellas Herz galoppierte wild und unregelmäßig. Sie wandte sich wieder dem Labor zu, auch hier hatte der Abzug seine Wirkung verfehlt. Die Gase hatten sich überall verfangen, das Kohlendioxid hing schwerer als Luft in dichten Schwaden unter Tischplatten, Stühlen, Regalböden, während der leichtere Stickstoff aufstieg und in den Ecken Wirbel bildete.

Die Deckel der drei Tanks standen offen, immer noch stieg Stickstoff aus ihnen auf. Die Tiefkühlboxen waren herausgezogen, ihr Inhalt ausgeschüttet. Die Eisreste an den Boxen schmolzen ab. Sämtliche Flaschen und Reagenzien waren von den Regalen gefegt, die Kulturschalen zertrümmert, die Röhrchen entleert, alles aufgeschraubt, ausgekippt. Inmitten der Verwüstung hockte Helma Lohse zwischen Klumpen von dampfendem Trockeneis, suchte, grub, warf beiseite und stieß ein weiteres Mal diesen spitzen Laut aus. Einen Schrei, der nicht zu ihr zu gehören schien, der losgelöst durch den Raum schwebte und eher an ein selbstvergessenes Kind beim Spiel erinnerte. Sie trug ihren Laborkittel, eine Schutzbrille und einen leichten Atemschutz. Ein Paar grobe Lederschutzhandschuhe hatte sie beiseite geworfen.

»Helma!«

An der Art, wie sie suchend den Kopf hob und hin und her wandte, erkannte Stella mit Entsetzen, dass Helma die Schutzbrille offensichtlich zu spät aufgesetzt hatte. Vermutlich hatte sie sich über die Tanks gebeugt, und der eiskalte Stickstoffnebel hatte begonnen, ihr die Augen zu zerfressen. Sie musste Helma hier rausbringen. Doch wie? Dazu brauchte man schwere, luftunabhängige Gasmasken, welche die Sicherheitskräfte der Staatsmacht gewiss besessen hatten. Sie hatten den Auftrag gehabt, Victors Arbeit zu vernichten, rückstandslos. Paul war traumatisiert im Atrium zusammengeklappt und liegen geblieben, doch Helma war zurückgekehrt. Glaubte sie, etwas retten zu können oder zu müssen, so wie Stella nun glaubte, sie retten zu können oder zu müssen?

Helma beachtete Stella schon nicht mehr, hatte sich wieder ihrer Suche zugewandt. Der Druck in Stellas Kopf stieg qualvoll an, gleichzeitig war es, als ob jemand von innen ihre Schädeldecke spaltete. Sie saugte noch einmal frische Luft durch einen Glasschlitz.

»Helma, wo ist Victor?«

Ein Wimmern war die einzige Antwort. Stella presste ihr Gesicht ein letztes Mal dicht an die Scherben des Schachts und eilte dann zu Helma. Sie wollte sie an den Händen fassen, zuckte jedoch entsetzt zurück. Die Haut von Helmas Händen und Unterarmen war eine riesige, grässliche Wunde. Alles rot und roh. An manchen Stellen war die Haut sogar abgerissen, nachdem sie offenbar an dem Trockeneis kleben geblieben war. Kaltverbrennungen, versuchte Stella möglichst logisch zu denken und die aufsteigende Panik zu unterdrücken. Sie setzte an, Helma von hinten unter die Arme zu greifen, um sie auf diese Weise hochzuziehen. Doch Helma wehrte sich, schlug um sich. Stella spürte, wie die Kälte von unten in die Hosenbeine ihrer Jeans kroch. Sprechen konnte sie nicht, um keine Luft zu verlieren. Sie hörte Sirenen, die sich rasch näherten, schon hielten sie vor dem Institut. Stella ließ von Helma ab und wollte durch das Chaos zurückwaten, doch ihre Beine gehorchten ihr nicht mehr. Ihre Knie zitterten ohne jede Kontrolle, und sie sah sich schon in der scherbigen Chemikalienbrühe liegen. In letzter Not stieß sie allen Atem aus und warf sich bäuchlings auf den Laborhocker, dessen Rollen durch den Schwung angetrieben wurden. Es knirschte und knackte unter ihr. Sie sah nicht mehr scharf, alles drehte sich.

Als ihr Bewusstsein zurückkehrte, hing sie mit dem Bauch über etwas Hartem. Chris hatte sie an den Armen gepackt und zog sie auf dem Hocker liegend den Gang hinunter. Stellas Beine schleiften unkontrolliert hinterher. Am Notausgang schaffte sie es, sich mit Chris' Hilfe wieder aufzurichten. Sie lehnte an der Wand und kämpfte mit einem erstickenden Hustenreiz. Chris wollte sie stützen, aber sie wehrte ab. »Nicht anfassen«, röchelte sie. Stella schleppte sich Schritt für Schritt die Treppe hinab, wobei ihr Körper mit jedem Meter an Spannung und Kraft gewann. Das Ballongefühl in ihrem Schädel verschwand allmählich, zurück blieb ein rasender Kopfschmerz.

Feuerwehrleute stürmten ihnen entgegen, sie trugen Sicherheitsanzüge und Gasmasken. Die Männer rannten an ihnen vorbei, einer wollte sich um sie kümmern, aber Stella schüttelte den Kopf und deutete hinauf.

»Ich hab die 999 angerufen«, sagte Chris, »als niemand von denen kam. Hab einfach behauptet, der Turm neben Media City fliegt gleich in die Luft.«

Sie hatten es beinahe geschafft, da sahen sie, dass zwei

bewaffnete Polizisten wachsam spähend die Treppe hinaufkamen. Stella begann augenblicklich, einen erneuten Hustenanfall zu simulieren. Chris verstand und setzte ebenfalls zu einem Husten an, das wie Bellen klang. Die Polizisten hielten ihre Waffen erhoben, ohne näher zu kommen. Stella würgte plötzlich vernehmbar.

»Oben«, keuchte Chris, »da oben ist es!« Sie deutete hinauf wie mit letzter Kraft.

Stella würgte, kreuzte die Arme über der Brust, kippte den Oberkörper nach vorne – und übergab sich. Sie traf gut, fast genau in die Mitte zwischen den beiden Männern, die entsetzt beiseitesprangen. Ein bittersüßer Geruch erfüllte die Luft. Die Polizisten sahen sich mit kurzem Nicken an und liefen an ihnen vorbei nach oben. Unter demonstrativem, lautem Gehuste erreichten Stella und Chris das Atrium. Sie sahen, wie Paul auf eine Trage gebettet wurde. Stumm, aufrecht und so zielstrebig, als hätten sie einen Auftrag, schritten sie an den Einsatzkräften vorbei. Draußen rannten sie zum Auto.

»Deine Schuhe!«, rief Chris.

Stellas Lederschuhe waren komplett weiß geworden. Auch ihre Jeans hatte an den Beinrändern die Farbe verloren. Sie schlüpfte aus den Schuhen, zog sich auch Hose und T-Shirt aus und ließ sich in Unterwäsche auf den Beifahrersitz fallen.

»Wohin?«, fragte Chris mit den Händen am Steuer.

»Einfach los!« Stella fuhr sich mit dem Handrücken über den Mund und merkte, dass sie an der Lippe blutete. Sie riss das Fenster weit auf und hielt das Gesicht in den Fahrtwind, als könne er ihr die Bilder aus dem Kopf pusten. Kältegase hatten die Eigenschaft, sich in der Kleidung festzusetzen – und in der Haut. Bei Reibung konnte die Haut aufgerissen werden. Genau das war bei Helma geschehen. Deshalb hatte Stella jede Berührung von Chris abgewehrt.

»Ich hab was gefunden«, sagte Chris. »Bin in Victors Büro rein, der Stahlschrank war aufgebrochen und ausgeräumt. Aber ein karierter Block lag auf dem Boden, sah leer aus, ich hab geschüttelt, und ein Blatt fiel raus«, sie klopfte sich auf eine Westentasche. »Wir sind im Kreisel, wohin fahr ich?«

Stella wusste es nicht. Sie drehten eine weitere Runde. Ihr war verboten worden, das Land zu verlassen, weshalb sie so schnell wie möglich weg wollte. Ob sie allerdings die Grenzkontrollen würde passieren können, war fraglich. Und konnte sie überhaupt gehen, ohne ein Zeichen von Victor? Er hatte sie belogen, betrogen und enttäuscht – aber es war unmöglich, ihn deshalb einfach in irgendeinem Gefängnis sitzend im Stich zu lassen. Sie dachte daran, die Botschaft einzuschalten, aber ihre bisherigen Erfahrungen sprachen dagegen. Mit dem Hinweis, dass Dubai ein Rechtsstaat sei, würde das Botschaftspersonal sie eher ausliefern als schützen. Ein zerbeulter Bus fuhr so dicht neben ihnen, dass er sie fast rammte. Ein braunhäutiger Fahrer stierte von seinem erhöhten Sitz auf ihren halbnackten Körper herunter. Rasch dirigierte sie Chris zur nächsten Ausfahrt und bat sie, einfach drauflos zu fahren, ohne Ziel. Sie vermutete, dass die Gase mittlerweile entwichen waren, und zog sich ihre Sachen wieder an. Um sich Hilfe zu holen, hatten sie noch das Handy von Chris und in Stellas im Auto versteckter Handtasche ihr Notizbuch, in dem alle wichtigen Telefonnummern eingetragen waren. Stella fiel nur eine einzige Person ein, die in der Lage war, ihnen zu helfen. Auch wenn sie sich dieser Frau nicht gerne anvertraute.

Annett Lugmayr erfasste die Lage sofort. »Suchen Sie nicht weiter nach Ihrem Mann, Sie werden ihm von hier aus doch nicht beistehen können. Besser, Sie verlassen das Land so schnell wie möglich. Soll ich Ihnen helfen, nach Deutschland zu kommen?«

Sie vereinbarten den logistischen Ablauf sowie einen Treffpunkt. Stella und Chris steuerten eine kleinere Mall an, die kaum von Europäern besucht wurde. Sie versuchten es in zwei Geschäften, doch niemand wollte ihnen Abayas verkaufen. Aus Furcht, mit ihrem Anliegen aufzufallen, entschied sich Stella für die indische Variante. Im indischen Laden war die Verkäuferin sehr nett und stellte ihnen rasch ein Punjabi Dress zusammen. Sie zogen die weiten Pluderhosen aus dunkelblau gemustertem, fließendem Baumwollstoff über die Jeans und streiften beide ein langes Hemd über. Zwei Perücken mit langem, schwarzem Haar rundeten das Bild ab. Dann legten sie sich breite, bestickte Schals über Kopf und Schultern. Zum Schluss schenkte die Verkäuferin ihnen Schmuckbindis: Sie klebte jeder einen roten Punkt auf die Stirn, genau zwischen die Augen. »Hält den bösen Blick ab«, erklärte sie.

»Das können wir brauchen«, murmelte Chris.

Zwei hübsche Inderinnen verließen die Mall, nahmen sich ein Taxi und ließen sich zum Wild-Wadi-Wasserpark fahren. Dort schoben sie sich, so rasch es ging, durch das dichte Gewusel des riesigen Parkareals und liefen über den Parkplatz zu einer bestimmten Reihennummerierung. An verabredeter Stelle wartete eine toupierte Dame im Inneren eines Wagens. Rasch zog Stella Chris mit sich, öffnete die hintere Autotür, und die beiden sprangen hinein.

»Fahren wir zum Flughafen?«, fragte Stella.

»Ja, aber nach Abu Dhabi. Hier in Dubai wäre es zu gefährlich«, erwiderte Annett Lugmayr. »In Abu Dhabi geht heute Nacht noch ein Flieger nach Deutschland, ich habe zwei Plätze für Sie reserviert.«

»Ich bin nicht sicher, ob ich einsteigen kann, ohne zu wissen, was mit Victor ist.«

»Sie können bestimmt von deutscher Seite aus mehr für ihn tun.«

Stella dachte über die fragwürdige Rolle dieser Frau

nach, der sie sich hier auf dem Rücksitz des Wagens ausgeliefert hatte. Annett Lugmayr bemerkte ihr Schweigen und sah in den Rückspiegel. Ihre Blicke trafen sich.

»Es ist mein Job, weltweit vernetzt und umfassend informiert zu sein«, sagte Annett Lugmayr. »Unsere Firma ist bereits vor geraumer Zeit in Singapur in ein großes Forschungsprojekt eingestiegen. Über eine Stiftung finanzieren wir einen Konkurrenten Ihres Mannes – ohne Auflagen. Dafür werden wir an der Auswertung der Ergebnisse beteiligt sein.«

»Und wie wertvoll diese Ergebnisse sind«, begriff Stella, »hängt natürlich entscheidend davon ab, was Victor herausfindet und ob er vielleicht schneller ist ...«

»Ich musste mir ein möglichst genaues Bild machen.«

»Das heißt, die Patentgeschichte war von Anfang an nur Ihr Lockmittel, um etwas über den Stand von Victors Forschungsarbeiten zu erfahren! Deshalb haben Sie auch Paul Green in das Café bestellt. Aber warum sind Sie dann nicht gekommen?«

»Ich habe davon Abstand genommen, nachdem ich beobachtet habe, wie Sie beide hinter ihm in das Café gestürmt sind.«

»Stattdessen haben Sie falsche Verdachtsmomente gegen Victor in die Welt gesetzt, nachdem er auf Ihren Köder nicht angebissen hat«, stieß Stella heftig atmend hervor. Ihre Finger gruben sich in die Rückenlehne des Fahrersitzes.

»Das waren nicht wir«, gab Annett Lugmayr ungerührt zurück. »Verleumdungen gehören nicht zu unserer Strategie. Wir sind eine saubere Firma.«

»Aber alles ist zerstört, seine ganze Forschung ...«

»Ja, das kommt uns gelegen, trotzdem waren nicht wir es, die Informationen über Ihren Mann an die Herrschenden weitergegeben haben.«

Stella ließ sich in ihren Sitz zurückfallen. Ihre Mundwinkel zuckten, und sie kämpfte verzweifelt schluckend gegen das strangulierende Gefühl in ihrer Kehle. Ihr Gesichtsfeld verengte sich durch einen feuchten Schleier, und sie nahm kaum wahr, wie rasch sie ohne Zwischenfälle den Flughafen von Abu Dhabi erreichten. Verabredungsgemäß aber wortlos übergab Stella Annett Lugmayr Schlüssel und Papiere für ihren Chrysler als Lohn.

16

Vier nach zwölf, fünf nach zwölf, sechs nach zwölf. Die Zeit dehnte und blähte sich um sie herum. Lebte sie noch in derselben Zeit wie Victor, oder hatten sich ihre Zeitzonen für immer getrennt? Stella saß mit zusammengebissenen Zähnen und geballten Fäusten da. In ihr tobte ein Zorn auf die verdeckte Agentin Toni und bei jedem Gedanken immer wieder aufs Neue auch auf Victor. Es gab keine Entschuldigung für seine Heimlichkeit, seine Lügen, und dafür, dass er alles zerstört hatte, was sie für gemeinsame Träume gehalten hatte. Sie wollte ihm das ins Gesicht schreien und würgte gleichzeitig vor Sorge, dass ihm etwas passiert sein könnte. Sie rechnete. Wenn sie Victor nicht eingesperrt hatten, sondern er wirklich das Land verlassen hatte, wann konnte er dann wo sein? Wie lange würde es mindestens dauern, bis er sich von irgendwo melden könnte? Wie lange höchstens? Mit jeder Minute kam sie auf ein anderes Ergebnis. Die Zahlen verrieten ihr nichts. Sie glaubte nicht, dass er sich an die neue Handynummer von Chris erinnern würde. All ihrer Wut zum Trotz suchte sie immer noch nach einer Erklärung, die aus den Einzelteilen ein Gesamtbild machte.

Ihr Flug wurde aufgerufen, die Maschine stand zum Einsteigen bereit. Sie nahmen ihre Sitze ein. Die Besatzung schloss die Türen, die Maschine rollte auf die Startbahn zu. Als das Flugzeug vom Boden abhob und aufstieg, legte sich ein Druck auf Stellas Ohren. Sie schluckte. Mit rasender Geschwindigkeit entfernte sie sich von einem Leben, in dem sie nicht heimisch geworden war, und flog auf ein Land zu, in dem sie kein Zuhause mehr hatte.

Chris tastete nach ihrer Hand, mied aber ihren Blick. »Es tut mir leid, Stelli, wirklich ... ich bin schuld ...«

Stella dachte, dass ihre Schwester ungewohnt ängstlich aussah, verdruckst, aber auch leidend, wie krank vor Bedauern. Die Anschnallzeichen erloschen.

»Ich habe Toni von den Transhumanisten erzählt ...«, jammerte Chris, »... ich dachte doch, sie würde uns helfen ... ich hatte ja keine Ahnung ... nie hätte ich vermutet, dass sie vom Geheimdienst ist ... sie hat mich getäuscht ...« Jetzt schaute Chris sie an. *Verzeih mir*, sagten ihre Augen.

Stella sah weg, hoch zu dem grauen Paneel über ihr. Sie könnte den Rufknopf drücken. Dann käme eine Stewardess, und sie könnte ein Glas Orangensaft bestellen. Sie hatte keinen Durst, aber die Worte »ein Glas Orangensaft« hätten den Klang von Normalität. Sie wandte sich zum Fenster, ließ ihren Blick über die Wolkenformationen schweifen. Ihre Kiefergelenke fühlten sich an wie festgeschraubt, ihre Lippen aufgequollen und unbeweglich. Sie hatte nicht gewusst, dass man verstummen konnte, ohne überhaupt geredet zu haben.

Als sie in den frühen Morgenstunden in Frankfurt landeten, gab Stella ihrer Schwester zu verstehen, sie solle alleine nach Köln weiterreisen. Sie selbst würde zunächst hier Station machen. Chris machte einen unglücklichen und beklommenen Eindruck, weigerte sich aber ganz entschieden, ihr auch nur einen Schritt von der Seite zu weichen. Gemeinsam fuhren sie ins Hotel Steigenberger.

»Vier Nächte im Voraus«, sagte Stella und legte ihre Kreditkarte hin. Es war die Partnerkarte auf Victors privates Konto. Mit der Abbuchung würde er eine Adresse erhalten, wo sie zu finden war.

Kaum waren sie im Hotel angekommen, rief Stella ihre E-Mails ab, um nachzusehen, ob Victor sich vielleicht auf diese Weise gemeldet hatte. Sie hatte eine einzige neue E-Mail.

Ich habe inzwischen rausgefunden, hatte Alexander ihr geschrieben, *dass die Tierfuttermittelfirma gar nicht selbst herstellt, sondern nur ihren Sitz in der Freihandelszone hat. Du musst nicht mehr extra für mich hinfahren. Melde dich doch bitte mal.*

Stella folgte einem spontanen Impuls und rief ihn an. Sie erzählte ihm vom Geheimdienst, von Victors Verschwinden, der Laborverwüstung und ihrer Flucht. Über das transhumane Manifest, Marleen und die Eizellen schwieg sie. Alexander hörte aufmerksam zu und fragte besorgt nach, ohne das geringste Zeichen heimlicher Freude. Dann bat er sie so inständig, zu ihr kommen zu dürfen, dass ihr nichts einfiel, was dagegen sprach.

Nur zwei Stunden später gingen sie zu dritt zur Polizei. Die Polizei weigerte sich, Victor als vermisst einzustufen, mit der Begründung, dass jeder Erwachsene das Recht habe, seinen Aufenthaltsort vor Angehörigen geheim zu halten. Stella führte mehrere Telefonate mit verschiedenen Abteilungen des Auswärtigen Amtes, welche sich gegenseitig die Zuständigkeiten zuschoben. Keiner nahm ihnen den Geheimdiensteinsatz ab, weil es keine Beweise gab. Halbherzig wurden ihnen Nachforschungen in Aussicht gestellt.

Sie machten sich auf den Rückweg ins Hotel. Alexander schimpfte die ganze Zeit über die Polizei und das Auswärtige Amt und stellte eine Überlegung nach der anderen an, wie man über Radiosender, Suchmeldungen oder Internet etwas über Victors Verbleib in Erfahrung bringen könnte. Stella hörte ihm schweigend zu. Sie spürte auf einmal, wie erschöpft sie war. Es war, als ob sie an Alexander etwas von ihrer Anspannung abgeben konnte. Mit jedem Meter wurde sie müder, wurden ihre Beine schwerer.

»Trink wenigstens einen Schluck Wasser!« Alexander stand vor ihr, sie saß auf dem Bett. »Seit Stunden hast du nichts mehr zu dir genommen …« Er hielt ihr ein Glas Wasser hin.

Die väterliche Rolle wirkte an ihm wie ein zu großer Anzug. Sie ließ sich rücklings aufs Kissen fallen und sank in den Schlaf wie in eine Ohnmacht. Sie lag in einem OP, und ein Mann in grünem Operateurskittel mit Mundschutz, Handschuhen und Haube beugte sich über sie und schabte mit einem Gerät, das aussah wie eine Gartenharke, ihr Innerstes aus. Sie wachte auf von dem schabenden Geräusch.

Stella ging in Begleitung von Chris zu einem Gynäkologen. Er sagte, sie sei gesund, aber an der Grenze zum Untergewicht. Für Aussagen über eine mögliche Schwangerschaft sei es noch zu früh.

Am Abend entdeckte Chris beim Ausziehen einen Zettel in ihrer Westentasche. »Das ist das Blatt, das ich in Victors Büro gefunden habe«, rief sie, erstaunt über ihren Fund. Sie faltete das karierte Papier auf und strich es auf dem Tisch glatt. Es zeigte eine akkurat ausgefüllte Tabelle in Victors Handschrift.

Qualitätskontrolle Blastozysten-Grading

VD1+	Blastozyste frühe/expandiert	Zellmasse innere/äußere	Morphologie	Grade
VII	+/+	+++/++	++	**B**
VIII	+/+	+++/++	+++	**A**
IX	+/–	+/+	–	**D**
X	+/+	+++/+++	+++	**A**
XI	+/+	++/++	++	**C**

X für Kontrollversuch SB

»Eine Blastozyste«, ergriff Alexander das Wort, nachdem sie zu dritt eine Weile schweigend die verborgene Logik der Zeichen studiert hatten, »ist ein Embryo in einem bestimmten Entwicklungsstadium. Eine befruchtete Eizelle teilt sich einige Male, dabei haben alle entstehenden Zellen das gleiche Potenzial, dann beginnt eine Differenzierung. Zwischen dem vierten und siebten Tag bildet sich eine innere und eine äußere Zellmasse ...«, er deutete auf die mittlere Spalte, »... die innere Zellmasse entwickelt sich zum Fötus, die äußere wird zur Plazenta. Es gibt dabei ein frühes Stadium und ein expandiertes, also fortgeschrittenes«, sein Finger schob sich eine Spalte nach links. »Im expandierten Stadium steht der Embryo kurz vor der Einnistung in die Gebärmutter. Eine Blastozyste kann man gut unter dem Mikroskop untersuchen.« Alexander tippte auf »Morphologie«. »Man kann die Entwicklungschancen des Embryos dadurch einschätzen.« Sein Finger wanderte zu »Grade«. »Tabellen wie diese werden für eine künstliche Befruchtung geführt. VD1+ sagt mir aber nichts.«

VD1+, dachte Stella, Victor Degan, der Erste und Beste. Sie suchte in ihrer Handtasche nach den Notizzetteln der vergangenen Tage. Sie legte die Laborbuchabschrift von Helma neben die Tabelle.

3 x FbHM1+ Zk Transfer – normaler Verlauf
Protokoll:

- Vorbereitung EZ (frisch) nach Protokoll (10)
- Mikroinjektion nach Protokoll (5) bei Raumtemperatur
- Vorbehandlung Donor Zellen G0-Phase nach Protokoll (2)

Alexander schaute sie fragend an.

»Das hier hat Victors Assistentin gemacht. Fb sind Fibroblasten-Hautzellen und HM1+ …« Stella stieß ihre Schwester an. »Erklär du ihm, was mit H. M. und den 1+-Zellen ist.« Sie verkniff sich in letzter Sekunde den giftigen Nachsatz *darin hast du ja schon Übung*.

Chris sah ertappt aus und druckste etwas herum, doch dann erzählte sie Alexander von ihren geheimen Nachforschungen. An der Stelle mit dem *Spyware*-Programm lächelte sie kurz.

»1+-Zellen sind also age-verändert«, nahm Alexander den Faden auf, »was bedeutet, auf ewig jung manipulierte Zellen. Und damit wurde Zk, das heißt Zellkerntransfer gemacht. Donor-Zellen sind jene, die den Zellkern liefern, also die HM1+-Fibroblasten, G_0 ist eine Ruhephase im Zellzyklus. Ich würde sagen, das beschreibt die Methode zum Klonen und entstanden sind daraus folgerichtig Klonzellen von diesem H. M. Wenn man diese Zellen dann erntet und in neues Medium überführt, kann man aus diesen embryonalen Stammzellen fast jeden der über zweihundert Zelltypen des Menschen gewinnen. Das ist das therapeutische Klonen.«

»Und wenn man nicht erntet …«, die Worte gurgelten in ihrer Kehle.

»Sondern austragen lässt? Dann handelt es sich um reproduktives Klonen. Aber das macht ja niemand.«

Stella tippte auf das Wort »(frisch)«. »Man braucht Eizellen dazu. Meine Eizellen.« Sie dachte an die dicken, runden Zellen auf den Fotos in den Laborbüchern.

Alexander blickte fassungslos von dem Zettel zu ihr und wieder zum Zettel und schüttelte den Kopf.

Stella griff erneut in ihre Handtasche. Sie hatte nach langer Suche während des Fluges endlich die Aufzeichnungen von Pauls Laborbucheintrag versteckt zwischen den Seiten ihres Taschenkalenders wiedergefunden.

check + change medium clone VII, VIII, IX, X, XI
5 x fbVD1+ nt – protocol as usual, transfer successful

»›fb‹ ist *Fibroblast*, und ›nt‹ heißt *nuclear transfer*, also Zellkerntransfer.« Alexander sprach langsam und bemüht sachlich.

»Wenn ›VD‹ *Victor Degan* heißt«, sagte Chris, »dann heißt das ›SB‹ in der Tabelle …«

Dass die falsche Schlange von Gynäkologin Embryo X Grade A eingespült hatte, dachte Stella den Satz zu Ende.

Ihr Körper war ein Labor. Man konnte ihn öffnen und darin herumexperimentieren. Sie war das Nährmedium.

Sie war der Brutschrank.

Eine Ärztin, die für einen Wissenschaftler arbeitete, der ein Klonierer war, hatte etwas hineingelegt. Eine Sekte wollte, dass etwas herauskam. Der Geheimdienst hatte alles zerstört, was in den Brutschränken lag. Stella hätte sich für den Geheimdienst für »Untersuchungen« bereithalten sollen.

Die Gedanken waren scharfkantig wie eine Reibe, welche ihr die Haut Wort für Wort herunterraspelte.

Sie sah zu Alexander. Er rutschte unbehaglich auf seinem Stuhl hin und her. Chris hatte einen gequälten Gesichtsausdruck. Chris und Alexander wechselten einen Blick, dann schauten sie wieder zu Stella. Niemand sprach. Es gab keine Worte, die groß genug gewesen wären. Stella wollte ihr Gehirn ausschalten. Sie verkroch sich wortlos ins Bett und zog sich die Decke über den Kopf.

In den folgenden Tagen strich sie ziellos durch die Stadt, Chris und Alexander wie Wachhunde an ihrer Seite. Die beiden beteuerten, das gerne zu tun und ohnehin nichts Besseres vorzuhaben, zumal sie ja beide gerade gar keine Arbeit hätten. Stella wusste nicht, ob sie sich wirklich darüber freute. Sie zahlte alles, aber war einsilbig mit ihnen und mit sich selbst. Sie hatte kein Gefühl dafür, wie die

Zeit verging. Vergangenheit und Zukunft schoben sich ineinander, nachts träumte sie im Kreis, flog immer wieder ab und rund um den Globus, um an derselben Stelle wieder zu landen.

Victor Degan hatte ihren Körper fünf Monate lang in Besitz genommen, hatte ihn befallen wie eine Virusinfektion und zur eigenen Vermehrung benutzt – mit ihren Eizellen, ihrer Gebärmutter.

Er hatte sie missbraucht. Und – noch erschreckender – sie hatte es geschehen lassen. Sie würde mit allem weiterleben müssen. Mit ihrer Illusion, ihrer Leichtgläubigkeit, ihrem Scheitern.

Doch noch waren diese Gedanken wie Sätze einer ihr fremden, unverständlichen Sprache; sie berührten sie nicht. In ihrem Inneren hatte sich so etwas wie ein Deich gebildet, der die kalten, tosenden Wellen abhielt. Dahinter war es ruhig und gleichförmig. Alexander sprach immer wieder von der Möglichkeit einer Traumatherapie. Es war ihr einerlei. Sie konnte sich nicht vorstellen, sich jemals wieder für irgendetwas zu interessieren. Gegen alle Vernunft wartete und hoffte sie auf eine Nachricht oder ein Ereignis, das sie befreien und der nivellierten Ödnis in ihr wieder Struktur verleihen würde. Jeden Abend beobachtete sie im Hotel ein altes Paar, das schweigend Cognac trank. Das musste Glück sein.

Sie hatten sich angewöhnt, jeden Tag ein bestimmtes Café aufzusuchen und Stunden dort zu verbringen. Stella betrachtete in seltsam schwebender Stimmung andere Leute, Alexander las sämtliche Zeitungen, und Chris löste in unvorstellbarer Geschwindigkeit ein Sudoku nach dem anderen. Es war einer der ersten wirklich warmen Apriltage, und das Café hatte sich mit Tischen und Stühlen über einen Teil des Bürgersteigs ausgedehnt. Wie die meisten Gäste saßen sie draußen. Unvermittelt gab Alexander einen erstickten Ton von sich. Ganz langsam ließ er die Zeitung sinken, die Seiten zerknickten, als lande ein Fallschirm. Bestürzt blickte er Stella an. Er strich eine Seite glatt, faltete sie und legte sie in die Mitte des Tisches. Ohne großes Interesse warf Stella einen Blick auf den Artikel. Es war nur eine kleine Meldung unter *Internationales*. Sie begann zu lesen.

Tragisches Forscherende

Wie erst jetzt bekannt wurde, hat der deutsche Bio-Wissenschaftler und mehrfache Preisträger Victor Degan seinem Leben ein Ende gesetzt. An seiner letzten Wirkungsstätte, einem neu gegründeten Forschungsinstitut in Dubai, war es wiederholt zu finanziellen Unregelmäßigkeiten gekommen. Wie aus Regierungskreisen des arabischen Landes verlautete, wurde Victor Degan des Betruges überführt und zur Ausreise aufgefordert. Noch am selben Tag wählte der Forscher den Freitod. Gemäß seinem letzten Wunsch wurde er in seine Wahlheimat Amerika überführt.

Stellas Milchkaffee-Schale knallte auf den Tisch, hellbraune Flüssigkeit spritzte umher und durchweichte die Zeitung. Alexander sprang auf, sein Stuhl fiel um. In einer heftigen Handbewegung fegte Stella die Schale vom Tisch, die auf dem Bürgersteig zersplitterte. Sie warf die triefende Zeitung hinterher. Die Bedienung schaute erschrocken zu ihr hinüber, alle Gäste wandten die Köpfe herum. Auf ihrer Haut spürte Stella erst heiße, dann kalte Stellen, ihr Pullover und ihre Hose hatten große braune Flecken. Sie sprang auf und rannte davon.

Stundenlang lief sie durch Häuserfluchten, ohne Richtung, ohne Ziel, ohne wahrzunehmen, dass die Gegenden wechselten, bis sie ihre Füße nicht mehr spürte. Sie konnte

Victor nicht mehr verurteilen und ihm nicht mehr verzeihen, sie konnte ihn nichts mehr fragen und ihn nicht verlassen. Stattdessen wurde im Nachhinein aus einem Blick, einer Berührung das letzte Mal, wurden dahingesagte Worte zum Abschied.

Oder war Victor womöglich doch nicht tot, das Ganze eine Inszenierung, um ihn aus dem Land zu schaffen unter falscher Identität? Als die Frühlingssonne blasser wurde und ihr flaches Licht nicht mehr zwischen die Häuserfluchten drang, nahm Stella sich ein Taxi und ließ sich ins Hotel zurückbringen. Chris und Alexander warteten auf sie, sie hatten die gleichlautende Meldung noch in anderen Zeitungen gefunden.

Stella hatte die Telefonnummer auf Victors Armkettchen auswendig gelernt, gleich nachdem er es ihr gezeigt hatte. Sie griff zum Hörer. Ein gewisser Pieter meldete sich. Sie sagte, wer sie war, und fragte nach Victor.

Er reagierte aufgeregt. »Stella! Endlich! Gut, dass du anrufst, wir wussten ja nicht, wie wir dich erreichen sollten. Warum hast du dich denn nicht eher gemeldet? Wir konnten mit der Testamentseröffnung wirklich nicht länger warten, sonst hätte sich der Vorgang unnötig verzögert.«

»Ist Victor bei Ihnen?«

»Ja, natürlich ist er hier, es ist alles wunderbar verlaufen, ganz so, wie er es wollte. Willst du herkommen und selbst sehen?«

»Wohin? Was selbst sehen?«

»Weißt du nicht, wo und wer wir sind? Nun, dann ist es vielleicht besser, wenn ich zunächst einmal zu dir komme, zur Einführung sozusagen. Ich bringe dir seine Sachen. Wo bist du?«

»In Deutschland, Frankfurt am Main, Steigenberger Hotel ... ja ... wann?«

Sie saßen zu viert in ihrem Zimmer. Pieter war ein schmaler, gepflegter Endfünfziger mit kupferrotem Backenbart und langem, faltigem Schildkrötenhals. Er hatte sich seinen schwarzen Aktenkoffer auf die Knie gelegt, öffnete ihn und zog mit einer Geste, einem Magier gleich, eine kleine Box aus Titan hervor. Ehrfürchtig überreichte er sie Stella.

Die Box war innen mit schwarzem Samt ausgeschlagen und enthielt Victors Armkettchen. Sie erkannte es sofort. »Er hat es nie abgelegt.« Sie nahm das Kettchen in die Hand und betrachtete es. »Die Telefonnummer ist noch da, aber eine zweite Nummer ist dazugekommen.«

»Seine Kryo-ID! Ich erkläre dir alles, ich bin Rechtsanwalt und Notar und ehrenamtlich für das Kryo-Institut tätig. Victor kenne ich schon lange«, Pieter strich mit dem Daumen seinen Backenbart entlang, »aus seiner Zeit in Amerika, er hat mich damals schon als Vermögensverwalter engagiert und sein Testament bei mir aufgesetzt. Weißt du, was kryonische Suspension ist?«

Stella konnte nichts erwidern, weil sie sich völlig darauf konzentrieren musste, einen allzu bekannten Brechreiz zu unterdrücken.

»Die kryonische Suspension ist eine geniale Methode, die Zukunft zu erwarten«, fuhr Pieter fort. »Der Patient wird dazu mittels Trockeneis langsam auf minus siebenundneunzig Grad heruntergekühlt und kommt schließlich zur Endlagerung in flüssigen Stickstoff. Das sieht folgendermaßen aus …« Er zog ein Foto von zwei übermannshohen Stahltanks aus dem Aktenkoffer und legte es auf den Couchtisch. Einer der Tanks war angekreuzt. »Bei minus hundertsechsundneunzig Grad schwimmt der Patient der Zukunft entgegen – ohne jeden biologischen Zerfall!« Er begeisterte sich mit jedem Wort mehr. »Phoenix, Arizona, ist übrigens erdbebensicher.«

»Shit!«, rief Chris. »Flüssiger Stickstoff und Trockeneis, das ist doch dieser weiße Nebel.«

Pieter schaute indigniert zu Chris hinüber und fuhr mit leicht pikierter Stimme fort. »Weißer Nebel, ja, schöner Ausdruck für die Suspension, also, es ist ein Wartezustand, vorübergehend deanimiert, wie wir sagen. Damit die Zellen des Körpers, alle Zellen, aber vor allem die Gehirnzellen, geschützt sind vor dem Erfrieren, wird das Blut durch ein Schutzmittel auf Glycerinbasis ersetzt.«

»Ein ... eine Art Frostschutzmittel?«, fragte Alexander angewidert.

Pieter nickte.

Alexander verzog das Gesicht. »Und der ... *Patient* ist ein Toter, oder? Das meinen Sie mit *deanimiert.*«

Stella kämpfte mit der immer heftiger werdenden Übelkeit, ihr Mund war schon ganz trocken vom ständigen Schlucken. In höchster Anspannung ließ sie das Kettchen wie einen Rosenkranz durch ihre Finger gleiten.

»In einer engen Todesdefinition ja, ein Arzt muss natürlich einen Totenschein ausstellen.« Wieder griff Pieter in den Aktenkoffer wie ein Zauberer in seinen Zylinder und holte ein amtliches Papier heraus. »Aber denken wir nur daran, wie viele Menschen, deren Herzschlag oder Atmung aussetzt, heute von der modernen Medizin wiederbelebt werden. Auch Menschen, die bereits klinisch tot waren, sind zurückgeholt worden, also ist es im Prinzip möglich, und die Aussichten werden immer besser. In vielleicht fünfzig, sechzig Jahren wird ein medizinischer Standard herrschen, den wir uns heute kaum vorstellen können. Die Molekularbiologie macht Heilung für jede einzelne Zelle möglich – und das nicht nur bei kranken, sondern vor allem auch bei alten Zellen! Die Uhr wird zurückgedreht. Das hat mir alles dein genialer Mann erklärt, Stella, er ist ein Pionier auf diesem Gebiet.«

Sie streckte die Hand aus, und er legte den Totenschein hinein.

Pieter räusperte sich. »Es tut mir leid, Stella, aber

dein Mann weilt nicht mehr unter den derzeit Lebenden. Einige unsensible Leute …«, er machte eine bedeutungsvolle Pause, »… nennen das für immer tot. Für Victor jedoch und für viele andere intelligente, zukunftsverbundene Menschen ist es die Vorbereitung auf das ewige Leben. Die kryonische Suspension ist ein Wartezustand, aus dem er wieder erweckt werden kann, sobald die medizinischen Voraussetzungen dafür gegeben sind. Das ist keine Scharlatanerie – die Tiefgefriermethode ist wissenschaftlich gesicherter Forschungsstand und wird für Organe bei Transplantationen ja auch erfolgreich angewandt. Und es ist auch keine Geldmacherei – das Kryo-Institut ist eine gemeinnützige Stiftung, ohne jede Gewinnabsicht.«

Stella starrte auf den Totenschein. Es fiel ihr schwer, zu glauben, was sie hörte.

»Victors Wille«, sagte Pieter leise. »Er hat vor Jahren schon eine Lebensversicherung abgeschlossen zugunsten der Stiftung, dadurch sind sämtliche Kosten gedeckt. In seinem Testament hat er seinen Leib als Ganzkörperspende der Kryo-Stiftung übereignet.«

»Es gibt ein Testament«, warf Alexander ein.

»Ja, das gibt es, und es ist bereits offiziell eröffnet – das mussten wir tun, um den Vorgang nicht zu verzögern, das hätte ihm geschadet.«

»Aber wie?«, hauchte Stella. »Wie ist er gestorben?«

»Merkwürdig, dass du das nicht weißt, eigentlich hätte die Polizei in Dubai dich benachrichtigen müssen. Nun, er hat es selbst getan. Allerdings hat der Geheimdienst ihn dazu getrieben, sie haben ihm sein Werk zerstört, diese unwissenden Barbaren, und als er dann noch hörte, dass sein geliebter Mentor gestorben ist … ja, H. M. starb tatsächlich nur wenige Stunden vor Victor. H. M. kam aus Australien zu uns nach Phoenix, wir hatten wirklich alle Hände voll zu tun. Nun sind die beiden wieder beisammen.« Er tippte auf das Foto der beiden Stahltanks.

Stella riss sich hoch und rannte ins Bad. Sie schaffte es gerade noch, sich über die Toilettenschüssel zu beugen, ehe sie sich übergab. Als das Würgen nachließ, spülte sie ihren Mund aus und betrachtete ihr Gesicht im Spiegel. Sie hatte das unbestimmte Gefühl einer flüchtigen Begegnung mit jemandem, den sie sofort wieder vergessen würde.

Pieter schwieg, als sie zurückkam, während Alexander immer wieder »sein geliebter Mentor« murmelte, jedes Mal ein anderes Wort betonend.

»Zum Glück war jemand bei ihm«, fuhr Pieter fort, kaum dass sie wieder saß, »ein Freund von seiner Organisation, wie mir gesagt wurde. Dieser hat es allerdings auch nicht geschafft, ihn zurückzuhalten oder davon zu überzeugen, noch einmal von vorne zu beginnen.«

Seiner Organisation, wiederholte Stella in Gedanken. H. M. war Victors Mentor gewesen, und die Transhumanisten waren *seine* Organisation. Bis zu diesem Moment hatte sie gehofft, es wäre anders.

»Wer war dieser Freund?«, fragte sie. »Ein großer, breitschultriger Mann?«

»Oh, das weiß ich nicht, ich bin ja kein Mitglied der Organisation, auch wenn Victor damals versucht hat, mich zu werben, das ist nichts für mich. Aber von der kryonischen Suspension hat er mich überzeugt!« Pieter schob den Ärmel seiner Anzugjacke zurück. Ein Kettchen blitzte auf. »Na, jedenfalls hat dieser Freund dann alles geregelt mit Victors Ausreise. Es ist wirklich erstaunlich, wie schnell das ging, in Amerika hätten sie bei Selbstmord den Kühlprozess bestimmt durch langwierige Untersuchungen verzögert, aber in Dubai – sehr kooperativ.«

»Kein Wunder, das war praktisch für die«, brummte Chris vor sich hin.

»Übrigens wurde der gesamte Kryoprozess aufgenommen. Die Bänder lagern im Institut, du kannst sie jederzeit ansehen, Stella, wenn du Victor mal besuchen kommst.«

Bei seinen letzten Worten rannte Stella wieder ins Bad. Sie würgte und würgte, aber es kam nicht viel, nur ein paar grünliche Speichelfäden. Chris, Alexander und Pieter saßen stumm, unbeweglich und ohne Blickkontakt auf ihren Stühlen, als sie zurückkam. Die Szene glich einem angehaltenen Film, der wieder anlief, als hätte sie das Signal dazu gegeben.

»Ich möchte noch einmal betonen«, sagte Pieter, »dass alles vollkommen legal ist. Victors Selbsttötung ist in Dubai polizeilich dokumentiert worden, und das Testament ist juristisch einwandfrei und in Kraft. Ich habe hier eine Kopie des Testaments für dich.« Er reichte ihr einen braunen Umschlag. »Wir können ein andermal in meiner Kanzlei oder bei einem anderen Notar die Punkte verlesen. Du musst dann auch unterschreiben, dass du das Erbe antrittst. Victor hat sein Testament nach eurer Heirat zu deinen Gunsten geändert, ich war dafür extra bei ihm in Dubai.«

»Und wer war vorher als Erbe in dem Testament eingesetzt?«, fragte Stella und gab sich die Antwort gleich selbst. »Die Organisation.«

»Sein Vermögen, zum Teil frei verfügbar, zum Teil festgelegt, beläuft sich insgesamt in Anlagen und Wertpapieren auf knapp eine Million Dollar. Victor hatte ja immer gut dotierte Stellungen, ohne sein Geld je für Hobbys oder Luxus auszugeben, so erklärt sich die Summe«, sagte Pieter. »Aber das eigentliche Erbe ist das hier!« Er zeigte auf das Armkettchen, das Stella in die Box zurückgelegt hatte.

»Victor hat verfügt, dass sein Erbe die Kette mit der Kryo-ID enthält. Wer dieses Erbe antritt, verpflichtet sich damit zwingend, zukünftige medizinische Erkenntnisse, die eine Wiederbelebung aus einer kryonischen Suspension möglich oder auch nur im Ansatz wahrscheinlich machen, umgehend an ihm zur Anwendung bringen zu lassen.«

Stella wünschte sich, wie ein Geist über allem zu schweben, um von oben auf die Welt hinabzuschauen, in der sie in diesem Moment in Frankfurt in einem Hotelzimmer saß, während Victor Degan irgendwo in Amerikas Wüste in weißem Nebel schwamm.

17

Nach dem Abschied von Pieter fühlte Stella sich, als wäre alle Farbe aus ihrem Leben gewichen, als wäre sie gefangen in einer Schwarz-Weiß-Aufnahme, während die Wirklichkeit anderswo weiterging.

Alexander reichte ihr den Prospekt des Kryo-Instituts, den Pieter ihm noch in die Hand gedrückt hatte.

Es ist evident, dass in nicht allzu ferner Zukunft die menschliche Lebenserwartung um ein Vielfaches ausgedehnt werden wird. Die gleiche Technologie, die für diesen Zweck eingesetzt wird, wird es möglich machen, kryonisch suspendierte Patienten wiederzubeleben und zu heilen, sodass ein wundervolles, gesundes und ewiges Leben vor ihnen liegt.

»Um ihn rauszuholen«, sagte er nachdenklich, »musst du natürlich die medizinischen Entwicklungen verfolgen – immer mit Blick auf seinen Forschungsansatz, recht geschickt von Victor, auf gewisse Weise geradezu unsterblich. Eigentlich schade, dass die Sicherheitskräfte seine Labore verwüstet haben, als Wissenschaftler war er bestimmt ein Genie.«

»Meinst du, er hat sich wirklich selbst ...?« Chris sah ihre Schwester fragend an.

»Auf keinen Fall, niemals, die vertuschen die Wahrheit.«

Stella wünschte sich plötzlich, sie könnte weinen. Aber sie war wie verdorrt. Alles in ihr war erschlafft, egal welchen Namen Victor sich für sie ausdenken würde, die Blume war welk.

»Wenn es der Geheimdienst war«, erwiderte Alexander,

»oder der Begleiter von Helma oder beide zusammen, werden wir es jedenfalls nie erfahren. Das Polizeiprotokoll spricht von Selbsttötung, und untersuchen kann man ihn nicht mehr, nachdem er …«

»Wie eigentlich?«, setzte Chris nach einer Weile wieder an.

»Mit einer Pistole«, gab Alexander zur Antwort. »Ich habe Pieter gefragt, als er ging. Er sagte, Victors Herz müsse man beim Wiedererwecken auf jeden Fall austauschen.«

Stella gab einen erstickten Laut von sich. Das Lachen einer Fremden. Alexander kam besorgt auf sie zu. Er streckte den Arm nach ihr aus, bot ihr mit dieser Geste Schutz an, wie eine Vogelmutter ihrem Küken. Der weite, kurze Ärmel seines Hemdes gab den Blick frei bis unter seine Achsel. Aber Stella wollte nicht unterkriechen und rührte sich nicht. Enttäuscht ließ Alexander den Arm sinken.

Sie ging zu der kleinen Hotelbar in ihrem Zimmer. Chris und Alexander beobachteten sie schweigend, während sie sich einen Whiskey einschenkte und das Glas in einem Zug leerte. Seit Monaten hatte sie keinen Alkohol mehr getrunken, die goldgelbe Flüssigkeit schien durch ihren Körper zu rauschen bis in die Zehenspitzen. Erleichtert nahm sie das rasch einsetzende taube Gefühl wahr, als wäre ihr Körper von eingeschlafenen Nerven durchzogen.

Als sie erwachte, schlief Chris auf dem Bauch neben ihr in dem Doppelbett, Alexander gab aus der anderen Zimmerecke regelmäßige Atemgeräusche von sich. Leise stand sie auf, suchte im Dunkeln nach Hose und Pullover. Sie schob den Vorhang eine Handbreit beiseite. In der Ferne sickerte erstes Grauorange in den Nachthimmel ein. Für einen intensiven Augenblick hatte sie das Gefühl, dass sich unendliche Möglichkeiten vor ihr ausbreiteten. Es war, als ob alles, was sie je gesagt, gedacht und getan hatte, sich zu diesem einen Augenblick verdichtete, um in einer Art Urknall wieder auseinanderzustreben. Sie konnte hinausgehen, die Tür zuziehen und …

Sie nahm ihre Handtasche, ging hinaus und zog die Tür hinter sich zu.

Das Licht im Hotel war von künstlicher Helligkeit und tat ihren Augen weh. Eine Angestellte, die dabei war, das Frühstücksbüfett aufzubauen, brachte ihr einen Tee. Stella saß alleine in dem Saal, der für die Morgengeschäftigkeit hergerichtet wurde. Sie fand es zu laut um sich herum, aber der Tee tat ihr gut. Sie trank ihn so heiß, dass ihr Gaumen prickelte.

Zum Mainufer war es nah. Sie ging hinunter und setzte sich auf eine Bank am Fluss, wartete auf das Ausklingen der Nacht. Es war kalt, sie fror, bekam Gänsehaut und rieb sich die Arme. Eine unscheinbare Körperempfindung, für die sie plötzlich Dankbarkeit verspürte. Es war kalt, und sie fror, das war normal. Das war Leben.

Sie bewegte sich am Wasser entlang Richtung Westen, den erwachenden Tag im Rücken. Ein Jogger kam ihr entgegen, auf der anderen Uferseite spazierte ein Mann mit Hund. Von der Tageshektik war noch nichts zu spüren. Die Silhouette der Stadt, ihre Geräusche, ihr Geruch waren ihr vertraut. Hier hatte sie mit Benjamin gelebt.

An seinem Grab in Stuttgart, dem Wohnort seiner Eltern, war sie seit der Beerdigung nie mehr gewesen. Sie ließ den weißen Kiesel zwischen ihren Fingern hin und her gleiten. Benjamin hatte den schönen glatten Stein einst bei einem gemeinsamen Urlaub gefunden und ihr geschenkt. Zum ersten Mal nach all den Jahren konnte sie sich vorstellen, dass sie es schaffen würde, ihm den Stein auf sein Grab zu legen.

Stella betrat den Eisernen Steg, eine Fußgängerbrücke, die behäbig den Main überspannte. In der Mitte der Brücke blieb sie stehen, schaute in das dunkel-trübe Wasser hinunter. Sie hatte alles gehört, was Pieter gesagt hatte, doch wirklich in seiner ganzen Dimension erfasst hatte sie nur einen Teil davon. Sie würde sich hindurcharbeiten müssen, würde langsam, aber beharrlich Wort für Wort zu sich heranziehen müssen, bis sie es erkennen, riechen, schmecken konnte. Dann würde sie so lange darauf herumkauen müssen, bis es Vergangenheit wurde. Eine Vergangenheit, die sie aushalten musste, um eine Gegenwart zu haben, die sie ertragen konnte. Und eine Zukunft. Für diese Zukunft musste sie jetzt weitergehen, einen Schritt nach dem anderen.

Die Praxis des Gynäkologen lag nicht weit entfernt auf der anderen Mainseite und war noch geschlossen. Sie wartete vor der Tür, bis sie als Erste an diesem Morgen eingelassen wurde.

»Stimmen die Daten noch?«, fragte die Arzthelferin und deutete auf die von Stella bei ihrem ersten Besuch angegebene Hoteladresse.

Stella durfte sofort zur Blutabnahme. Anschließend wurde sie mit einem Plastikbecher auf die Toilette geschickt. Sie erschrak über ihren Anblick im Spiegel. Ihre Haare hingen ihr ungekämmt um den Kopf, ihre Augen waren klein und verquollen. Sie wusch sich das Gesicht, fuhr sich mit den Fingern durchs Haar und fand den zartroten Lippenstift in ihrer Handtasche, mit dem sie ihrem Gesicht einen etwas frischeren Ausdruck gab. Den Becher mit ihrer Urinprobe stellte sie wie angegeben in die Durchreiche.

»Dauert nicht lange, dann hat der Doktor Zeit für Sie, wenn Sie bitte so lange im Wartezimmer Platz nehmen.«

Stella betrat den Raum, der sich neben dem Ausgang befand. Zwei Frauen saßen jetzt dort, eine lesende ältere Dame mit Hut und eine junge, türkisch aussehende Frau mit Kind. Stellas Blick streifte über die offene Garderobe, an die sie keine Jacke zu hängen hatte, über die freien Wartezimmerstühle zu dem niedrigen Tisch mit den Lesezirkel-Zeitschriften. Der kleine Junge krabbelte begeistert auf sie zu. Er hatte dichtes, dunkles Haar und schwarze Augen. Sie strich dem Ausreißer über den Kopf. Ein Luftzug streifte sie von hinten, und sie hatte ein Gefühl an der Schulter, als ob eine kalte Hand sie berührte. Die Mutter des Jungen kam näher, und die beiden Frauen tauschten ein Lächeln. Stella ging zum Fenster, blickte hinaus auf den Verkehr, der mittlerweile zu einem dichten Rauschen geworden war, wandte sich um und verließ die Praxis.

Sie kehrte zum Mainufer zurück. Vor ihr öffnete sich die Tür eines Blumenladens. Eine Frau trat heraus, klemmte einen Holzkeil unter den Türabsatz und trug einen Eimer gelber Tulpen auf den Bürgersteig. Durch die offene Tür drang der nektargeschwängerte Duft beginnenden Frühlings auf den Gehsteig. Stella betrat den Laden und sah sich um. Prächtige Bouquets in allen Farben füllten die Gefäße. In einer Plastikvase stand einsam und mit schlängelnd gebogenem Stiel ein großer roter Seidenmohn. Die zerknitterten Blütenblätter begannen gerade, sich zu entfalten. Stella spürte ihre schwellenden, spannenden Brüste, erinnerte sich an den Hauch veränderten Urins in dem Becher. Und wusste, was sie in sich spürte, seit sie bei Sonnenaufgang das Hotel verlassen hatte: Sie bewohnte ihren Körper nicht mehr alleine.

Sie kaufte den Seidenmohn, wollte keine Gräser und kein Papier, nahm den feuchten Stängel in die Hand. Es kam ihr vor, als gebe die Blume ihr Halt. Sie blieb auf der Sachsenhausener Seite, wandelte erneut den Uferweg entlang. Der Wind begann die Wolken aufzureißen, gelegentlich blitzten Sonnenfetzen, die an manchen Stellen das Wasser glitzern ließen. Es war stiller hier unten am Mainufer als oben an der Straße.

Victor hatte ein Ziel gehabt, eine Lebensaufgabe, eine

Mission. Das hatte ihn in Stellas Augen von allen anderen Menschen, die sie kannte, unterschieden.

Wie weit war er gegangen, um sein Ziel zu erreichen? Was hatte er wirklich getan?

Sie hatten nur ein kariertes Blatt Papier mit einer Tabelle in seiner Handschrift. Vielleicht war nie geschehen, was die Tabelle vermuten ließ. Es gab keine Beweise der Tat, also gab es vielleicht auch keine Tat. Victor war ein seriöser Forscher, der lediglich einer etwas skurrilen Organisation angehörte. Er hatte eine neue wissenschaftliche Grundlage für die Menschheit anlegen wollen, nicht eine Kopie seiner selbst.

Victor war tot. Doch seine Hoffnung auf Unsterblichkeit würde Stella für immer in Form eines Armkettchens begleiten.

Ihre Hand, die den Seidenmohn hielt, war kalt. Sie hob die Blüte vors Gesicht. Was sie sah, war schön. Und wahrhaftig. Sie durfte die Wahrheit nicht opfern für eine betörend einfache Illusion, auch dann nicht, wenn der Preis hoch war. Das jedenfalls hatte sie gelernt in jener Nacht, in der Benjamin starb.

Das therapeutische Klonen zur Gewinnung embryonaler Stammzellen schloss die Möglichkeit des reproduktiven Klonens ein, ob vorsätzlich oder nicht.

Sie hatte sich ein Kind gewünscht. Dieses Kind.

Stella begann, die Gedanken zu balancieren wie ein Jongleur seine Bälle, konzentrierte sich nur noch auf die Harmonie der Abfolge. Keine Sekunde durfte sie wegsehen, denn wenn einer fiel, fielen alle.

Aus einer früheren Recherche über eineiige Zwillinge wusste sie, dass der Kern einer Zelle nicht hundert Prozent der Erbinformation eines Menschen enthielt. Ein kleiner Teil der Gene befand sich an einem anderen Ort, den Mitochondrien, welche so etwas wie die Kraftwerke der Zellen waren. Selbst wenn Victor den Zellkern seiner Fibroblasten-Hautzelle übertragen hatte, waren die Mitochondrien von ihrer eigenen Eizelle beigesteuert worden. Daher wären sich Victor und sein Klon weniger ähnlich als eineiige Zwillinge.

Und welche Bedeutung hatte die verbleibende Ähnlichkeit? Würde der Junge mehr Übereinstimmung mit seinem Vater zeigen, als es andernorts familiären Erwartungen entsprach? Kaum, das Kind würde in einem vollkommen anderen Umfeld aufwachsen, als Victor es gehabt hatte.

Wäre es gut für ein solches Kind, überhaupt geboren zu werden? Es gab schlechtere Alternativen.

Wäre das Kind nur ein Abklatsch, eine Kopie eines anderen Lebens? Keinesfalls, es würde unter Bedingungen heranwachsen, die es zu einem unverwechselbaren Wesen machten.

Würde sie alles akzeptieren und tatsächlich Nummer X vergessen können?

Stella verließ den Uferweg und ging noch dichter ans Wasser. Sie legte den Seidenmohn ab. Ihrer Handtasche entnahm sie die Notizen von den Laborbüchern, den Ausdruck von Helmas Mail und das karierte Papier mit der Tabelle. Sie zerriss alles in kleine Fetzen und warf die ganzen Papierstückchen ins Wasser. Sie strömten rasch auseinander. Und fort von ihr.

Könnte das Kind krank sein, wie angeblich auch manches geklonte Tier nicht ganz gesund war? Die Möglichkeit bestand vermutlich und wurde verschärft durch die genetische Manipulation, die Victor vorgenommen hatte. Gerade dann würde sie da sein, würde sich kümmern, ihm bei jedem Schritt helfen, es pflegen und nie im Stich lassen. Genauso gut aber konnte es der erste Mensch werden, der nicht alterte.

Ihr Herz sah nur einen kleinen Jungen, den sie um seiner selbst willen lieben würde.

Sie nahm den Seidenmohn wieder in die Hand und kehrte

um. Mit jedem Schritt lief sie schneller, bestimmter. Zwei Gestalten kamen auf sie zugerannt, stoppten außer Atem vor ihr. Sie freute sich über das Auftauchen der beiden.

Chris wischte sich mit dem Handrücken den Schweiß von der Oberlippe. »Da bist du ja!«, rief sie erleichtert. »Wir suchen dich überall …«

»Wir wollten schon eine Fahndung nach dir veranlassen!« Alexander klang vorwurfsvoll.

»Tut mir leid, ich habe nicht gedacht, dass ich so lange weg sein würde.«

»Die Gynäkologenpraxis hat im Hotel angerufen, und ich …«, Chris warf einen unsicheren Seitenblick zu Alexander, »… wir dachten, ich sollte das Gespräch in deinem Namen annehmen.«

»Wir haben uns Sorgen gemacht«, ergänzte Alexander, »weil, also, das Ergebnis des Schwangerschaftstests ist positiv.«

»Ich weiß …« Sie versuchte ein Lächeln. Es hinterließ ein schmerzendes Gefühl in den Mundwinkeln.

Alexander sah sie voller Mitleid an. »Dann weißt du ja auch, warum wir dachten, du könntest Dummheiten machen.«

»Wie meinst du das?«

»Es gibt immer einen Ausweg, Stella, wir werden gemeinsam mit dem Frauenarzt reden, er wird dir helfen!«

»Helfen?« Sie faltete die Hände vor ihrem Bauch, den Seidenmohn zwischen den Fingern. Für das winzige Menschlein war sie jetzt verantwortlich. Die Tatsache, dass sie jemanden beschützen musste, verlieh ihr eine ungekannte Stärke. »Das ist mein Kind! Mir braucht niemand zu helfen!«

»Aber Stella«, rief er ungläubig. »Das kannst du nicht machen, das ist ein Klon!«

»Es ist ein Mensch, Alexander!« Sie stand ihm gegenüber und bellte ihn an. »Findest du, man darf einen Menschen vernichten, bloß weil Victor geglaubt hat, er könne Gott spielen?«

»Victor hat dich benutzt!«

»Das gibt dir nicht das Recht, mein Kind zum Tode zu verurteilen!«

»Stella!« Er sah elend aus. »Ich liebe dich noch immer«, seine Stimme war brüchig. »Lass es uns versuchen, wir können ein Kind haben, wir beide.«

Sie hätte ihn gerne in den Arm genommen, doch sie bewegte sich nicht auf ihn zu. Innerhalb der letzten Stunden musste sie um Jahre gealtert sein, so weit lag alles Gewesene hinter ihr. Sie war mit einer Zeitmaschine in die Zukunft gereist und im Jetzt gelandet. Sie führte den Seidenmohn an die Lippen und küsste die Blütenblätter. »Es ist mein Kind! Und es ist *nicht* Victor.«

Alexander zuckte zurück, als habe sie ihn geschlagen.

Sie schwiegen.

»Das Risiko«, sagte er. »Wenn es Victor gelungen ist, zu manipulieren, dann lebt *das da*«, er deutete mit dem Zeigefinger auf ihren Bauch, »womöglich ewig.«

»Mindestens fünfzig Prozent werden durch Umwelteinflüsse bestimmt«, entgegnete sie ruhig.

»Ich werde Tante ... krass!«

Stella sah zu ihrer Schwester. Da stand sie, die Kleine, und hatte die Hände in den Hosentaschen vergraben und die Schultern hochgezogen, als tobe um sie herum ein Unwetter. Dabei hatte sie tapfer alles mitgemacht, war zu jeder Aktion bereit gewesen. Sie hatte Stella helfen wollen. Es war nicht ihre Schuld, in Dubai plötzlich ins Zentrum der Verwicklungen geraten zu sein.

»Ich habe Toni auch vertraut«, sagte Stella versöhnlich.

Im Gesicht von Chris tauchte ein erlöstes Grinsen auf. Sie machte einen Schritt auf Stella zu, und die beiden fielen sich in die Arme.

»Und was wird aus mir?« Alexander klang bitter.

»Onkel Alexander natürlich«, rief Chris. »Wir sind die fünfzig Prozent Umwelteinflüsse.«

Alexander streckte seine Hand nach Stella aus.

Sie machte einen Schritt rückwärts.

Chris stellte sich zwischen die beiden. »Lass sie, es gibt viele tolle Frauen.«

»Für dich vielleicht, aber für mich ist das alles ein Fehler …«

»Wir machen eben neue Fehler«, Chris stieß ihn aufmunternd in die Seite. »Noch bessere!«

Stella ging den Ufersaum hinunter bis ans Wasser. Nach Benjamins Tod hatte sie sich Wahrhaftigkeit geschworen. Nun musste sie dazu stehen. Auch wenn die Aufgabe, die vor ihr lag, so groß war, dass sie nicht wusste, wie sie sie bewältigen würde, glaubte sie doch, dass sie es schaffen konnte. Dieses Kind war einzigartig. Es würde ihr Leben verändern und vielleicht sogar die Zukunft der Menschheit. Sie warf die rote Blume in den Fluss. Der Seidenmohn drehte sich einmal um die eigene Achse, dann trieb er davon.

ANHANG

Wann immer sich Menschen in unbekanntes Terrain vorwagen, müssen sie bereit sein, für die Hoffnung auf ein besseres Leben auch Risiken einzugehen. Gerade die Stammzellforschung demonstriert eindrucksvoll, dass eine wissenschaftliche Entdeckung Chance und Gefahr zugleich sein kann. Wie keine andere Forschungsrichtung hat die Stammzellforschung daher eine ethische Diskussion angefacht, die allzu oft nur in Expertenkommissionen oder aufgeregten Zeitungsmeldungen stattfindet. Dabei geht es um den Wert und das Selbstverständnis des Menschen und um die zukünftige Möglichkeit der Heilung schwerer Krankheiten.

Ausgehend von dem Gedanken, dass gesellschaftliche Gefahr schlicht aus der Versuchung technischer Machbarkeit entstehen kann, wurden hier reale biomedizinische Erkenntnisse und Arbeitsweisen in einigen Aspekten gedanklich weiterentwickelt. Daher sollen an dieser Stelle verschiedene Begriffe erläutert und kurz der tatsächliche Stand der Forschung dargestellt werden.

Ovum
Als Ovum wird die Eizelle bezeichnet, die nach dem Eisprung (Ovulation) von den Eierstöcken (Ovarien) einer Frau zur Gebärmutter wandert und währenddessen befruchtet werden kann.

In-vitro-Fertilisation (IVF) und Intracytoplasmatische Spermieninjektion (ICSI)
Die IVF ist heute eine gängige Methode, um trotz Sterilität durch künstliche Befruchtung eine Schwangerschaft zu erreichen. Bei der Frau werden durch hormonelle Stimulation zahlreiche Eizellen zur Reifung gebracht und zu geeignetem Zeitpunkt abgesaugt. Die anschließende Befruchtung findet im Reagenzglas statt. Die entstandenen Embryonen entwickeln sich im Brutschrank und werden entweder in frühem Stadium oder nach einigen Tagen (Blastozysten-Stadium) in den Uterus der Frau eingespült. In Deutschland werden ab dem fünfunddreißigsten Lebensjahr der Frau in der Regel drei Blastozysten zum Einspülen eingesetzt. Es werden pro Zyklus jedoch mehr als drei Embryonen erzeugt. Diese »überzähligen« befruchteten Eizellen müssen aufbewahrt oder vernichtet werden.

Im Roman ist aus dramaturgischen Gründen die Zeit der Blastozysten-Reifung leicht gekürzt und die Erfolgsquote der IVF angehoben.

Kann bei der IVF keine spontane Befruchtung stattfinden, weil die Spermien des Mannes keine ausreichende Beweglichkeit zeigen oder deren Zahl zu gering ist, wird die ICSI-Methode angewandt. Hierbei wird ein einzelnes Spermium gezielt in eine entnommene Eizelle injiziert.

Embryonale Stammzellen und therapeutisches Klonen
Embryonale Stammzellen sind die Quelle für sämtliche (über zweihundert verschiedene) Zelltypen des Menschen. Da sich Stammzellen im Labor unbegrenzt vermehren lassen, könnten sie medizinisch eingesetzt werden, um kranke oder beschädigte Körperzellen zu ersetzen. Gewonnen werden embryonale Stammzellen, wie hier beschrieben, aus der inneren Zellmasse eines Blastozysten oder aus abgetriebenen Föten. Blastozysten erhält man entweder aus den

überzähligen Embryonen nach einer künstlichen Befruchtung (IVF) oder durch Klonen.

Klonen zur Herstellung von embryonalen Stammzellen wird *therapeutisches Klonen* genannt – im Unterschied zum *reproduktiven Klonen*, bei dem Lebewesen erzeugt werden. Forscher hoffen, mit dieser Methode Ersatzmaterial zu züchten, um damit bisher unheilbare Krankheiten zu besiegen. Allgemein kann man sagen, dass durch Stammzellen eine Erneuerung von krankem oder gesundem (aber altem) Gewebe erfolgen könnte. Ersatzzellen ausdifferenzierter Stammzellen könnten passgenau und ohne Abstoßungsreaktion auf die Patienten zugeschnitten werden. Die menschlichen embryonalen Stammzellen, die bislang in den Laboren vieler Länder kultiviert werden, sind nicht durch Klonen entstanden, sondern entstammen Föten. Beim Affen, unserem nächsten Verwandten, wurden allerdings embryonale Stammzellen durch Klonen gewonnen. Für Forschungszwecke wurde bereits menschliches Erbmaterial mit einer Rinder-Eizelle verschmolzen. Auch ist es bereits gelungen, aus einer menschlichen Haut- und einer menschlichen Eizelle Embryonen zu klonen, aus denen aber keine embryonalen Stammzellen gewonnen werden konnten. Ebenfalls noch nicht realisiert sind die hier angenommenen Erfolgsraten für das Klonen und die Erzeugung von embryonalen Stammzellen.

Die Gefahr, dass embryonale Stammzellen Krebs auslösen können, besteht. Ob man aus dem hier genannten Kontrollversuch wichtige Erkenntnisse in Bezug auf eine »normale« embryonale Stammzelltherapie ziehen könnte, wird hoffentlich nie getestet.

In Deutschland sind therapeutisches und reproduktives Klonen durch das Embryonenschutzgesetz verboten. Import und Verwendung von embryonalen Stammzellen, die in anderen Ländern hergestellt wurden, sind aber gestattet.

In den USA hat Präsident Barack Obama den von George Bush verhängten Bann über die Forschung mit embryonalen Stammzellen aufgehoben.

Weltweit existiert keine rechtlich verbindliche Regelung zum Klonen.

Eine ganz neue Forschungsrichtung ist die direkte Rückverwandlung (Reprogrammierung) von einer Körperzelle (z. B. einer Hautzelle) in eine Stammzelle. Hierbei muss man nicht auf embryonale Zellen zurückgreifen, sondern kann die Zelle eines Erwachsenen so stimulieren, dass sie – ähnlich einer embryonalen Zelle – in der Lage ist, sich in unterschiedliche Zelltypen zu verwandeln. Diese Zellen heißen iPS (induzierte pluripotente Stammzellen). Auch diese Forschungsrichtung beruht auf den Erkenntnissen der embryonalen Stammzellforschung. IPS geben Anlass zu der Hoffnung, dass einst ein sicheres Werkzeug zur Zellerneuerung im menschlichen Körper zur Verfügung stehen könnte und somit die Heilung von schlimmen Krankheiten und vielleicht irgendwann sogar eine Verjüngung durch Stammzellen möglich sein wird.

Langlebigkeit

Tatsächlich zählt die genetische Ursache des Alterns zu den heißesten Forschungsthemen weltweit. In den Laboren wird nach Genen gefahndet, welche die Lebensdauer beeinflussen. Bei verschiedenen Modellorganismen wie Hefe, Fliege, Wurm oder Maus sind bereits Gene mit positiven und negativen Effekten auf die Langlebigkeit entdeckt worden. Es gibt also Gene, deren Aktivität man steigern müsste, um die Lebensdauer auszudehnen, andere müssten gehemmt werden. Gelingt die Beeinflussung dieser Gene, sind eine Verlangsamung des Alterns und eine deutliche Lebensverlängerung möglich. Die Hauptregler der komplexen Schaltzentrale, also die Schlüssel für die Steuerung der Lebensspanne, sind aber noch nicht gefunden.

Die Gene *youth* und *age* in diesem Buch und ihr Wirkmechanismus sind daher bislang noch ein Traum. Ob es ein schöner Traum ist oder eher ein Albtraum, wird sich zeigen.

Kryonische Suspension
Kryonische (gr. *kryos* = kalt) Suspension bezeichnet die Aufbewahrung von Lebewesen (oder ihrer Teile, z. B. das Gehirn) bei tiefen Temperaturen. Die Lagerung erfolgt dabei bei minus 196 Grad Celsius in flüssigem Stickstoff. In den USA kann man zwischen mehreren Anbietern der kryonischen Suspension wählen. Die Menschen, die daran glauben, durch technischen Fortschritt eines Tages wiedererweckt zu werden, können sich zu Lebzeiten ihren Platz im ewigen Eis erwerben. Auch in Russland ist dies möglich. In Deutschland jedoch ist diese Art der Bestattung durch den Friedhofszwang verboten. Lediglich Haustiere dürfen tiefgefroren werden. Ob diese Konservierung tatsächlich (wie von den Nutzern erhofft) die Möglichkeit offen lässt, einst alle Zellschäden rückgängig zu machen und zu neuem Leben aufzuerstehen, bleibt abzuwarten.

Transhumanismus
Der Transhumanismus (lat. *trans* = jenseits, *human* = menschlich) ist eine internationale Bewegung, die eine Optimierung des Menschen durch gezielten Einsatz technischer Verfahren vorantreiben möchte. Transhumanisten sehen in der Verschiebung der biologischen Grenzen des Menschen (beispielsweise Abschaffung des Alterns durch Zellerneuerung oder Erweckung aus kryonischer Suspension) eine Verbesserung der Lebensqualität. Die Postulate und Zukunftsvisionen der Transhumanisten sind durchaus umstritten, jedoch wohnt ihnen kein immanentes kriminelles Potenzial inne.